Eva-Maria Farohi
Fincamond

Montlake
Romance

Das Buch

Vieles im Leben lässt sich planen – nur die Liebe nicht … Vergeblich versucht die junge Rechtsanwältin Lisa, die Anerkennung ihrer Eltern zu erlangen. Als sie ihr Verlobter betrügt, beschließt sie, ein Jahr Auszeit zu nehmen, und geht nach Mallorca. Dort trifft sie auf völlig andere Lebensumstände, knüpft neue Freundschaften und begegnet zwei Männern, die ihr Leben für immer verändern werden: Da sind der liebenswürdigen Rechtsanwalt Jaime, der sich wie ein Vater um Lisa kümmert, und der charismatische Tierarzt Juan, dessen Familie offenbar ein Geheimnis umgibt. Juan selbst scheint Lisa aus dem Weg zu gehen, doch dann überstürzen sich die Ereignisse …

Band 1 der Mallorca-Trilogie.

Die Autorin

Geboren in Wien, Studium am Horak-Konservatorium, Tätigkeit als Schauspielerin, Malerin und Autorin. »Als Malerin beschäftige ich mich mit der Natur als Quelle des Lebens. Die Farbe ist das Ausdrucksmittel für die Stimmung. Als Autorin interessiere ich mich vor allem für die Beziehungen zwischen Mann und Frau – mit all den Missverständnissen, die durch die verschiedenen Zugangsrichtungen entstehen.«

Aufenthalt in Mallorca von 2003 bis 2009. »Mallorca hat mich verändert. Das Leben auf der Insel ist grundverschieden zu dem in Mitteleuropa – die Wertigkeit der Dinge ist eine andere. Dadurch ergeben sich ein anderer Lebensrhythmus und ein anderer Umgang zwischen den Menschen. In meinen Geschichten erzähle ich von der Schönheit der Insel, von kleinen Alltagsgeschichten und von großen Gefühlen. Immer wieder werde ich gefragt, ob meine Geschichten autobiografisch sind. Por supuesto – natürlich! Vieles habe ich erlebt, vieles beobachtet. Immer wieder die unterschiedlichsten Beziehungen von Menschen aus nächster Nähe erlebt. Ob meine Geschichten auch etwas für Männer sind? Aber selbstverständlich! Ich hoffe, dass meine Bücher für alle gleichermaßen unterhaltsam sind.«

Mehr unter http://www.farohi.at.

EVA-MARIA FAROHI

FINCA-MOND

Roman

Montlake Romance

Veröffentlicht bei
Montlake Romance, Amazon Media E.U. Sàrl
5 Rue Plaetis, L-2338, Luxembourg
November 2015

Umschlaggestaltung: semper smile, München, www.sempersmile.de
Umschlagmotiv: © John Miller / Getty; © violetkaipa / Shutterstock;
© Twin Design / Shutterstock; © Pakhnyushchy / Shutterstock
Lektorat, Korrektorat und Satz:
Verlag Lutz Garnies, Haar bei München
www.vlg.de
Printed in Germany
By Amazon Distribution GmbH
Amazonstraße 1
04347 Leipzig, Germany

ISBN 978-1-503-95310-9

www.amazon.de/montlakeromance

1. TEIL

STATT EINES PROLOGS

Rasend schnell näherte sich der Boden, ein starker Ruck noch, der Lärm schwoll an, und Lisa wurde gegen den Haltegurt ihres Sitzes gedrückt.

Während die Maschine ihrer Parkposition entgegenrollte, sah sie aus dem Fenster. Windmühlen huschten vorbei, Palmen. Gelbe und weiße Blumen blühten auf dem Grasstreifen zwischen den Rollbahnen.

Die Durchsage der Flugbegleiterin riss sie aus ihren Gedanken: »… und wünschen Ihnen noch einen schönen Urlaub.«

Wieso Urlaub? Sie war hier nicht in Urlaub. Sie kam nach Hause. Die Vorstellung erschreckte sie.

Sofort rief sie sich zur Ordnung. Alles lief wie geplant. Nur, warum hatte sie dennoch das Gefühl, dass sie die Dinge nicht unter Kontrolle hatte und einen Fehler machte.

Während sie durch die endlos langen Gänge des Flughafens ging, dachte sie an die letzten Tage zurück.

Was tat sie denn so Ungewöhnliches? Sie nahm nur ein Jahr Auszeit, konnte jederzeit wieder zurückkehren. Schließlich gehörte die Rechtsanwaltskanzlei, in der sie arbeitete, schon seit drei Generationen ihrer Familie.

Zum ersten Mal in ihrem Leben durfte sie tun, was sie selbst für richtig hielt.

»Wieso hat Onkel Hans gerade mir dieses Haus vererbt?«, überlegte sie, »und warum wollte er unbedingt, dass ich hier lebe?«

Bei den Gepäckbändern in der großen Halle angekommen, stellte sie sich zu den anderen Wartenden. Einen Moment lang überkam sie ein Gefühl von Furcht. Das Wort »gestrandet« kam ihr in den Sinn.

Ihre Entscheidung, hierherzukommen, war auf kein Verständnis gestoßen.

Wieder spürte sie dieses Ziehen im Rücken, wenn sie an den Abschied zurückdachte. Keiner hatte ihr Glück gewünscht, niemand war auf dem Flughafen erschienen. Außer Ilse, der Freundin aus Kindertagen, die jetzt vorübergehend in ihrer Wohnung wohnte.

»Ich wünsche dir, dass du dort endlich glücklich wirst«, hatte sie gesagt und sie fest umarmt.

Auch die Worte ihrer Großmutter kamen ihr in den Sinn: »Sissi, das machst du gut. Fahr hin auf die Insel, schau dir an, wie der Hans gelebt hat. Du bist eine tüchtige Frau, ich war immer stolz auf dich. Aber vergessen, wozu man alles tut, das darf man nie. Genieß die Zeit, und versprich mir, dass das Träumen nicht zu kurz kommt. Lass bald von dir hören.«

Oma Helene, ihre Großmutter aus Wien. Die Einzige, die sie »Sissi« nannte. Denn eigentlich hieß sie Eliza. Rechtsanwältin Eliza Wernberg, Spezialgebiet Konkursabwicklungen.

»Lisa«, so nannte sie ihr Vater, Professor Wernberg, ihrer Mutter war sogar das zu wienerisch, von »Sissi« erst gar nicht zu reden. Überhaupt hatte ihre Mutter die Verwandlung von der Gruber Karin aus Wien in die Frau Rechtsanwältin Carina Wernberg mit der ihr eigenen Präzision vollzogen.

So wie alles in ihrem Leben immer perfekt war. Jurastudium, Heirat, Kind, Karriere. Alles makellos. Dazu noch charmant, erfolgreich und tüchtig.

Lisa entsprach so gar nicht den Vorstellungen ihrer Mutter. Hübsch war sie – wenigstens das –, schlank, mittelgroß, mit schulterlangen blonden Haaren und einem aparten Gesicht.

Auch an Intelligenz mangelte es ihr nicht. Aber sonst? Lisa liebte die Natur, Bücher, Tiere. Und sie liebte Wien, die Stadt ihrer Großmutter, bei der sie als Kind die Sommer verbringen durfte.

Sehr schnell jedoch war dieser Idylle ein Ende gesetzt worden. Kinder konnten nicht früh genug auf den zukünftigen Beruf vorbereitet werden. Und Lisa würde Jura studieren, wie es die Familientradition vorschrieb. Bücher, Tiere, Natur – reine Zeitverschwendung. Die Besuche bei der Oma wurden gestrichen.

Doch da hatte die sonst so fügsame Lisa aufbegehrt – und wider Erwarten von ihrem Vater Unterstützung erhalten.

Der Professor schätzte seine Wiener Schwiegermutter. Bei den wenigen Besuchen – ganz zu Beginn der Ehe – war er lieber bei Oma in der Küche gesessen, als mit seiner Gattin durch die Stadt zu spazieren.

Die Herzlichkeit, mit der »Schwiegermuttchen«, wie er sie nannte, ihn umsorgte, und nicht zuletzt wohl auch das gute Essen blieben ihm eine kostbare Erinnerung.

Obwohl er sich schon lange nicht mehr in Lisas Erziehung einmischte, vertrat er diesmal den Standpunkt, dass zwei Wochen Sommerurlaub in Wien durchaus wünschenswert seien. So durfte Lisa weiterhin vierzehn Tage lang zur »Sissi« mutieren, Germknödel[1], Grammeln[2] und Zwetschkenfleck[3] essen – und über Onkel Hans reden.

Ein quietschendes Geräusch unterbrach ihre Gedanken. Die Gepäckbänder liefen an, und Lisa entdeckte ihren Koffer. Während sie sich auf den Weg zum Ausgang machte, dachte sie weiter über Onkel Hans nach. Hans König, der ältere Bruder von Oma, der mit der Witwe eines Hoteliers zusammenlebte.

Leider wurden die Zimmer in diesem Hotel auch stundenweise vermietet, und die Witwe war zwölf Jahre älter als Onkel Hans. Bald schon verkauften die beiden das Hotel und befanden sich meistens auf Reisen.

»Absolut unpassender Umgang für Eliza«, fand Lisas Mutter, und diesmal war ihr Vater derselben Meinung. Lisa durfte nur nach Wien, wenn sie versprach, jeglichen Kontakt mit Onkel Hans zu unterlassen.

Daher war ihre Erinnerung an den Onkel immer mehr verblasst.

Irgendwann starb die Witwe, und Onkel Hans zog aus Österreich fort.

Im Laufe der Jahre wurden die Besuche bei Oma Helene immer seltener. Zuletzt reduzierte sich der Kontakt auf gelegentliche Telefonate und noch seltenere Briefe. Bis zu dem Zeitpunkt, als der Brief der Gestoria[4] aus Mallorca in Lisas Postmappe lag.

Johann König war tot, teilte man ihr mit, und hatte sie zur Erbin bestimmt.

Allerdings nur, wenn sie ein volles Jahr auf der Finca verbrachte und seinen Hund versorgte. Nach Ablauf dieser Zeit könnte sie die Finca an einen gewissen Doktor Juan Sera verkaufen und den Hund der Nachbarin Marika Fischer geben.

Lisa wurde aufgefordert, ihr Ankunftsdatum bekanntzugeben, damit man sie vom Flughafen abholen und ihr bei Behördenwegen und allen weiteren Angelegenheiten behilflich sein konnte.

Einfach lächerlich.

Doktor Eliza Wernberg als Hüterin eines Hundes auf einer mallorquinischen Finca. Was für eine Idee!

»Nachricht an Absender – Erbschaft ausschlagen – Dr. EW«, vermerkte sie auf dem Schreiben.

Warum sie dann, als sie mit der Durchsicht der Post längst fertig war, nochmals zurückblätterte, den Brief herausnahm und in ihrem Schreibtisch verwahrte, konnte sie sich selbst nicht erklären.

KAPITEL 1

Wie vereinbart, holte man sie am Flughafen ab. Die junge Frau hieß Cati, hatte ein pausbäckiges Gesicht und ein offenes Lachen.

»Buenas tardes[5], señora Sissi. Haben Sie einen guten Flug gehabt?«, begrüßte sie Lisa in halbwegs flüssigem Deutsch.

»Guten Tag«, erwiderte Lisa, »ich bin Eliza Wernberg.«

»Si, señora Sissi, Hans hat viel von Ihnen erzählt, er war ein so guter Mensch.«

Lisa beschloss, die vertrauliche Anrede auf mangelhafte Sprachkenntnisse zurückzuführen, und ersuchte die junge Frau, sie nicht »Sissi«, sondern »Lisa« zu nennen.

Cati warf ihr einen schnellen Blick zu. »Si por supuesto[6]. Hans hat Sie immer Sissi genannt.«

Kurz schien es, als wäre sie verstimmt, doch dann erzählte sie munter weiter, vom Wetter, von Hans und von ihrer Tätigkeit in der Gestoria. Bis sie fragte: »Freuen Sie sich schon auf Caja?«

»Caja?«, fragte Lisa, »wer ist Caja?«

»Ihr Hund. Der Hund von Hans«, antwortete Cati und plapperte weiter.

Lisa hörte nicht mehr zu. Wie versorgte man einen Hund? Sie wusste es nicht. Schließlich war das ihr erster.

Als die Sache mit Lutz passiert war und Lisa über einen Aufenthalt in Onkel Hans' Finca ernsthaft nachzudenken begann, hatte sie den Hund völlig ausgeblendet.

»Was für eine Rasse ist er?«, unterbrach sie.

Cati stutzte. »Ein Golden Retriever. Und er ist ein weiblicher Hund.«

Sie hatte eine Hündin. Warum fiel ihr das erst jetzt ein.

»Wissen Sie«, unterbrach sie erneut Catis Redefluss, »wo ich ein Buch über Hundehaltung kaufen kann?«

»Warum, Señora?«

»Ich habe keine Ahnung, was ein Hund frisst«, platzte Lisa heraus.

Cati lachte. »Aber Señora, Hans hat immer gesagt, dass Sie zu viel denken. Marika wird Ihnen alles erklären, und wenn Sie etwas brauchen, kommen Sie in die Gestoria.«

Lisa verstand kein Wort. Was hatte Onkel Hans damit zu tun oder eine Gestoria. »Wer ist Marika?«, fragte sie stattdessen.

»Die Nachbarin, die Freundin von Hans, bei der Caja jetzt ist. Aber das steht alles in dem Brief von Jaime.«

Natürlich, dieser lange Brief.

Selbstverständlich hatte sie ihn gelesen. Viele Male sogar. Alle wesentlichen Stellen.

Geschlecht und Rasse des Hundes gehörten nicht dazu.

Was für eine Freundin? War Marika nicht die Hundepension?

Lisa beschloss, vorerst nichts mehr zu fragen.

Wenige Minuten später parkten sie vor der Gestoria und gingen zusammen hinein.

»Sie müssen nur einen Moment warten«, sagte Cati, »Jaime kommt sofort.« Dann ging sie zu ihren Kollegen, die mit kaum verhohlener Neugier zu Lisa herübersahen.

* * *

Es dauerte einige Zeit, bis sich die Tür zum Chefbüro öffnete. Zwei Männer kamen heraus. Sie verabschiedeten sich mehrmals voneinander, nur um ihre Unterhaltung sofort wiederaufzunehmen.

Lisa wurde immer nervöser. Wenn man sie schon hier herumstehen ließ, könnte man zumindest mit dem privaten Gerede aufhören, dachte sie.

Endlich schienen sie fertig zu sein.

Einer der beiden kam auf sie zu und sagte in perfektem Deutsch: »Hola, Sissi, herzlich willkommen in Mallorca. Ich bin Jaime, wir haben schon korrespondiert. Es tut mir leid, dass Sie Ihren Onkel verloren haben. Hans war mein Freund. Bitte kommen Sie weiter.«

»Müssen die alle so tun, als hätten wir miteinander in der Sandkiste gespielt? Gibt es hier keine Nachnamen?«, dachte Lisa. Laut sagte sie: »Danke schön. Bitte nennen Sie mich nicht Sissi, ich heiße Lisa.«

Jaime nickte. Er war ein kleiner, drahtiger Mann mit einer beginnenden Glatze und einem respektablen Bauchansatz. Sie schätzte ihn auf Mitte fünfzig. Er trug verwaschene Jeans, ein kariertes Hemd mit offenem Kragen und eine Trainingsjacke. Den Chef einer Gestoria hatte sich Lisa anders vorgestellt.

»Sie werden müde sein«, nahm Jaime das Gespräch wieder auf, als sie in seinem Büro saßen. »Die wesentlichen Papiere haben Sie mir schon geschickt, daher konnte ich sämtliche Vorarbeiten erledigen. In den nächsten Tagen gehen wir noch zum Notar, dann kann ich alles einreichen. Ihre Finca ist vorbereitet. Sie müssen sich nur noch einleben. Was immer ich für Sie tun kann, bitte lassen Sie es mich wissen. Ich bin nicht nur Ihr Gestor, ich werde mich auch sonst um Sie kümmern. Hans hat mich darum gebeten.«

»Señor Jaime«, unterbrach ihn Lisa, »das ist alles sehr nett von Ihnen, aber ich glaube nicht, dass ich jemanden brauche, der sich um mich kümmert.«

Er lachte.

»Einfach nur Jaime«, sagte er, »wie gesagt, was auch immer Sie brauchen, bitte lassen Sie es mich wissen. Für heute sind wir fertig. Hier sind sämtliche Schlüssel. Das Auto steht auf der Finca, die Papiere liegen im Handschuhfach. In diesem Kuvert sind die Unterlagen für den Banksafe. Wenn Sie in den nächsten Tagen zur Bank gehen, verlangen Sie bitte Antonia. Sie ist über alles genauestens informiert.«

Lisa bereute inzwischen ihre ruppige Art. Er schien wirklich sehr bemüht. Aber es machte sie nervös, wenn man sie dermaßen vereinnahmen wollte.

»Vielen Dank, dass Sie alles so prompt organisieren konnten«, sagte sie. »Geben Sie mir bitte Ihre Honorarnote, damit ich den Betrag überweisen kann.«

Wieder lächelte er.

»Wenn Sie mir auch weiterhin Ihre Angelegenheiten anvertrauen wollen, können wir gerne eine Vereinbarung treffen. Alles andere ist erledigt. Ich schreibe Ihnen noch meine Handynummer auf. Wie gesagt, rufen Sie mich an, wann immer Sie etwas brauchen.«

Er gab ihr eine Visitenkarte und erhob sich. »Cati bringt Sie zur Finca. Ruhen Sie sich aus, Sie haben eine anstrengende Zeit hinter sich. Nochmals herzlich willkommen bei uns in Mallorca, liebe Sissi – pardon, Lisa!«

Er schob sie aus der Tür und nickte zu Cati hinüber, die sofort zu ihnen kam.

Lisa war ob der herzlichen Aufnahme nun doch ein wenig überrumpelt. Ihr fiel die beinahe fröhliche Stimmung in der Gestoria auf, selbst dann, wenn der Chef im Raum war. Sie verstaute die Karte in ihrem Portemonnaie. Dabei warf sie einen Blick darauf. »Dr. Jaime Rosselló Martí, abogado«, las sie.

Der Mann war Anwalt? Sie hatte gedacht, ein Gestor wäre so etwas wie ein Helfer bei Behördengängen.

Im Geiste verglich sie die Atmosphäre mit jener in der Kanzlei ihrer Eltern. Trotzdem schien alles bestens zu funktionieren. Wirklich erstaunlich.

Sie war überzeugt gewesen, dass absolut nichts erledigt war, und hatte sich auf eine mühsame Abwicklung eingestellt.

Ganz offensichtlich gab es doch überall Könner. Außerdem schien dieser Jaime ihren Onkel auch noch sehr gemocht zu haben.

Die Fahrt zur Finca dauerte nicht einmal fünfzehn Minuten. Cati bog von der Hauptstraße in einen unbefestigten Weg ein, fuhr ein Stück bergauf und hielt vor einer Einfahrt, die von einem imposanten grünen Tor versperrt wurde. Neben dem Torbogen prangte eine große Fliese mit bunten Verzierungen. Darauf stand »Casa del Rey«[7].

Cati schob das Tor, das nicht abgeschlossen war, zur Seite und stellte den Wagen neben einer hohen Palme ab.

Lisa sah ein hübsches Steingebäude mit blassblauen Fensterläden. Ein großes Vordach schützte den Eingang. Davor stand ein Tisch mit mehreren Stühlen. An der Seite befand sich ein Pool. Glasklares Wasser glitzerte in der Sonne.

Neben dem Haupthaus gab es noch ein weiteres Gebäude. An dessen Hauswand blühte eine üppige Bougainvillea.

Überall wuchsen Pflanzen: cremefarbene Oleander, roter Hibiskus und ein Zitronenbaum, dessen Äste sich unter der Last der gelben Früchte bogen.

»Was ist das für ein Baum, dort drüben?«, fragte Lisa.

»Ein Johannisbrotbaum. Aus den Früchten macht man Schnaps. Kennen Sie Palo?«

Lisa schüttelte den Kopf.

»Hans hat sehr gerne Mesclat getrunken, das ist Palo mit Hierbas. Ich trinke ihn jedes Jahr zur Festa de Sant Antoni[8], leider hat man am nächsten Tag einen schweren Kopf. Nächstes Jahr kommen Sie mit, und wir trinken zusammen.«

Lisa hatte wirklich nicht vor, von irgendeinem mallorquinischen Schnaps zu trinken. Aber sie schwieg.

Was sie sah, beeindruckte sie. So schön hatte sie sich das nicht vorgestellt. Es war doch schon November. Hier aber blühte noch alles. Im Pool plätscherte das Wasser, und in der Ferne konnte man das Meer sehen. An dem blassen Himmel war bereits deutlich die Sichel des Mondes erkennbar.

Das holte sie in die Wirklichkeit zurück. Jetzt war keine Zeit für Träume.

»Wo kann ich schnell etwas einkaufen? Ich brauche auch Futter für den Hund.«

Cati bemächtigte sich der Gepäckstücke und stieg die wenigen Stufen zum Hauseingang hinauf. »Sie brauchen nichts einzukaufen, es ist alles da. Morgen fahren Sie zu dem großen Supermarkt. Wo wir vorbeigefahren sind. In der Nähe der Gestoria.«

Lisa erinnerte sich. Also bräuchte sie mindestens eine Stunde. Vielleicht sollte sie doch vorher den Hund von dieser Marika holen.

Gerade als Lisa danach fragen wollte, sperrte Cati die Tür auf, ging ins Haus und öffnete die Fensterläden.

»Kommen Sie, señora Lisa, kommen Sie in Ihr Haus.«

Lisa folgte ihr.

Sie betrat einen Raum mit hohen Deckenbalken, von denen ein runder Leuchter herabhing. Auf dem gefliesten Boden lagen dicke Teppiche. Farbenfrohe Bilder schmückten die Wände. Eine Sitzgarnitur mit zwanglos verstreuten Kissen lud zum gemütlichen Verweilen ein.

Sie gingen zusammen weiter in eine helle Küche mit einem geräumigen Kühlschrank, den Cati jetzt öffnete. »Hier haben Sie alles, was Sie brauchen. Das Brot ist im Schrank«, sagte sie.

Es war wirklich alles da, was man für ein Abendessen

benötigte: Schinken, Käse, Butter, Oliven. Dann noch Kaffee und sogar zwei Flaschen Wein.

Der angrenzende Raum schien eine Art Wirtschaftsraum zu sein. Cati deutete auf einen großen Sack mit einem Hundefoto. »Ich habe das Futter für Caja hierhergestellt, der Hundekorb ist in Ihrem Schlafzimmer.«

Lisa sah sie an. »Wieso haben Sie das alles gemacht?«, fragte sie.

»Was gemacht?«

»Sie haben mir das Haus hergerichtet wie für … ja, als ob wir befreundet wären. Aber ich bin doch nur eine Klientin von Jaime.«

Cati warf ihr von der Seite wieder diesen merkwürdigen Blick zu.

»Sie sind doch die Nichte von Hans. Ich habe nichts Besonderes gemacht, nur etwas Essen besorgt.«

Zusammen gingen sie durch das ganze Haus. Cati erklärte ihr, wie man die Klimageräte bediente, zeigte ihr das Schlafzimmer und führte sie zum Nebengebäude. Dort sah es aus wie in einem Atelier. Staffeleien lehnten an den Wänden, überall lagen Bilder. Neben dem Fenster stand ein großer Schreibtisch mit einem hochmodernen Computer.

»Hier hat sich Hans am liebsten aufgehalten. Ich bringe Sie noch zu Marika, dann muss ich zu meinem Freund fahren«, sagte Cati und ging zum Auto zurück.

KAPITEL 2

Lisa schreckte schweißgebadet aus dem Schlaf. Sie setzte sich im Bett auf. Wieder hörte sie ganz deutlich dieses Pfeifen und Kratzen, unterbrochen von einem wimmernden Schnaufen. Was war das, wo war sie überhaupt?

Nur langsam kehrte die Erinnerung zurück. Woher kamen diese Geräusche?

Sie nahm allen Mut zusammen und tastete nach der Lampe.

Im sanften Licht sah sie den fremden Raum, der jetzt ihr Schlafzimmer war. Sie stand auf und wäre beinahe über den Hund gestolpert, der auf der Türschwelle lag und träumte. Zumindest schloss Lisa das aus den bizarren Bewegungen, die er dabei machte. Er kratzte mit den Pfoten über die Fliesen, scharrte und winselte und versuchte zu bellen, was zu einem jämmerlichen Fiepen verkam.

»Wach auf!«, rief Lisa. Der Hund wimmerte weiter, gefangen in seinem Traum.

Sie kniete nieder und schüttelte ihn unsanft. »Caja, ich bin es. Du träumst.«

Der Hund schreckte hoch und starrte Lisa an. Nur langsam schien er sie zu erkennen. Der Kopf plumpste auf den Boden zurück. Dann streckte er sich und gab dabei ein wohliges Grunzen von sich.

Lisa spürte, wie sie fror. Sie stand mit nackten Füßen auf dem eiskalten Boden, die Klimageräte waren ausgeschaltet, und ihr dünnes Nachthemd bot keinen Schutz gegen die Kälte.

Nach einigen Fehlversuchen gelang es ihr, die Heizung einzuschalten. Sie wickelte sich fester in ihren Morgenmantel und ging zurück in die Küche, um sich einen Tee aufzugießen. In ihrem Kopf wirbelten die Gedanken durcheinander.

Sie war in Mallorca, in dem Haus von Onkel Hans. Und sie hatte keine Ahnung, wie es weitergehen sollte.

An Schlaf war nicht mehr zu denken, also nahm sie ihre Teetasse und ging hinaus auf die Terrasse.

Unendlich viele Sterne funkelten am Himmel. Im seidigen Licht des Mondes warfen die Bäume geheimnisvolle Schatten. Der ganze Garten schien sich in ein verzaubertes Labyrinth verwandelt zu haben.

Lisa kuschelte sich in die Kissen des Schaukelstuhls. Während sie langsam zu schaukeln begann, zogen die Ereignisse der letzten Tage an ihr vorbei.

War sie wirklich erst eine Woche hier? Es kam ihr vor, als wären es Monate. Ihr bisheriges Leben schien unendlich weit weg.

Seltsam vertraut fühlte sie sich bereits mit den Menschen in ihrer Umgebung.

Sie dachte an Jaime, ihren Gestor. Letzten Sonntag hatte er sie zu sich nach Hause eingeladen. Die ganze Familie war da gewesen: seine Frau Margalida, die beiden erwachsenen Kinder, Geschwister, Neffen, Cousins.

Dann gab es noch Cati, ihren guten Hausgeist, und deren Freund Sebastian. Ständig kam sie nachsehen, ob es Lisa auch an nichts fehlte.

Und nicht zuletzt Marika. Die Freundin von Onkel Hans. Lisa musste schmunzeln, als sie an das erste Zusammentreffen zurückdachte.

Marika wohnte nur wenige Minuten entfernt.

Als Lisa und Cati an jenem ersten Tag vor dem Haus angekommen waren, wurden sie mit lautem Bellen empfangen. Unzählige Hunde liefen hinter dem Zaun auf und ab. Eine Menge Katzen betrachtete die Ankömmlinge. Außerdem gab es noch einen räudigen Esel, mehrere Hühner, einige Kaninchen und eine Voliere mit Vögeln.

Wie selbstverständlich öffnete Cati das Tor, schnappte zwei der Kläffer am Halsband und deutete Lisa, ihr schnell zu folgen und das Tor zu schließen.

Lisa war sicher, gleich den einen oder anderen Biss abzubekommen. Das Gegenteil war der Fall. Noch während sie versuchte, die schlabbernden Vierbeiner abzuwehren, eilte eine entzückende Person herbei.

Sie mochte ungefähr in Lisas Alter sein. Ein lockiger Rotschopf mit schulterlangen Haaren, elfenbeinfarbener Haut – und mit unzähligen Sommersprossen um die Nase herum. Sie trug kurze Hosen, ihre Füße steckten in flachen Pantoffeln. »Sissi!«, rief sie. Die grünen Augen strahlten. »Ich freue mich so unendlich, dass du endlich hier bist!« Noch während sie die Katze, die sie im Arm hielt, auf den Boden springen ließ, umarmte sie mit der freien Hand die sprachlose Lisa und küsste sie auf beide Wangen.

Dann nahm sie ihre Hand und zog sie zur Terrasse hinauf.

Dabei lachte und redete sie ohne Unterlass. Sie drückte Lisa in einen Stuhl und rannte ins Haus zurück. Cati, die ihr auf den Fersen folgte, rief hinterher: »Wir sollen sie nicht ›Sissi‹, sondern ›Lisa‹ nennen.«

Der Wirbelwind war schon wieder zurück. »Warum?«

»No lo se[9]«, sagte Cati.

»Okay, Lisa, ich bin so glücklich, dich endlich hier zu haben. Herzlich willkommen!«

Lisa bekam noch einen Kuss, und Marika drückte ihr zwei Schalen aus bemaltem Ton in die Hand. In der einen lag ein Brotlaib, eingewickelt in ein braun kariertes Tuch, in der anderen befand sich ein Päckchen mit Meersalz.

»Zum Einstand«, sprudelte Marika, »viel Glück! Und jetzt erzähl. Wie waren die letzten Tage, bist du müde, hast du Hunger? Mach es dir gemütlich, ich bringe uns etwas zu essen.«

Und schon lief sie wieder ins Haus.

Diesen ersten Abend würde Lisa nie vergessen.

Als sie spät in der Nacht endlich im Bett lag, hatte sie das Gefühl, eine Freundin gefunden zu haben. Wie sonst war es möglich, dass sie Marika ihre ganze Lebensgeschichte erzählt hatte.

Diese war nicht nur eine gute Zuhörerin, sie war auch eine gute Menschenkennerin. Denn während sich Lisa aufs Erzählen konzentrierte, saß plötzlich ein Hund neben ihr. Wie selbstverständlich begann sie ihn zu streicheln, merkte kaum, dass ihr Marika ständig kleine Futterstückchen zusteckte.

Wie unsicher hatte sie der Gedanke an den Hund gemacht. Und dann wurde sie von Marika einfach mit ihm verkuppelt.

Schon in der ersten Nacht trottete er hinter Lisa ins Schlafzimmer und sprang zufrieden in sein Körbchen.

Auch jetzt lag Caja neben ihr und beobachtete sie aus den Augenwinkeln. Lisa bückte sich, streichelte das seidenglatte Fell und kraulte die Hündin hinter den Ohren.

Alle waren unendlich liebenswürdig.

Sie runzelte die Stirn und sah unwillkürlich zum Tor hinüber.

Nein, nicht alle.

Dieser unmögliche Tierarzt, dieser Juan, den ihr Onkel Hans aufgezwungen hatte, der war alles andere als freundlich.

Arrogant und überheblich war er. Außerdem unglaublich eingebildet. Was glaubte er eigentlich, wer er war? Nur weil er einigermaßen gut aussah, dachte er offenbar, dass alle Welt ihn bewundern müsse. Ihr Fall war er bestimmt nicht.

Immer noch wurde sie wütend, wenn sie an das Zusammentreffen mit ihm zurückdachte.

Dr. Juan Sera, der laut Testament ein Vorkaufsrecht für die Finca besaß – falls Lisa nach Jahresfrist verkaufen und nach Deutschland zurückkehren wollte. Onkel Hans hatte ihn gewissermaßen zu Cajas Vormund bestimmt, was er auf eine geradezu unverschämte Art auszunützen versuchte.

Lisa erinnerte sich an ihren ersten Morgen.

Sie war erst spät aufgestanden, hatte Caja versorgt und anschließend sich selbst einen Kaffee gemacht.

Dann hörte sie ein ungeduldiges Hupen. Während sie zur Tür ging, um nachzusehen, wer um diese Uhrzeit zu ihr kam, sprang Caja hoch, rannte zum Tor, kratzte an den Stäben und winselte.

Lisa holte die Schlüssel und sperrte auf.

Vor ihr stand ein attraktiver Mann. Er war ziemlich groß, hatte schwarzes Haar, ein markantes Gesicht und dunkle Augen. Er überragte Lisa um einiges. Als sie den Kopf hob, lächelte er nicht unfreundlich auf sie herunter.

»Hola, Sissi, wie geht es dir. War schon an der Zeit, dass du endlich kommst und dich um Caja kümmerst. Ich bin Juan und werde zweimal die Woche hier vorbeikommen, um dem Hund die Spritze für seine Gelenke zu geben. Bitte lass das Tor offen, sonst verliere ich zu viel Zeit. Überhaupt ist es nicht nötig, es abzuschließen. Hans hat das nie gemacht. Das ist hier nicht üblich.«

Ärger stieg in ihr hoch – was bildete er sich ein!

»Auch Ihnen einen schönen Tag. Ersten heiße ich Lisa, zweitens hören Sie auf, mich zu duzen, drittens sperre ich mein Tor ab, wann immer es mir gefällt, und viertens brauchen Sie überhaupt nicht wiederzukommen.«

Er erstarrte. Lisa sah, wie sich seine Augen verengten, und spürte, wie groß der Zorn war, den er unterdrückte.

»Damit wir uns richtig verstehen.« Seine Stimme klang eisig. »Wenn es um *Sie* ginge, würde ich bestimmt keinen Fuß mehr in dieses Haus setzen. Aber es geht um Caja, und es geht um Hans, dem ich mein Wort gegeben habe. Nur aus diesen Gründen werde ich hier weiterhin vorbeikommen. Um den Hund zu versorgen und zu kontrollieren, wie Sie mit dem Tier umgehen. Ich darf Sie daran erinnern, dass die Erbschaft an diese Bedingung geknüpft ist. Und das Tor hat offen zu sein, wenn ich komme, sonst werden Sie mit mir richtig Ärger bekommen, das verspreche ich Ihnen.«

Er bückte sich zu der Hündin. Diese legte sich sofort auf den Rücken, streckte alle vier Pfoten in die Luft, in der Hoffnung, von ihm gestreichelt zu werden.

Während er Caja kraulte, wurde seine Stimme sofort wieder weich. Selbst als er die Spritze aufzog, saß die Hündin geduldig neben ihm.

Mit einem kühlen »noch einen guten Tag« sprang er in seinen Jeep und fuhr davon.

Lisa war stocksauer. Doch als sie sich später bei Marika beschweren wollte, stieß sie nur auf ungläubiges Erstaunen.

»Juan unfreundlich? Das muss ein Missverständnis sein. Er ist ein wahrer Engel. Alle Tiere lieben ihn, und natürlich auch die Tierbesitzer. Ich selbst weiß gar nicht, was ich ohne ihn machen sollte. Niemals könnte ich ein volles Tierarzthonorar zahlen. Er ist zu jeder Tages- und Nachtzeit für uns da. Am besten, du klärst das mit ihm. Du wirst sehen, Juan ist der netteste Mann, den du je kennengelernt hast.«

Lisa war überzeugt, dass sie ihn niemals nett finden würde. Aber sie wollte Marika nicht widersprechen und wechselte das Thema.

Selbst jetzt noch wallte jedes Mal Ärger in ihr hoch, wenn sie an ihn dachte.

Die Erinnerung hatte ihr die Stimmung verdorben.

Lisa brachte die leere Tasse in die Küche zurück, rief nach der Hündin und ging in ihr Schlafzimmer.

* * *

An besagtem Tag fuhr Juan den Weg von Lisas Finca zurück in die Tierklinik, die er gemeinsam mit seinem Partner Antonio leitete. Er war dermaßen wütend, dass er den Wagen anhielt und kurz ausstieg.

Der vertraute Anblick der Umgebung beruhigte ihn nur wenig. Er schaute auf die knorrigen Bäume, die saftigen Wiesen. Unzählige Schafe weideten hier. Viele Jungtiere, einige davon erst wenige Tage alt, sprangen herum und tranken bei ihren Müttern.

Seine Heimat. Seit Generationen schon im Besitz der Familie. Das Land, das er eines Tages von seinem Großvater übernehmen würde. Dafür lebte und arbeitete er. Seine Heimat bedeutete ihm alles.

Er liebte seine Großeltern. Und er hatte Hans verehrt. Diesen geradlinigen Menschen, auf den man sich zu jeder Zeit verlassen konnte. Der immer für ihn da war und ihn geliebt hatte wie einen eigenen Sohn.

Diese unmögliche Person dort oben sollte dessen Nichte sein?

Er schüttelte den Kopf. Wie sehr hatte sich Hans nach ihr gesehnt, wie liebevoll von ihr gesprochen.

»Ich fürchte«, dachte Juan, »du hast dir einen Menschen erträumt, den es nicht gibt. Dieser Frau geht es nicht um dich oder um deine Träume, und schon gar nicht geht es ihr um Caja. Sie ist nur hier, damit ihr die Erbschaft nicht entgeht. Danach sind wir sie schneller los, als wir denken. Wie dankbar bin ich dir, dass du mir das Vorkaufsrecht eingeräumt hast. Du wusstest, wie sehr mir dieses Stückchen Land am Herzen liegt. Ich werde sie in Ehren halten, deine ›Casa del Rey‹, das verspreche ich dir.«

Sollte diese Person dort oben machen, was sie wollte. Er würde schon dafür sorgen, dass Hans seinen Willen bekam.

Langsam wurde er ruhiger, ging zum Wagen zurück und setzte die unterbrochene Fahrt fort.

* * *

Während Juan zur Tierklinik unterwegs war, beschloss Lisa, den so unerfreulich begonnenen Tag zu nutzen und zur Bank zu fahren. Sie machte sich fertig, ließ Caja in den Wagen springen und fuhr los.

Sie wurde bereits erwartet. Alles war vorbereitet. Schon kurze Zeit später ging sie mit Antonia in den Saferaum. Diese sperrte das gewünschte Fach auf und ließ sie allein.

Eine Aufstellung aller Werte hatte ihr Jaime zuvor schon nach Deutschland geschickt. Dennoch war Lisa angespannt, als sie die Kassette öffnete und die Unterlagen herausnahm. Da war so ein seltsames Gefühl, das sie nicht beschreiben konnte.

Und da lag er.

Ein schmaler Umschlag, auf dem in einer markanten Handschrift stand: »Für meine liebe Sissi.«

Zögernd nahm sie den Brief an sich, drehte ihn um, unschlüssig, ob sie ihn jetzt gleich lesen sollte oder doch erst zu Hause.

Sie entschied sich, ihn ungelesen in ihre Handtasche zu stecken.

Vorerst wollte sie sich in dem kleinen Städtchen umsehen.

Es war Markttag. Alles schien übervoll mit Menschen, die an den Ständen vorbeischlenderten, einkauften oder einfach nur die Waren betrachteten.

Frauen plauderten miteinander, Männer lehnten an den Theken der Bars und Cafés.

Das bunte Treiben faszinierte sie. Irgendwo spielte Musik, es roch nach gebratenen Hühnern.

Daheim ging sie niemals nur zum Spaß einkaufen. Sie kaufte ein, um möglichst ohne großen Zeitaufwand notwendige Dinge zu besorgen. Selbstverständlich war sie auch auf einem Markt gewesen – im Urlaub. Allerdings wäre sie niemals auf die Idee gekommen, dort auch etwas zu kaufen.

Jetzt gefielen ihr der Anblick der bunten Marktstände, der Lärm, die Rufe der Händler, das Stimmengewirr.

Sie konnte nicht widerstehen und kaufte für die Hündin ein Halsband. Es war ein rotes Lederband mit bunten Stickereien. In der Mitte prangte der Namenszug *Caja*, den die Verkäuferin flink angefertigt hatte, ehe sie es ihr überreichte. Lisa machte sich nicht einmal die Mühe, den Preis zu verhandeln. Feilschen lag ihr nicht, es machte sie unsicher.

Sie legte der wartenden Hündin das Band um. »So, meine Hübsche, das ist aber ein schickes Halsband, das passt so richtig gut zu dir.«

Die Hündin wedelte, und Lisa dachte ein wenig erschrocken: »Ich muss wirklich aufpassen, jetzt rede ich schon laut mit einem Hund.« Sie blickte sich um. Kein Mensch nahm Notiz von ihr. Also schlenderte sie weiter. Es überraschte sie, wie viel Freude es ihr machte, einen Hund neben sich zu haben. Ihr kam es vor, als wäre sie mit einem Freund unterwegs.

Sie kaufte noch ein Paar Fellpantoffel aus weichem Leder und redete sich ein, dass sie bloß versuchte, sich ihrer ländlichen Umgebung anzupassen. Schon jetzt freute sie sich darauf, das weiche Fell auf ihren nackten Füßen zu spüren, wenn sie wieder einmal den Sternenhimmel betrachtete.

Am Ende kehrte sie schwer beladen mit Unmengen von herrlich frischem Gemüse, Tomaten, Kartoffeln, Mandarinen und Käse zum Auto zurück.

»Bevor ich das alles gegessen habe, ist Weihnachten«, murmelte sie, fühlte sich aber ungemein befriedigt.

Am Abend setzte sie sich mit einem Glas Rotwein auf ihre Terrasse. Sie spürte die flauschige Wärme der Pantoffeln auf ihren Füßen und schlang die Decke zum Schutz gegen die Kälte fester um ihren Körper. Dann öffnete sie den Brief von Onkel Hans. Er lautete:

Meine liebe Sissi,

wenn Du diese Zeilen liest, werde ich nicht mehr mit Dir reden können. Bitte sei nicht traurig, ich bin es auch nicht. Im Gegenteil, ich bin glücklich. Denn mein Wunsch hat sich erfüllt. Du bist da.

Ich weiß, Deine Erinnerung an mich ist stark verblasst. Erst war es der Wunsch Deiner Eltern, und viele Jahre lang habe ich mich daran gehalten. Inzwischen bist Du eine tüchtige, schöne Frau geworden. Von Deiner Großmutter habe ich vieles über Dich erfahren. Wir beide haben uns schon seit langer Zeit wieder miteinander unterhalten. Sei nicht böse, dass wir Dich ausgeschlossen haben, wir wollten Dich nicht in Verlegenheit bringen. Denn das wäre wohl unvermeidlich gewesen.

Ich bin sicher, Deine Mutter wollte immer nur das Beste für Dich, aber ich sehe, dass Du nicht glücklich bist.

Das ist der Grund, warum ich Dich eingeladen habe, eine kurze Zeit Deines Lebens bei mir zu verbringen. Deshalb habe ich dieses Testament abgeschlossen. Ich möchte Dir die Zeit geben, um in Ruhe nachzudenken, was Du selbst willst, wie Du Dir Dein Leben vorstellst. Wenn Du Dich dann entschließt, in Dein altes Leben zurückzukehren, werde ich darüber nicht unglücklich sein, sondern mich mit Dir freuen.

Ich habe hier Freunde gefunden, und ich habe den Sohn geschenkt bekommen, den ich nie hatte – Juan.

Grüß ihn noch einmal von mir. Er war mir eine große Freude.

Ich weiß, meine liebe Caja ist bei Euch beiden gut aufgehoben.

Mein liebes Kind, lass mich Dir nur dieses eine Mal sagen, wie lieb ich Dich habe. Ich wünsche Dir das ganz große Glück!

Leb wohl, mein Mädchen, und willkommen bei mir zu Hause.

Es umarmt Dich
Dein Onkel Hans

Lisa ließ den Brief sinken, die Zeilen hatten sie tief bewegt. Sie wollte sich dagegen wehren, aber es ging nicht. Natürlich irrte Onkel Hans in allem, was er sagte. Sie war glücklich, sie war erfolgreich, und der Weg, den sie eingeschlagen hatte, war richtig.

Sie wollte sich und allen anderen beweisen, dass sie die Berufung zur Dozentin schaffen würde. Hier fand sie die nötige Zeit, um an ihrer Publikation zu arbeiten.

Dann wären auch ihre Eltern stolz auf sie, und sie könnte ihre Karriere in die von ihr gewünschte Richtung vorantreiben.

War es denn kein Glück, eine erfolgreiche Juristin zu sein? War das nicht weitaus wichtiger als das Glück in der Liebe, das ohnehin nie lange anhielt.

Glück im Beruf, Glück bei der Auswahl ihres Freundeskreises und irgendwann einmal vielleicht ein passender Lebenspartner, der ihre Zielsetzungen mit ihr teilte. Das wollte sie.

Sie war keine Träumerin. Sie war eine realitätsbezogene Person, die ihr Schicksal endlich selbst in die Hand nahm, ihre Wünsche formulierte und an deren Verwirklichung arbeitete.

Träume führten nicht ans Ziel.

Überhaupt war Onkel Hans kein besonders guter Menschenkenner. In diesem Juan hatte er sich ganz gründlich getäuscht. Hätte er den nur heute Morgen erleben können!

Sie jedenfalls würde hier ihre Publikation schreiben und nach Deutschland zurückkehren.

Dann konnte sich dieser Juan die Finca nehmen. Erbschleicher wie ihn gab es überall. Ihr sollte es recht sein. Und Caja würde es bei Marika sehr gut haben. Dort konnte sie mit den anderen Hunden nach Herzenslust spielen.

»Ist ja gut, mein Mädchen.« Sie bückte sich zu der Hündin, die sie erwartungsvoll ansah. »Wir beide verbringen ein wunderbares Jahr miteinander, und danach wirst du von Marika perfekt versorgt.« Dennoch spürte sie bei diesem Gedanken so etwas wie Bedauern.

KAPITEL 3

Der nächste Morgen brachte unfreundliches Wetter. Trüb war der Himmel, und tief hängende graue Wolken verhießen Regen.

»Schließlich ist November«, dachte Lisa. Außerdem wird es Zeit, dass ich mit meiner Arbeit beginne.«

Mit ihrem Laptop und einer großen Teetasse bewaffnet, ging sie zum Nebengebäude.

Es war ein großer, heller Raum. In der Mitte befand sich ein Tisch, der übersät war mit Papieren und Zeichengerät.

Sie trat näher an ihn heran. Mehrere Aquarellkästen lagen hier. Zahlreiche Pinsel steckten in einem großen Tongefäß. Überall standen Fläschchen und Dosen. »Terpentinersatz«, las sie, »Ochsengalle« und »Leinöl«. Neugierig öffnete sie eine der Holzkisten. Ölkreiden in allen Schattierungen leuchteten ihr entgegen. Keilrahmen lehnten an den Wänden, und in den Laden einer Kommode waren unzählige Skizzen untergebracht.

Onkel Hans ein Maler? Die Bilder im Haus fielen ihr ein. Waren die etwa von ihm? Auch hier standen überall diese großflächigen Gemälde mit ihren leuchtenden Farben.

Sie ging hinüber zu dem Schreibtisch und schaltete den Computer ein. Er fuhr anstandslos hoch. Auf dem Desktop entdeckte sie eine Datei mit dem aufschlussreichen Namen »sämtliche Passwörter«.

Lisa setzte sich auf den Bürosessel.

»Idiotisch«, murmelte sie, »die Passwörter auf dem Computer abzuspeichern.«

Es gab eine Datenspeicherung auf einer externen Cloud, Passwörter für das Internet, das Mailprogramm und für diverse Onlineshops. Lisa druckte die Liste aus, speicherte sie verschlüsselt auf ihrem eigenen Laptop ab und löschte die Datei.

Was, wenn ein Unbefugter die Dateien gefunden hätte – dieser Juan zum Beispiel. Sie fand den sorglosen Umgang irritierend.

Eigentlich wollte sie an ihrer Publikation schreiben. Stattdessen verfasste sie Mails an ihre Eltern und an Ilse. Dann schrieb sie noch einen ausführlichen Brief an Oma Helene.

Ihr fiel ein, dass sie ihre eigene Anschrift gar nicht kannte. Sie hatte vergessen, danach zu fragen. Auf allen Papieren war entweder die Anschrift der Gestoria angeführt, oder es stand nur »Casa del Rey« da und dann noch der Name des Dörfchens, zu dem das Gebiet gehörte.

Sie musste die Adresse irgendwie in Erfahrung bringen.

»Dann fahre ich eben nochmals in die Gestoria«, dachte sie, »und arbeite morgen umso konzentrierter.«

Sie könne sich die Post gerne weiterhin an die Gestoria schicken lassen, erklärte man ihr dort. Oder ein Postfach mieten. Und »Casa del Rey« als Adresse sei völlig ausreichend.

Wenig später besaß sie einen Schlüssel zu einem Postfach.

»Postamt?«, dachte sie »Das hier ist nicht einmal ein Büro. Ein Raum voller Pakete und Päckchen, ein Tisch, vollgeräumt mit Briefmarken und Büromaterial. Unter einem Berg von Papieren fand sich der Poststempel, mit dem der Beamte den Brief nach Wien abstempelte. Ihren Geldschein schob er dabei achtlos in die Lade.

Lisa war jetzt froh darüber, noch schnell einen Crashkurs für Spanisch gemacht zu haben. Mit Englisch wäre sie hier nicht weitergekommen.

Sie erhielt einen mehrseitigen Mietvertrag, außerdem Bestätigungen für Schlüssel, Kaution und Jahresmiete.

Einmal mehr fiel ihr diese bürokratische Übergenauigkeit einerseits auf, verbunden mit der beinahe sträflichen Nachlässigkeit andererseits, wenn es darum ging, Wertgegenstände und Geld zu verwahren.

Der Poststempel lag offen herum. Von den unzähligen Paketen erst gar nicht zu reden.

Jaime fiel ihr ein und die Berge von Papieren, die er für diverse Ämter vorbereitet hatte. Die Handkassa allerdings stand unversperrt am vordersten Pult.

Wenn das sogar ihr in so kurzer Zeit aufgefallen war, mussten es alle anderen schon längst wissen.

Mit fast ungläubigem Staunen erinnerte sie sich daran, wie sie in der Bank gleich über mehrere Beutel Münzen gestiegen war, die auf dem Boden liegend darauf warteten, eingeräumt zu werden, während die Putzfrau beim Wischen diesen Platz säuberlich aussparte.

»Die bräuchten einige anständige Vorschriften«, überlegte Lisa, »dann würden sie ein wenig umsichtiger mit den Dingen umgehen.«

Inzwischen hatte es zu regnen begonnen. Sie sah sich um und erblickte schräg gegenüber eine kleine Bar mit einer großen Scheibe zur Straße hin. Sie beschloss, einen Kaffee zu trinken. Schnell trat sie ein.

»Bon dia[10]«, sagte der Mann hinter dem Tresen.

»Buenos dias«, erwiderte Lisa.

Er grinste sie zahnlos an.

»Un café con leche[11] por favor.«

»Ahora mismo[12], Señora.«

Der Kaffee war stark und heiß. Lisa machte es sich auf ihrem Platz bequem und beobachtete die Straße.

Plötzlich verwandelte sich der leichte Regen in einen Wolkenbruch. In dicken Strömen stürzten Unmengen von Wasser herab und hüllten das Gebäude auf der gegenüberliegenden Seite in einen undurchdringlichen Wasservorhang. Sofort war alles überschwemmt, und aus den Kanaldeckeln schossen die Wasserfontänen.

Der Wirt kam hinter seiner Theke hervor, öffnete die Fenster, unter denen das Wasser bereits hereinlief, und versuchte, die Fensterläden zu schließen. Viel half es nicht. Überall bildeten sich Rinnsale, die ungehindert ihren Weg über die Wände hinunterliefen und am Boden von Tüchern aufgefangen wurden, die der Wirt dort sichtlich unbeeindruckt ausbreitete.

Was war das für eine Bude – hier gab es nicht einmal dichte Fenster!

Draußen schien die Welt unterzugehen. Der Regen prasselte auf die Tische, trommelte auf das Vordach und tropfte beim Eingang durch die Decke.

Der Wirt kam zurück und trat an ihren Tisch. »Gota Fría[13]«, sagte er.

»Si«, antwortete Lisa, obwohl sie kein Wort verstanden hatte. Was für ein kalter Tropfen? Der unter dem Fenster oder der oberhalb der Tür? So schnell, wie der Guss gekommen war, so schnell hörte er auf.

Lisa machte sich auf den Heimweg. Viel hatte sie nicht erledigt, aber morgen war auch noch ein Tag.

Zu Hause angekommen, bemerkte sie entsetzt die Wasserlache unter ihrem Küchenfenster. Sie suchte nach Bodentüchern, wollte das Wasser aufwischen, bekam nasse Füße und bereute ihren Entschluss, in dieses Haus gekommen zu sein.

Was machte sie bloß hier, in dieser Ruine, in die es hereinregnete. Hier konnte sie unmöglich den Winter verbringen.

Krampfhaft bemühte sie sich, ruhig zu bleiben. Ein Rundgang durch das übrige Haus zeigte ihr, dass sonst alles trocken war. Sie war hier, um Zeit zum Schreiben ihrer Arbeit zu finden. Was würde aus ihrem Plan werden, wenn sie überstürzt abreiste? Also musste sie einen Baumeister engagieren und die offenbar dringend notwendigen Sanierungsarbeiten durchführen lassen.

Aber wen?

Ein Blick auf die Uhr zeigte ihr, dass sie Jaime nicht mehr antreffen würde, also beschloss sie, zu Marika zu gehen.

Diese striegelte gerade den Esel. »Viel hilft es nicht«, erklärte sie, »schöner wird er nicht mehr, aber er liebt es, besonders, wenn er so nass ist.«

»Kennst du einen Baumeister? Bei mir regnet es hinein«, platzte Lisa heraus.

Marika fuhr fort, den Esel zu bürsten. »Du meinst jetzt eben, bei der kleinen ›Gota Fría‹?«

»Klein? Das war die Sintflut. Was bedeutet ›Gota Fría‹?«

»Das ist ein Wetterphänomen. Es schüttet unglaublich, weil das Meer noch warm ist und die Luft doch schon kühler. Wenn sich dann noch Sturm dazugesellt und es vor allem länger dauert, kann es schlimm werden.«

Sie kämmte die langen Schwanzhaare, was den Esel zu einem Schnauben veranlasste. Er bleckte die gelben Zähne und stampfte mit dem Huf.

»Das mag er nicht so besonders«, erklärte Marika überflüssigerweise, »aber er muss es aushalten, sonst bekomme ich die Haare vor lauter Filz nicht mehr auseinander.«

Während sie sich weiter durch die Haare des Esels arbeitete, fuhr sie fort. »Das eben war wirklich kaum der Rede wert. Hast du die Fensterläden geschlossen? Das musst du, wenn du weggehst, sonst drückt dir der Sturm den Regen zwischen den Rahmen durch. Dagegen hilft dir auch kein Baumeister. Hans hat sowieso die besten Fenster einbauen lassen. Was glaubst du, wie es bei mir hereinregnet. Wenn ich weggehe, lege ich noch ein Tuch auf das Fensterbrett, das passt dann schon.«

Sie beendete die Fellpflege, reinigte die Bürsten und Kämme und gab dem Esel ein großes Stück Brot.

»Lass uns auf die Terrasse gehen, ich mache uns ein paar Schnittchen«, sagte sie und lief schon voran. Lisa folgte ihr nachdenklich.

Marika hatte so eine positive Art, alle Unbill wegzustecken. Die Pflege dieser Tierschar musste Stunden in Anspruch nehmen, von den Kosten erst gar nicht zu reden. Nebenbei erledigte sie ihre Arbeit als Schneiderin. Sie nähte und reparierte die Kleidungsstücke zu Hause und brachte sie dann direkt zu ihren Kunden oder lieferte sie im Friseursalon ihrer Freundin Emely ab, wo sie abgeholt wurden.

Sie konnte unmöglich über ausreichend finanzielle Mittel verfügen. Dennoch bestand sie darauf, alle zu bewirten. »Warum bringe ich nie etwas mit?«, dachte Lisa. Stattdessen war sie immer nur auf ihre eigenen Probleme konzentriert. Auch Caja hatte Marika sofort bei sich aufgenommen. War diese Frau wirklich so selbstlos?

»Sag, wie war er? Was für ein Mensch war Hans?«, fragte Lisa, als sie zusammen auf der Terrasse saßen.

Um sie herum waren überall Tiere. Hunde lagen auf den Steinfliesen, mehrere Katzen saßen auf den Fensterbänken, und die Hühner pickten auf der nassen Erde.

Marika zündete sich eine Zigarette an, lehnte sich zurück und streckte die langen Beine von sich.

»Er konnte zuhören«, begann sie. »Wenn man Hans etwas fragte, bekam man immer eine Antwort. Er war hilfsbereit, ohne sich anzubiedern und ohne etwas zu erwarten. Es bereitete ihm Freude, einem das Leben ein wenig zu erleichtern. Nicht mit Geld. Obwohl er mir öfter einen Sack Futter mitgebracht hat. Immer fand er Zeit für einen Rat oder eine Hilfe. Die meisten Menschen versprechen doch alles Mögliche, und wenn es darauf ankommt, haben sie irgendeine Ausrede.

Nicht so Hans. Was er zusagte, hielt er. Selbst wenn es ihm vielleicht ungelegen kam. Außerdem war er loyal. Jaime, Juan und ich, wir drei waren wohl seine engsten Freunde. Er ist immer für uns eingetreten.« Marika hob ihr Glas. »Lass uns auf ihn trinken. Auf Hans, den besten Menschen auf der ganzen Welt!«

Nachdenklich hörte Lisa zu.

Plötzlich sah sie sich mit dem Menschen Hans König konfrontiert. Mit ihrem Onkel Hans. Um den sie sich nie gekümmert hatte.

Wieso dachte sie erst jetzt über ihn nach?

Sogar mit ihrer Großmutter war er in Kontakt gewesen. Sie hätte bloß einmal nachfragen müssen. Sie wusste doch, dass er noch lebte. Nicht einmal zwei Flugstunden von ihr entfernt. Geachtet von seinen Freunden, die sofort bereit waren, sie zu akzeptieren.

Lisa spürte Marikas Hand auf ihrem Arm.

»Sei nicht traurig. Das hätte er nicht gewollt. Du konntest dich bei ihm nicht melden, mach dir deshalb keine Vorwürfe.«

»Natürlich hätte ich ihn anrufen können. Ich bin doch kein Kind mehr!«

»Hans hat viel mehr über dich gewusst, als du denkst. Er hat deine Disziplin und deine Loyalität immer wieder erwähnt als deine besten Eigenschaften. Er wollte dich nicht aus deiner Welt herauslösen. Aber dann ist offenbar etwas passiert. Er hat nur gesagt, du würdest an einem Scheideweg stehen, der dir großen Kummer bereitet. Seither wollte er mit dir in Kontakt treten. Damals muss er auch das Testament aufgesetzt haben. Vielleicht ahnte er, dass ihm nicht mehr viel Zeit bleibt.«

An diesem Abend konnte Lisa lange nicht einschlafen.

Hans hatte von einem Scheideweg gesprochen.

Wie konnte er das wissen? Sie wollte jetzt nicht darüber nachdenken.

Doch die Gedanken ließen sich nicht abschütteln.

Nur mühsam beruhigte sie sich und fiel in einen unruhigen Schlaf.

KAPITEL 4

War heute wirklich schon der 1. Dezember? Nicht nur, dass sie gerade einmal einige »erste Gedanken« notiert hatte – die Zeit rann ihr nur so durch die Finger.

Sie hatte Emely kennengelernt. Marikas Freundin, und inzwischen auch schon ihre.

»Kommst du mit mir ins Dorf?« Wie immer kam Marika mit Vollgas auf die Finca gefahren, hupte dreimal und streckte den Kopf aus dem Fenster.

Längst schon sperrte Lisa das Tor nicht mehr ab. Es war offenbar normal, ohne Vorankündigung vorbeizukommen. Mittlerweile genoss sie diese lockere Art.

Rückblickend spürte sie so etwas wie Scham, wenn sie an ihr erstes Zusammentreffen mit Juan zurückdachte. Gleichzeitig stieg wieder der alte Groll in ihr hoch. Wenn es nur um das Tor gegangen wäre. Aber er war unglaublich anmaßend gewesen.

Ob er ihr absichtlich auswich? Sie hatte ihn seit jenem Tag nicht mehr gesehen. Stattdessen kam sein Partner Antonio vorbei – ein unglaublich freundlicher junger Mann mit einer ruhigen Ausstrahlung.

Juan sei öfters auf einem Seminar in Barcelona, erklärte er Lisa. Von Antonio lernte sie in dieser Zeit mehr über artgerechte Haltung und Pflege, als sie in irgendeinem Buch hätte nachlesen können.

In bester Absicht hatte Lisa der Hündin eine Tüte Hundewürstchen gegeben. Schlimmer Durchfall und Fieber waren die Folge, sodass Lisa in der Tierklinik anrufen musste.

Statt ihr Vorhaltungen zu machen, versorgte Antonio zunächst den Hund. Danach tröstete er die völlig aufgelöste Lisa und erklärte ihr geduldig, wie man einen kranken Hund richtig pflegt.

Lisa war froh, dass dieser Juan nicht hier war.

Dabei konnte sie überhaupt nichts dafür. Woher sollte sie auch wissen, dass Caja unter Futterunverträglichkeiten litt und daher nur ihr spezielles Futter vertrug.

»Stimmt nicht«, meldete sich mahnend ihre innere Stimme. »Marika hat es dir gesagt. Du hast nur nicht zugehört.«

Sie kochte schleimigen Reisbrei, zerkleinerte Zwieback und schwor sich, künftig besser achtzugeben.

Als ihr dann Antonio von einer Möglichkeit erzählte, wie man trotz allem ein wenig Abwechslung in die Fütterung bringen könnte, stimmte Lisa sofort zu.

Seitdem pürierte sie unter seiner Aufsicht Obst und Gemüse, schnetzelte Rindfleisch, mischte Olivenöl mit Jogurt. Und wenn sie die Hündin über ihrer Schüssel schmatzen hörte, verspürte sie eine tiefe Befriedigung.

* * *

Emely betrieb einen Kosmetik- und Friseursalon an der Küste. Sie lebte schon seit vielen Jahren auf der Insel, hatte Berlin nach einer langwierigen Scheidung für immer verlassen.

Sie war um die dreißig und mittelgroß. Kurze braune Haare umrahmten ihr apartes Gesicht.

»Das Dorf«, wie es Marika nannte, war eine der großen Touristenhochburgen. Im Winter waren die meisten Hotels geschlossen, und auf den Straßen sah man fast nur Einheimische.

»Setz dich, ich frisiere nur schnell noch die letzte Dame fertig, dann bringen wir dich auf Vordermann«, hatte Emely erklärt.

»Ich bin nicht zum Schneiden da«, versuchte Lisa ihr Glück.

»Natürlich nicht. Aber du bist zu schade für diesen langweiligen Schnitt. Es wird Zeit, etwas zu ändern.«

Dank einiger raffinierter Strähnen wirkte Lisas Haarfarbe jetzt viel lebendiger. Die in Stufen geschnittenen Haare fielen locker auf ihre Schultern herab.

»Die Frisur ist viel schöner als das Ergebnis bei meinem Friseur«, sagte Lisa, während sie sich im Spiegel bewunderte. Außerdem war es viel lustiger hier. Marika blieb die ganze Zeit über bei ihnen sitzen. Pausenlos hatten sie geredet und gelacht. Und immer noch hatten sie einander so vieles zu erzählen.

»Gehen wir zu Xisco, auf ein paar Tapas?«, fragte Emely.

Wenig später saßen sie in dem mallorquinischen Lokal.

In der Mitte des Schankraumes hing ein überdimensionaler Fernseher. Gerade wurde ein Fußballspiel übertragen.

Mehrere Personen saßen an den zwanglos aufgestellten Tischen und kommentierten in voller Lautstärke das Match. Kinder spielten mit einem Plastikauto, während sich ihre Mütter miteinander unterhielten. Alles war in gleißendes Neonlicht getaucht. Es roch nach Essen, nach Fett und nach Reinigungsmittel.

Die Tapas hingegen waren vorzüglich – frittierte Fischchen, Hackfleischbällchen in würziger Tomatensauce, Serranoschinken, Oliven, frisches Baguette und eine Knoblauchmayonnaise namens »Alioli«.

Lisa genoss das Zusammensein mit den beiden Frauen. Die Zeit verstrich wie im Flug.

* * *

»Wann habe ich mich jemals so wunderbar unterhalten?«, fragte sich Lisa, als sie später auf der Terrasse ihrer Finca saß und über das Land blickte.

Die Blätter des Johannisbrotbaums raschelten in der sanften Brise, und die Bougainvillea an der Hausfassade stand in voller Blüte.

Sie wusste, ihre Arbeit wartete, aber sie wollte noch ein wenig die sanften Strahlen der Sonne genießen, bevor sie sich an den Computer setzte.

Warum hatte sie es überhaupt so eilig? Wo doch so schönes Wetter war.

Im Winter würde noch genug Zeit zum Arbeiten sein. Wenn das Wetter umschlug und man nicht spazieren gehen konnte.

Sie dachte an Deutschland. Dort war jetzt schon Winter.

Hier war der Himmel blau, die Sonne schien mild, und die Luft duftete nach feuchter Erde und nach Gräsern.

Wie es wohl jetzt am Strand war?

»Du musst endlich einen geregelten Tagesablauf einführen«, mahnte eine innere Stimme – woraufhin Lisa die Autoschlüssel nahm, nach der Leine griff und Caja in den Wagen springen ließ.

»Musst du den Hund eigentlich immer mitschleppen?«, murmelte sie.

Fing sie schon wieder an, mit sich selbst zu reden?

Ein Hund braucht eben Auslauf!

Fast übermütig drehte sie den Zündschlüssel um und ließ den Wagen über den steinigen Weg hinunterrollen.

* * *

Der Strand war beinahe menschenleer. Einige Möwen zogen ihre Kreise, Fischerboote schaukelten auf den Wellen. Weit draußen am Horizont fuhr ein Kreuzfahrtschiff vorbei.

Lisa hakte die Hündin von der Leine, die sofort davonrannte – direkt ins Meer hinein. Sie sprang in die Wellen, tauchte unter, zog etwas heraus und rannte damit an den Strand, wo sie sich immer wieder schüttelte, sodass das Wasser aus ihrem Fell spritzte.

»Lass das, komm sofort her!«, schrie Lisa.

Doch Caja dachte gar nicht daran. Sie rannte los, raste den Strand entlang, bis sie nur als Punkt in der Ferne zu erkennen war, drehte um und lief wieder zurück in die andere Richtung, an Lisa vorbei, ohne von dieser die geringste Notiz zu nehmen.

»Caja, komm zurück, hiiiiiierher!«, schrie Lisa und stolperte dem Hund nach.

Das Ergebnis war gleich null.

Die Hündin jagte hinter den Möwen her oder buddelte tiefe Löcher in den Sand, in denen sie beinahe versank.

»Caja!«, schrie Lisa wieder, und lief dem Hund hinterher.

Inzwischen waren auf der Uferpromenade einige Menschen stehen geblieben, die das Schauspiel beobachteten.

Sie winkten und riefen ihr etwas zu, was Lisa nicht verstand.

Sie hetzte hilflos hinter dem Hund her, schrie, versuchte ihn einzufangen. Der aber schien alles für ein Spiel zu halten.

Lisa schämte sich in Grund und Boden.

Plötzlich ein Pfiff. Wie angewurzelt blieb Caja stehen. Ein scharfes »Sitz!«. Augenblicklich gehorchte sie.

Dann sah Lisa ihn und stöhnte innerlich auf. Auch das noch. Der letzte Mensch, den sie in dieser Situation treffen wollte. Blieb ihr heute gar nichts erspart?

Er kam direkt auf sie zu.

»Sie können sie jetzt anleinen – schnell«, sagte Juan, während er näher kam.

Mit zitternden Fingern hakte Lisa die Leine ein, dann drehte sie sich zu ihm um.

»Jetzt sind Sie natürlich mächtig stolz auf sich, was?«, entfuhr es ihr.

»Ich dachte, Sie könnten vielleicht ein wenig Hilfe gebrauchen. Aber wenn ich mich irre, können Sie den Hund ja wieder loslassen.« Seine Augen verrieten, wie gut er sich amüsierte.

Lisa schoss die Röte ins Gesicht. Musste er ausgerechnet jetzt hier antanzen.

»Gott, waren wir heute wieder einmal gut!«, schnauzte sie. Er lächelte immer noch. Hastig wandte sie den Blick ab. Sie benahm sich einfach lächerlich.

»Und du«, keifte sie die neben ihr sitzende Hündin an, »du hast zu kommen, wenn ich rufe. Hast du gehört?« Dabei riss sie heftig an der Leine.

Da spürte sie seinen Griff.

»Nicht«, sagte er, »Sie dürfen sie jetzt nicht strafen. Das versteht sie nicht. In ihren Augen hat sie nichts falsch gemacht. Sie hat nur ein Spiel mitgemacht und ist glücklich darüber, dass es Ihnen beiden so viel Spaß gemacht hat.«

»Und das wissen Sie natürlich. Hat Ihnen Caja vielleicht geschrieben, oder was?«

»Das nicht gerade, aber das weiß man, wenn man sich ein wenig mit Hunden auskennt.«

Bevor Lisa wieder loslegen konnte, hob er begütigend beide Hände. »Wenn es Sie interessiert, bringe ich Ihnen gerne einige Bücher über Hundeerziehung vorbei. Ein Hundekochbuch brauchen Sie ja nicht mehr. Wie ich höre, sind Sie inzwischen zur Haubenköchin mutiert.«

»Weiß hier eigentlich jeder alles, was ich tue? Was hat Ihnen dieser Antonio noch erzählt?«

»Alles«, sagte er, »wir sind Partner.«

Noch bevor Lisa weiterreden konnte, fragte er: »Was ist, trinken Sie einen Kaffee mit mir? Meine Friedenspfeife habe ich leider nicht mit.«

Dann streckte er die Hand aus. »Geben Sie mir den Satansbraten«, sagte er, nahm Lisa die Leine aus der Hand, rief den noch immer wartenden Leuten einige Worte zu und ließ ihr keine andere Wahl, als ihm hinterherzugehen.

»Muss ja unglaublich amüsant sein, sich über jemanden lustig zu machen, der versucht, seinen Hund einzufangen.«

Er drehte sich zu ihr um. »Überhaupt wenn derjenige ständig ›Ruhe‹ brüllt.«

»Bitte was?«

»Ihr Hund. Er heißt ›Kusch‹.« Er machte eine Pause, bevor er weitersprach. »Callarse heißt so viel wie ›still sein‹ oder ›den Mund halten‹. Das doppelte ›l‹ wird wie ›j‹ gesprochen. Wenn Sie also ständig ›Caja‹ schreien, dann ist das so, wie wenn Sie in Deutschland ›Ruhe‹ brüllen. Sie müssen zugeben, dass das nicht einer gewissen Komik entbehrt.« Er sah sie an. »Oder haben Sie keinen Humor?«

Lisa wusste nicht, ob sie beleidigt oder amüsiert sein sollte. Sie entschied sich für ein Mittelding, schüttelte die Haare zurück und probierte einen kleinen Augenaufschlag. »Sieht so aus, als müsste ich mich bei Ihnen bedanken. Aber wem ist dieser idiotische Name eingefallen. Onkel Hans?«

»Nein«, antwortete Juan. Irrte sie sich, oder sah er sie anders an als beim letzten Mal.

»Nicht, dass Hans keine Ader für solche Spielchen hatte, aber in diesem Fall kann er nichts dafür. Caja hieß schon so, als er sie bekam, und wollte sich an keinen anderen Namen gewöhnen, obwohl Hans es sogar probiert hat.«

»Also habe ich jetzt die berühmte Arschkarte«, sagte Lisa und hörte ihn auflachen. Es war ein sehr warmes Lachen. Gegen ihren Willen fasziniert, schaute sie auf, geradewegs in seine Augen hinein.

»Sagen Sie, aber Sie flirten nicht zufällig gerade mit mir?«, sagte sie.

»Nein«, antwortete er, »wenn ich es täte, wüssten Sie es.« Sagte er und schob sie sanft in Richtung der Cafeteria. Neugierig geworden, folgte sie ihm.

»Hören Sie«, Lisa nahm ihren Mut zusammen, während sie mit dem Löffel in ihrem Kaffee rührte, als wäre es von größter Wichtigkeit, dass sie den Schaum gleichmäßig verteilt bekam, »ich war vielleicht etwas unhöflich. Ich meine bei unserem letzten Zusammentreffen. Aber ich kann es nicht leiden, wenn man sich ungebeten in meine Angelegenheiten mischt.«

Juan nickte. »Vergessen Sie es, ich habe auch nicht gerade meinen besten Tag gehabt.«

Nach einer Pause fuhr er fort: »Haben Sie sich schon ein wenig eingelebt? Antonio schwärmt richtig von Ihnen – wie toll sie mit Caja zurechtkommen.«

Lisa schnitt eine Grimasse. »Um ehrlich zu sein, ich habe Mist gebaut. Es war Antonio, der den Schlamassel in Ordnung gebracht hat ... Ich habe ihr Hundewürstchen gegeben.«

»Ich weiß, ist eben noch kein Meister vom Himmel gefallen. Jedenfalls scheinen Sie Ihre Hausaufgaben gemacht zu haben. Ihr morgendlicher Obst-Gemüse-Brei mit frischem Rindfleisch soll einem das Wasser im Mund zusammenfließen lassen.«

Sie lächelte. »Ich versuche es. Ich selbst möchte auch nicht jeden Tag das Gleiche essen. Also bemühe ich mich eben, etwas Abwechslung in Cajas Speiseplan zu bringen. Ohne dass sie gleich krank wird. Liebe geht ja bekanntlich durch den Magen.«

Da er nichts sagte, sprach sie weiter: »Aber wir unterhalten uns ständig nur über den Hund. Reden wir doch von etwas anderem. Antonio meinte, Sie wären in Barcelona auf Seminar. Wieso sprechen Sie eigentlich so perfekt Deutsch?«

Sein Lächeln verschwand. »Ich bin zweisprachig aufgewachsen.« Gleich darauf rief er die Kellnerin zum Zahlen, und sie trennten sich beinahe wieder mit der alten Distanziertheit.

»Aus dem soll einer schlau werden«, murmelte Lisa, »aber irgendwie ist er doch nicht so ein Lümmel, wie ich anfangs dachte.«

* * *

Lisa saß vor dem Computer in Onkel Hans' Atelier und versuchte, sich auf die Arbeit zu konzentrieren.

Immer wieder schweiften ihre Gedanken ab.

»Ich will nicht mehr länger in der Kanzlei meiner Eltern arbeiten. Noch dazu, wo es mehr und mehr die Kanzlei meiner Mutter ist«, überlegte sie. »Vater ist ausschließlich an seinen Vorlesungen und an den Studenten interessiert.«

Auch sie interessierte der wissenschaftliche Aspekt immer stärker, merkte sie. Warum also fiel es ihr dermaßen schwer, sich auf ein Thema zu konzentrieren?

»Ich bin einfach überarbeitet«, dachte sie. »Es war zu viel.« Alles war zu viel gewesen.

Der Verrat von Lutz, der Job, den sie nur ihrer Mutter zuliebe weitermachte, und dann noch jener entsetzliche Tag, an dem sich einer ihrer Klienten direkt vor ihren Augen umgebracht hatte.

Sie musste jenen Tag aus ihrem Gedächtnis streichen, durfte nicht zulassen, dass diese Bilder sie unaufhörlich verfolgten.

Nie wieder wollte sie so etwas wie diese Versteigerung erleben! Sie merkte, wie sie zitterte, sprang auf und lief in den Garten hinaus.

Unruhig begann sie um den Pool herumzugehen. Immer rundherum lief sie, eine Runde nach der anderen.

Wie hatte das alles passieren können?

»Ich war nicht schuld daran«, versuchte sie sich zu beruhigen. Alle sagten das. Sogar der Psychiater, den sie aufsuchen musste, weil die Albträume wochenlang nicht nachließen.

Nach und nach rief sie sich die ganze Geschichte in Erinnerung.

Es ging um den Konkurs eines Autohauses. Die Anwaltskanzlei Wernberg war mit der Abwicklung betraut, sie selbst zur Masseverwalterin bestellt worden.

Sie konnte sich noch gut an Bernd Mosel erinnern – ein ruhiger Typ, den seine Gutmütigkeit um die Existenz gebracht hatte. Irgendwie war ihm alles entglitten. Die deutlich jüngere Gattin, teure Reisen, Schmuck, eine große Villa.

Die Privatausgaben waren viel zu hoch. Mit dem Autohaus in dem kleinen Vorort konnte er nicht so viel einnehmen, dass die Ausgaben gedeckt waren.

Bernd Mosel blieb nach ihrer letzten Besprechung noch ein wenig länger sitzen. Sie spürte, dass er noch reden wollte, und hörte ihm zu.

Seine Frau hatte ihn bereits verlassen und war mit den Kindern fortgezogen. Das Scheidungsverfahren lief, auch die Villa wurde versteigert. Mosel hatte sein ganzes Leben in diesem kleinen Vorort verbracht, war dort zur Schule gegangen. Jetzt grüßte ihn kaum mehr einer, selbst frühere Schulkameraden erwiderten seinen Gruß nicht mehr.

Lisa begleitete ihn bis zur Tür und verabschiedete sich dort von ihm. Das war ihr letztes Treffen gewesen.

Danach musste sie sich einmal mehr anhören, dass sie zu viel Arbeitszeit in ihre Kunden investierte. »Wenn du künftig mit jedem von denen so lange herumtrödeln willst, wäre es vielleicht besser, du bewirbst dich bei der Caritas«, hatte ihre Mutter gemeint.

Lisa seufzte. Sie war derartigen Kommentaren viel zu wenig entgegengetreten. Es war schließlich ihre Zeit. Ihre ganz eigene Lebenszeit. Die Kanzlei verdiente an den Konkursabwicklungen genug, um mit den Klienten auch einige persönliche Worte wechseln zu können.

Am nächsten Tag fand die Versteigerung des Inventars und der Fahrzeuge statt.

Es war ein kalter Märztag. Sie bog in den Parkplatz vor dem Schauraum ein. Mosel sei schon im Büro, hole noch einige Unterlagen, hieß es.

Der Gerichtsvollzieher kam zu ihr und bat, mit der Versteigerung beginnen zu dürfen. Viele Bieter waren nicht gekommen, dafür umso mehr Neugierige.

»Ob das wohl diejenigen sind, die ihm den Gruß verweigern?«, überlegte sie noch.

Dann fiel der Schuss.

Zunächst glaubte sie, das Geräusch käme von einem geplatzten Reifen oder einem Auspuff.

Da liefen bereits alle los – der Gerichtsvollzieher, der Betriebsleiter, der eben noch mit dem Präsentieren der Autos beschäftigt gewesen war, der Mechaniker.

»Einen Arzt, schnell, rufen Sie einen Arzt.«

Mit klammen Fingern wählte Lisa die Notrufnummer. Doch da kamen die Männer schon wieder aus dem Büro heraus.

»Bitte gehen Sie zurück, wir können hier niemanden hereinlassen.«

Sie wusste nicht mehr, wie lange sie auf dem eiskalten Vorhof gestanden hatte. Die Polizei kam, der Notarztwagen, der bald wieder abfuhr – dann der Leichenwagen.

Spät am Abend war sie zitternd vor Kälte und Schock nach Hause gekommen.

»Ich kann dich wieder einmal nicht erreichen«, hörte sie die Stimme ihrer Mutter auf dem Anrufbeantworter.

Stammelnd überbrachte sie die Nachricht.

»Das wird die Bieterfreude drastisch eingeschränkt haben«, war der Kommentar ihrer Mutter, »du musst gleich morgen eine Eingabe an das Gericht verfassen. Wir brauchen einen Kurator.

Wenn wir warten wollen, bis die Erbschaft abgehandelt ist, können wir den Akt nie schließen.«

»Mama, er ist tot.« Mehr als ein heiseres Flüstern brachte sie nicht zustande.

»Natürlich ist er tot. Bitte reiß dich zusammen. Ich weiß wirklich nicht, wo du das herhast. Wenn du möchtest, kannst du den Fall an Dr. Berger abgeben und stattdessen die Vertretung in dem Wirtschaftsprozess übernehmen. Fähig genug bist du dazu. Lediglich dein ewiges Mitgefühl nervt.«

Lisa war mit einem Glas Cognac in die Badewanne gestiegen, nichts konnte die Kälte aus ihren Knochen vertreiben.

Danach rief sie bei Lutz an, erreichte ihn aber nicht. Am nächsten Morgen war sie krank.

»Eliza, mein Schätzchen.« Erst am späten Nachmittag rief Lutz zurück. Wahrscheinlich hatte ihn ihre Mutter informiert. »Ich hoffe, du grämst dich nicht noch immer. Dr. Berger hat die Geschichte bestens im Griff. Sieh zu, dass du bald wieder auf dem Damm bist. Du weißt, wie leicht ich mich anstecke. Das kann ich mir im Moment absolut nicht leisten. Sag mir Bescheid, wenn es dir besser geht. Dann machen wir uns einen schönen Abend.«

»Mistkerl«, murmelte Lisa und unterbrach ihre Wanderung um den Pool. »Nicht ein einziges Mal hat er mich angerufen an den folgenden Tagen.«

Sie spürte, wie sie fror. Es dämmerte schon. Ein einzelner Stern leuchtete an dem blassen Himmel. An der Küste funkelten zahlreiche Lichter.

»Warum habe ich mir das gefallen lassen?«, überlegte sie, »warum habe ich nicht gemerkt, wie unmöglich sein Benehmen war?«

»Sie müssen lernen, Nein zu sagen.« Die Worte des Psychiaters fielen ihr ein: »Nur aus dem Nein entsteht Veränderung.«

Damals hatte sie damit nichts anfangen können. Sie wollte gar nichts verändern. Alles war bestens. Sie hatte ihren Beruf, war erfolgreich und mit einem der prominentesten Anwälte der Stadt verlobt. Warum also hätte sie etwas verändern sollen?

»Weil ich nicht glücklich war«, schoss es ihr durch den Kopf.

Wieso hatte sie das nie gemerkt? Niemand hatte es bemerkt.

Erschöpft hielt sie inne. Sie setzte sich auf den Poolrand und schlang die Arme um ihren Oberkörper.

»Nein«, dachte sie weiter, »das stimmt nicht. Es gibt eine Menge Menschen, die bemerkt haben, dass ich nicht glücklich bin. Der Psychiater, meine Großmutter, Ilse – und sogar Onkel Hans.«

Sie blieb stehen.

War sie etwa nach Mallorca gekommen, um über ihr Glück nachzudenken. War sie tatsächlich auf der Suche nach ihrem eigenen Glück?

Vor zwei Wochen noch wäre ihr dieser Gedanke absurd erschienen, jetzt kam er ihr bei Weitem nicht mehr so abwegig vor.

In einem hatte der Psychiater recht. Sie musste Nein sagen lernen.

»Aber gerade darin habe ich bereits erhebliche Fortschritte gemacht«, dachte sie. Dann begann sie zu lachen. Da saß sie am Rand des Pools und sinnierte über das Glück in ihrem Leben nach.

»Vermutlich bin ich nach dem einen Jahr wenn schon nicht rundum glücklich, so wenigstens komplett verrückt.«

Zufrieden kehrte sie ins Haus zurück.

KAPITEL 5

»Die Weihnachtsbeleuchtung wird morgen zum ersten Mal eingeschaltet. Du kommst doch mit uns nach Palma?«, sagte Marika. Es war mehr eine Feststellung als eine Frage.

»Was, schon? Hier denke ich an alles, nur nicht an Weihnachten. Natürlich komme ich mit, sehr gerne sogar. Nehmen wir mein Auto?«

»Nee, wir müssen nur bis zum Parkplatz. Dort treffen sich alle. Dann werden wir sehen, wie viele Autos wir brauchen.«

Es war eine stattliche Gruppe, die sich da eingefunden hatte. Jaime war gekommen, zusammen mit seiner Frau, außerdem noch ihre Tochter und ihr Sohn. Cati und Sebastian standen bei mehreren jungen Leuten, die Lisa noch nicht kannte.

Auch Emely kam mit. Als Letzte trafen Antonio und Juan ein. Antonio war in Begleitung seiner Freundin Francisca. Aus Juans Auto stieg eine auffallend hübsche Frau mit dunklen Augen und langen Haaren.

»Soy su prima«, sagte sie, nannte ihren Namen und umarmte Lisa mit spontaner Herzlichkeit.

Lisa fand es inzwischen ausgesprochen nett, mit einem Küsschen begrüßt zu werden.

In ihrem Kopf suchte sie nach den richtigen Vokabeln.

»Soy« – ich bin, »su« – seine, »prima«. Was hieß noch mal »prima«? Die Erste? So im Sinne von Verlobte vielleicht? Das war es vermutlich. Seine Freundin beziehungsweise seine Verlobte.

Sie spürte einen kleinen Stich. »Blöde Kuh«, dachte sie, »natürlich hat er eine Freundin. Was geht das dich an?«

Ärgerlich schüttelte sie den Kopf. Die beiden waren wirklich ein schönes Paar.

»Komm, steig ein«, riss Marika sie aus dem Grübeln, »wir fahren bei Antonio mit.«

Die Fahrt verging wie im Flug. Antonio erwies sich als perfekter Fremdenführer. Ständig machte er sie auf alles Mögliche aufmerksam, erzählte kleine Anekdoten aus seinem Berufsleben oder erklärte Details der Inselhistorie.

»Wenn Sie nicht Tierarzt wären, müssten Sie Geschichtsprofessor werden«, meinte Lisa.

»Ich bitte dich, hör auf, ihn zu siezen. In Mallorca macht man das spätestens beim zweiten Treffen nicht einmal mehr mit dem Bürgermeister«, mischte sich Marika ein.

»Okay, hast du mir ohnehin schon mehrmals gesagt. Also, wenn du nichts dagegen hast, Antonio, würde ich lieber ›du‹ sagen.«

»Sehr gerne. Marika hat recht, wir sagen wirklich schnell ›du‹. Das ist auch nicht unhöflich gemeint. Sehr oft verwendet ein und dieselbe Person, wenn sie mit dir Spanisch spricht, das ›Du‹ und, sobald sie Deutsch weiterspricht, wieder das ›Sie‹. Ich persönlich finde das komisch. Aber es zeigt deutlich, dass das ›Du‹ im Spanischen nichts mit übermäßiger Vertraulichkeit zu tun hat.«

Als sie in Palma ankamen, war es bereits dämmrig.

Die schon beleuchtete Kathedrale strahlte golden, der Himmel war blassblau, und vom Hafen her roch es nach Fisch und ein wenig nach Dieselöl.

Gemeinsam gingen sie zur Plaça Cort, dem Platz vor dem Rathaus. Er war bereits voller Menschen.

»Wir sehen uns schnell noch die Krippenlandschaft an«, sagte Jaime, »wer kommt mit?«

Die Krippe war wirklich wunderschön. Lisa bestaunte die unzähligen geschnitzten Figuren. Die Schafe hatten es ihr besonders angetan.

»Die sind so entzückend«, sagte sie zu Marika, »das ist ja eine ganze Schafinszenierung. Jedes macht etwas anderes. Ich suche schon die ganze Zeit nach zwei gleichen, aber es gibt sie nicht. Die einen fressen, die anderen springen herum. Und das winzige dort drüben ist überhaupt ganz allerliebst. Wie es bei seiner Mutter trinkt! Man hat das Gefühl, dass alle von einem einzigen Schnitzer stammen, so harmonisch, wie sie sind. Obwohl das wahrscheinlich unmöglich ist, bei der Menge.«

»Ja, sie sind wirklich süß. Sieh mal, der Schäfer dort, der das Schaf trägt. Der sieht aus wie Juan.«

»Also wirklich nicht«, protestierte Lisa, »den kannst du doch nicht mit ihm vergleichen. Der ist potthässlich. Außerdem hat Juan kein so rundes Gesicht.«

»Muchas gracias, meine Damen«, hörte sie direkt hinter sich seine Stimme und zuckte zusammen. »Meine liebe Marika, du bist mir vielleicht eine Freundin. Jetzt vergleichst du mich schon mit einem alten buckligen Schäfer.«

»Ein wenig künstlerische Freiheit musst du dem Schnitzer schon zugestehen«, rief diese, »und du schaust ihm wirklich ähnlich. Zumindest, wenn du so wie er ein Schaf auf den Schultern trägst. Vielleicht war der Schäfer in Bethlehem so etwas Ähnliches wie heute der Tierarzt.«

Juans Augen funkelten. Das Gespräch schien ihm Spaß zu machen.

»Also meinst du, dass ich nichts anderes bin als ein Schäfer. Vielen Dank auch für dieses Kompliment. Konntest du nicht wenigstens einen etwas attraktiveren Burschen finden?

Muss es ausgerechnet so ein hässlicher Gnom sein. Da halte ich mich lieber an deine Nachbarin«, wandte er sich an Lisa und zwinkerte ihr zu, »wenigstens jemand, der mich ein wenig verteidigt!«

Lisa wusste nicht, was sie sagen sollte. Das machte sie noch verlegener.

Sie war doch sonst eine schlagfertige Person. Warum fiel ihr ausgerechnet jetzt nichts ein?

Doch da drehte er sich schon von ihnen fort und erzählte die ganze Geschichte seiner Freundin. Lisa hörte sie lachen.

Sie starrte vor sich hin. Was war bloß los mit ihr? Kaum war dieser Juan in der Nähe, benahm sie sich wie ein Teenager. So konnte es nicht weitergehen. Sie nahm sich fest vor, in Zukunft selbstsicherer zu reagieren.

* * *

Immer näher rückte der Moment, in dem die Beleuchtung in Betrieb genommen werden sollte. Sie standen eingepresst in eine riesige Menschenmenge auf der Plaça. Aufgeregt liefen die Kinder zwischen ihnen herum, aber auch viele ältere Menschen waren hier. Alle warteten gespannt.

Lisa gefielen die unzähligen roten Weihnachtssterne und die mit Schleifen verzierten Girlanden über den Hauseingängen.

Endlich war es so weit. Nach den üblichen Reden und einigen musikalischen Darbietungen wurden die Lichter eingeschaltet.

Alle applaudierten.

Lisa sah hinauf in die Lichterkuppel, und ein Gefühl von Geborgenheit durchlief sie.

»Weihnachten«, dachte sie, »daheim würde ich jetzt bestenfalls herumlaufen und Weihnachtseinkäufe abhaken.«

In diesem Moment entschied sie, Weihnachten nicht nach Hause zu fliegen, sondern hierzubleiben. Ganz allein wollte sie feiern. Sie fühlte sich bei diesem Entschluss so aufgeregt wie als kleines Kind in Erwartung des Christkindes.

Später gingen sie durch die beleuchteten Straßen zum Weihnachtsmarkt auf der Plaça Major, wo Lisa eine kleine hölzerne Krippe mit einigen Figuren kaufte.

»Die absolut notwendigen Protagonisten«, sagte sie fast entschuldigend. Cati nickte nur. »Wir haben alle zu Hause eine Krippe. Weihnachtsbäume haben wir erst viel später kennengelernt. Aber eine Krippe muss sein. Du kannst jedes Jahr einige Figuren dazukaufen. So hast du in wenigen Jahren alles vollständig. Ich kaufe immer noch Jahr für Jahr eine neue Figur.«

»Lisa, was machst du eigentlich zu Weihnachten?«, meldete sich Emely.

»Was wohl«, antwortete Marika, »wir feiern zusammen.«

»Also wie immer, nur eben um eine mehr«, nickte Emely.

Damit war es offensichtlich besprochen.

»Schon seltsam«, dachte Lisa, »niemand scheint in Erwägung zu ziehen, dass ich nach Hause fliege. Dabei habe ich vor einer Stunde selbst noch nicht gewusst, dass ich dableibe.«

Es war Jaime, der den Vorschlag machte, auf dem Heimweg in einem Lokal einzukehren. Alle stimmten zu.

»Das wird dir gefallen«, sagte Marika, »es ist ein uriges mallorquinisches Lokal. Sie braten dort Fleisch über einem Holzfeuer. Für einen Tag wie heute einfach genau das Richtige.«

* * *

Das Lokal bestand eigentlich nur aus einem einzigen großen Saal. An den Wänden hingen getrocknete Maiskolben, Knoblauch und rote Chilischoten. Träger aus dunklem Holz hielten die hohen Decken. Ein monströser Grill, in dem ein Holzfeuer loderte, nahm beinahe die ganze Raumseite ein. Über ihm baumelten Unmengen von Würsten.

Sie setzten sich an einen der langen Tische.

Oliven wurden gebracht und Pan Moreno, das ungesalzene dunkle Brot. Dazu mehrere Schüsseln mit Aioli.

»Du kannst das Fleisch stückweise bestellen.« Wie immer war Marika helfend zur Stelle. »Am besten probierst du von allem ein Stück, dann weißt du beim nächsten Mal, was du am liebsten hast.«

Lisa lachte. »Wenn ich von allem, was es hier gibt, je ein Stück kosten soll, sitzen wir morgen in der Früh noch da, und du kannst mich rollen.«

»Also, dann probierst du ein Stück Sobrassada, eine Butifarón, ein Stück Lamm und ein Schweinekotelett, einverstanden?«

»Ist das üppig«, stöhnte Lisa einige Zeit später, vollauf gesättigt. »Aber«, fügte sie hinzu, »es hat fantastisch geschmeckt.« Dann wandte sie sich an Antonio. »Sag einmal«, fragte sie, »was bin ich dir schuldig?«

Er sah sie verständnislos an.

»Was schuldig, wofür?«

»Mein Anteil an den Fahrtkosten.«

Er schüttelte den Kopf. »Gar nichts. Wir wären sowieso gefahren.«

»Schon, aber du musst ja auch Benzin zahlen. Es geht nicht, dass ich mich nicht beteilige.«

»Lisa, bitte, wir haben dich gerne mitgenommen. Wäre ja ein Unsinn, mit allen Autos herumzufahren. Und außerdem hast du auf diese Weise«, endlich lächelte er wieder, »die Gelegenheit, zum Abschluss noch einen Schnaps zu genießen. Du kannst meinen gleich mittrinken – als Revanche, wenn du willst –, denn ich fahre.«

»Okay, dann gebe ich eine Runde aus. Für alle«, antwortete Lisa, »würdest du so lieb sein und mir mit der Bestellung helfen?«

»Juan, sag Salvatore Bescheid!«, rief Antonio laut über den ganzen Tisch, »Lisa will endlich einen Mesclat.«

Gelächter war die Folge.

»Bitte, darf ich euch auf eine Runde einladen, zum Einstand sozusagen und als Dankeschön für den wunderbaren Nachmittag mit euch.« Lisas Stimme klang hastig. Sie hatte das Gefühl, dass die anderen ein wenig über sie lachten.

Es war Cati, die einmal mehr die Erklärung lieferte.

»Wir trinken alle einen Mesclat – auf dich und auf Hans. Aber du musst ihn nicht zahlen, weil uns Salvatore einlädt.«

Und weil sie Lisas Fragen inzwischen kannte, fügte sie gleich an: »Salvatore ist der Wirt, und Juan behandelt seine Pferde.«

»Also muss ich mich einmal mehr auch bei Ihnen bedanken.« Lisa sah zu Juan hinüber.

»Wenn du noch einmal ›Sie‹ zu irgendjemandem hier sagst, zahlst du wirklich eine Runde«, meldete sich Marika prompt.

Sie saß in der Falle. Was sollte sie sagen?

Sie konnte nur schweigen, denn diese Gelegenheit, es ihr heimzuzahlen, würde sich Juan bestimmt nicht entgehen lassen.

Jetzt konnte er die Geschichte ihres ersten Zusammentreffens zum Besten geben. Eine Geschichte, bei der sie nicht besonders gut wegkam, wie sie heute zugeben musste.

»Das mit dem Siezen ist meine Schuld«, hörte sie ihn sagen, »ich war mir nicht sicher, ob Lisa mit unseren Gebräuchen vertraut ist, da bin ich lieber bei den deutschen Sitten geblieben.«

Er sah sie an. Lisa konnte ihn nur wortlos anstarren.

»Aber«, lächelte er, »wenn du einverstanden bist, können wir das gerne ändern.«

Ein Kloß schien in ihrem Hals zu stecken, als sie zustimmend nickte. Zum Glück sprachen jetzt wieder alle durcheinander, dann war es Jaime, der sich Gehör verschaffte.

»Liebe Lisa, als der Älteste hier möchte ich dir sagen, wie froh wir sind, dich bei uns zu haben. Also trinken wir jetzt auf dich und auf Hans.«

Er hob sein Glas und prostete ihr zu.

Lisa roch an der fast schwarzen Flüssigkeit. Sie spürte, dass man sie beobachtete. Vorsichtig probierte sie einen kleinen Schluck. Es schmeckte irgendwie nach Lakritze.

»Lakritzenschnaps?« Sie war ratlos.

»Aller guten Dinge sind drei«, hörte sie Emely sagen. »Butifarón, Sobrassada und als Draufgabe ein Mesclat. Jetzt bist du schon fast eine echte Mallorquinerin.«

»Mesclat ist eine Mischung aus Palo, der aus den Früchten des Johannisbrotbaums gemacht wird, und einem Kräuterschnaps. Es ist wirklich eine typisch mallorquinische Mischung«, ergänzte Antonio.

Dann folgte der allgemeine Aufbruch. Juans Freundin verabschiedete sich von ihr mit einer Umarmung. Erleichtert stellte Lisa fest, dass Juan ihr lediglich über den Tisch hinweg zuwinkte.

Antonio und Francisca brachten sie zurück.

Als Antonio sie zum Abschluss in den Arm nahm und brüderlich auf beide Wangen küsste, hatte sie das Gefühl, bereits irgendwie dazuzugehören. Es war wirklich ein ganz besonderer Tag gewesen.

* * *

Die folgende Woche brachte Regen. Nicht, dass es den ganzen Tag geschüttet hätte, aber es regnete immer wieder. Manchmal war es nur ein stärkeres Nieseln, das sich wie ein Vorhang über die Landschaft legte. Dann wieder lugte die Sonne für einige Momente durch die Wolkendecke, um gleich darauf dem nächsten Schauer Platz zu machen.

Lisa nutzte die Zeit für Recherchen, beantwortete Mails, schrieb an Ilse. Außerdem informierte sie ihre Mutter davon, dass sie Weihnachten nicht nach Hause kommen würde.

»Viel ist das nicht an Post«, dachte sie mit einem Anflug von Bitterkeit, »dafür, dass ich mein ganzes Leben dort gelebt habe. Außer Ilse scheine ich niemandem wirklich abzugehen.«

Sobald es um ihre berufliche Tätigkeit ging, verhielt sich das ganz anders. Über ihren Entschluss, auf ein ganzes Jahr fortzugehen, war niemand begeistert gewesen.

Am wenigsten Verständnis hatte ihre Mutter gehabt und es auch gleich unmissverständlich gesagt: »Wenn du diese – gelinde gesagt – befremdliche Idee tatsächlich umsetzen willst, werden wir hier nachhaltige Personalveränderungen durchführen müssen. Ob es mir gelingt, deinen jetzigen Arbeitsbereich in vollem Umfang für dich freizuhalten, kann ich nicht garantieren. Von daher erscheint mir deine Handlungsweise, milde ausgedrückt, ziemlich unverantwortlich.«

Sie dachte an einen der letzten Besuche in der Villa der Eltern zurück. Erinnerte sich an die Worte ihres Vaters. Er bedauere ihren Entschluss – sie wäre doch bisher immer ein vernunftbegabter Mensch gewesen, hatte er gesagt.

Lisa spürte, wie Tränen in ihr hochstiegen. Sofort rief sie sich zur Ordnung.

»Hör auf damit. Was erwartest du denn. Wann hast du jemals aufbegehrt, wann deine eigenen Wünsche geäußert. Du selbst hast immer nur Wert darauf gelegt, es allen recht zu machen. Sogar deine Freunde hast du nach diesen Vorgaben ausgesucht.«

Auch mit ihrem Vater hatte sie nie offen geredet.

»Ich habe ihn niemals gefragt, ob er mich als seine Assistentin möchte, sondern mich stattdessen mit diesen Konkursabwicklungen abgemüht. Warum?«

Aus Bequemlichkeit? Aus Feigheit?

Sie schüttelte den Kopf. Weil sie gedacht hatte, dass man sie dann lieben würde und stolz auf sie wäre.

Sie seufzte. Es war wirklich höchste Zeit, dass sie erwachsen wurde.

Mit ihrem Wunsch nach Zuneigung und Anerkennung war sie auf der ganzen Linie gescheitert. Sie war erfolgreich in ihrem Job, aber nur solange sie tat, was andere von ihr erwarteten.

Sie hatte gedacht, beliebt zu sein, doch nachdem ihre Verlobung mit Lutz geplatzt war, hatte sie sehr schnell gemerkt, dass ihr privates Telefon nur mehr selten klingelte.

»Alle Achtung«, murmelte Lisa, »und ich habe mir eingeredet, perfekte Freunde zu haben.«

Im Geist verglich sie diesen Freundeskreis mit der lustigen Runde in Palma.

Gewiss, das eignete sich nicht für einen Vergleich. Ihre deutsche Clique bestand schließlich nur aus Menschen einer höheren Bildungsschicht.

Sie hielt inne.

War ihr neuer Bekanntenkreis etwa keine gute Gesellschaft. Tierärzte, ein Rechtsanwalt, eine Zahnärztin – was war der Unterschied?

Konnte es sein, dass sie alles falsch machte? Dass sie Kollegen für Freunde hielt und Freunde nur nach ihrer gesellschaftlichen Stellung ausgesucht hatte?

Warum war Ilse nie zu ihren sogenannten Freunden mitgekommen? Weil Ilse nicht wollte? Oder weil sie selbst befürchtete, man könnte sie ablehnen. Wer in ihrer eigenen Clique hätte einen Neuzugang bereitwillig aufgenommen?

Noch dazu, wenn sich dieser Neuzugang gleich am Beginn wenig vorteilhaft benahm. So wie sie bei Juan.

Zumindest würde man dem Neuling das noch lange Zeit vorhalten.

Stattdessen hatte Juan den Vorfall nicht nur verschwiegen, sondern sie sogar noch verteidigt.

Überhaupt wurde sie aus diesem Juan nicht schlau.

Sie war sich so sicher gewesen, dass er Onkel Hans nur ausgenutzt hatte und ausschließlich an der Finca interessiert war. Auch ihr würde er mit unnützen Behandlungen die Kohle aus der Tasche ziehen wollen.

Stattdessen nahm er keinen Cent und schien obendrein mit dem riesigen Grundbesitz und einer hervorragend gehenden Tierklinik mehr als gutsituiert zu sein.

Im ganzen Gebiet war er beliebt, wurde überall gelobt, und alle schienen darin einig, dass er geradezu lächerlich niedrige Honorare verrechnete.

Auch Jaime wollte nichts von ihrem Geld. Genauso wenig wie Cati oder Marika.

Wann immer sie Hilfe brauchte, stand ihr jemand hilfreich zur Seite, sodass sie sich inzwischen fast problemlos hier zurechtfinden konnte.

Mehr noch, man hatte sie ohne zu zögern in den Freundeskreis aufgenommen. Sogar zu Weihnachten war sie schon mit eingeplant.

Wie oft war sie zu Marika gelaufen, wenn sie etwas fragen wollte. Wie viel öfter noch, wenn sie sich wieder einmal einsam fühlte.

Immer nahm sich Marika Zeit und gab ihr einen brauchbaren Rat.

Es war jetzt wirklich an ihr, darüber nachzudenken, wie sie etwas von der erwiesenen Freundlichkeit zurückgeben konnte.

Niemand hier wollte ihr Geld.

Dabei war es gewiss nicht so, dass Marika im Überfluss schwelgte.

»Dann bringe ich ihr eben Futter für die vielen Hunde, so wie es Onkel Hans auch getan hat«, überlegte sie.

Gesagt, getan. Lisa nützte eine der Regenpausen und fuhr zum Superladen.

Sie stand vor einem Regal mit unzähligen verschiedenen Futtersäcken. Doch was war das Richtige? Cajas Futter stammte aus der Tierklinik, wie sie inzwischen wusste. Aber dorthin wollte sie auf keinen Fall gehen. Immer noch war es ihr unangenehm, Juan zu treffen.

Ratlos versuchte sie die Aufschriften zu entziffern.

»So muss sich ein Analphabet fühlen«, dachte sie, »ich kann zwar alles lesen, habe aber keine Ahnung, was es heißt.« Fragen konnte sie auch niemanden. Gleich morgen würde sie sich in der Sprachschule anmelden, die ihr Jaime empfohlen hatte.

Nach einigem Zögern entschied sie sich für ein Produkt. Hauptsächlich deshalb, weil ihr das Werbefoto auf dem Sack, das ein Rudel kleiner Hunde zeigte, so gut gefiel.

»Womit willst du die arme Caja denn jetzt wieder vergiften?«, hörte sie eine nur zu bekannte Stimme hinter sich.

Sie drehte sich um und blickte genau in Juans Augen.

»Auch dir einen wunderschönen Regentag«, versuchte sie souverän zu klingen, »ich wollte Marika Hundefutter bringen.«

»Hat sie dir nicht gesagt, welches?«

»Ich habe nicht gefragt, aber sie kann es sicher gut gebrauchen, bei den vielen Essern.«

»Schon verstanden. Das hier kannst du vergessen, das ist Welpenfutter«, sagte er und hob die schweren Säcke aus ihrem Einkaufswagen. »Am besten, du nimmst die Eigenmarke. Die ist gut und preiswert.«

Er nahm ihr den Sack, den sie einpacken wollte, aus der Hand und schob sie zur Seite.

»Ich kann das schon selber«, protestierte sie.

»Natürlich, aber das ist zu schwer. Und was bringst du den anderen?«

»Den anderen?«

»Den Katzen und den Vögeln – und dem Esel, zum Beispiel.«

»Also gut«, gab sie nach, »würdest du bitte so nett sein und mir das Richtige zusammenstellen. Nur, damit ich niemanden vergifte.« Sie versuchte zu lächeln.

Er packte mehrere Dosen Katzenfutter ein und legte einige Schachteln Vogelfutter dazu. Dann nahm er ein Paket Heu aus dem Regal und sagte ernst: »Für den Esel.«

Lisa starrte ihn fassungslos an. Seine Mundwinkel zuckten, dann brach er in lautes Lachen aus.

»Bitte glaub doch nicht jeden Blödsinn. Das war ein Scherz! Für den Esel ist das nicht einmal eine Vorspeise. Das ist für das Kaninchen. Dem Esel kannst du einige Äpfel bringen. Aber nicht von hier. Komm hinüber in die Klinik, dort haben wir eine ganze Menge Gratisäpfel mit Mängeln. Ich gebe dir einige mit.«

Als Lisa sich auf den Heimweg machte, war ihr Futterberg um eine große Tasche Äpfel, einen Sack geschrotetes Getreide sowie mehrere Rollen Vitamintabletten angewachsen.

»Ich bin dir dankbar, wenn du ihr das mitnimmst«, wischte Juan jede Frage nach einer Bezahlung weg, »ich komme im Moment nur schwer dazu. Und richte Marika liebe Grüße aus.«

* * *

»Ihr seid alle solche Schätzchen«, rief Marika, »ich weiß gar nicht, wie ich euch danken soll.«

»Hör bitte sofort auf«, protestierte Lisa. »Du kannst dich

gerne bei Juan bedanken, aber ich stehe wirklich mehr als in deiner Schuld. Das hier ist wohl das Mindeste, was ich tun kann.«

»Trotzdem vielen Dank. Gerade diesen Monat bin ich nämlich ziemlich pleite. Wegen der vielen hübschen Weihnachtssachen, die ich überall entdecke.« Sie lächelte. »Und Honorare sind auch jede Menge offen, weil die Guten erst knapp vor Heiligabend auf die Insel zurückkommen und ihre Sachen abholen.«

»Warum hast du nichts gesagt? Ich bin aber auch so etwas von … Brauchst du etwas, kann ich dir etwas borgen?«

»Nee, vielen Dank. Gott hat bis jetzt gesorgt, er wird auch weiterhin sorgen. Du hast mir gerade mehr als geholfen. Nochmals danke. In wenigen Tagen bekomme ich meine Sachen bezahlt, und dann ist es wieder gut.«

»Also schön. Aber ein für alle Mal. Wenn ich dir irgendwie helfen kann, sagst du es mir. Versprochen?«

»Versprochen. Jetzt komm endlich herein, wir machen es uns gemütlich.«

Zusammen genossen sie das Essen, das Lisa mitgebracht hatte – den Käse, den wunderbaren Serranoschinken, die Oliven und das knusprige Baguette.

Mit Decken und Kissen bewaffnet kuschelten sie sich in die tiefen Lehnsessel von Marikas schon etwas betagter Polstergarnitur.

Zu Lisas Füßen lagen drei Hunde, ein orangefarbener Kater schlief auf ihrem Schoß. Es herrschte eine wunderbar friedliche Stimmung. Überall standen Kerzen, und einige Räucherstäbchen verströmten ihren süßlichen Duft.

»Erzähl mal. Wie war dein Leben so, in Düsseldorf?«, fragte Marika plötzlich.

»Kalt«, antwortete Lisa. »Ich meine nicht nur das Wetter. Ich habe heute schon den ganzen Tag darüber nachgedacht. Es war so anders als hier. Ich hatte bestimmt ein gutes Leben. Es hat uns an nichts gefehlt.«

Sie machte eine Pause. Marika schwieg und wartete.

Dann sprach Lisa weiter.

»Meine Eltern haben sich nie viel um mich gekümmert, emotional, meine ich. Ich glaube, im Grunde wollte ich immer nur ihre Aufmerksamkeit erringen. Ich fand sehr bald heraus, dass ich mit Leistung bei ihnen punkten konnte. Also wurde ich immer ehrgeiziger, versuchte überall die Beste zu sein. Aber irgendwie war es nie genug. Ich habe niemals aufbegehrt, nie etwas hinterfragt. Das erste Mal, als ich etwas verlangt habe, ließ mich meine Mutter einfach im Regen stehen.«

Lisa merkte gar nicht, dass ihr Tränen über die Wangen liefen, bis ihr Marika ein Taschentuch in die Hand drückte.

»Ich wollte dich nicht traurig machen«, sagte sie, »aber ich glaube, dass du dir das einmal von der Seele reden musst. Ich kenne mich mit diesen Dingen besser aus, als du denkst.«

Eine Zeit lang schwiegen sie beide, dann sagte Marika: »Ich bin in einem Heim aufgewachsen. Meine Mutter starb, als ich noch ziemlich klein war. Ich kann mich fast nicht mehr an sie erinnern, und Vater gab es keinen. Ich will damit nur sagen – ich weiß, wie es ist, wenn man nicht geliebt wird. Ich konnte mir wenigstens einreden, dass meine Eltern mich geliebt hätten, wenn sie da gewesen wären. Bei Eltern aufzuwachsen und dennoch einsam sein, stelle ich mir noch weitaus schlimmer vor.«

»Meine Großmutter liebt mich«, hörte Lisa sich sagen, »ich habe nie einen Zweifel daran gehabt. Sie ist die Schwester von Hans. Aber sie lebt in Wien. Mehr als zwei Wochen im Jahr konnte ich nicht bei ihr sein, damals, als Kind. Später noch viel weniger. Aber trotzdem. Die Wärme, die sie mir gegeben hat, die war unglaublich wichtig für mich.«

»Also auf deine Großmutter und ihren Bruder«, prostete

Marika ihr zu, »wahrscheinlich gerätst du nach den beiden. Denn so wie du deine Eltern beschreibst, kann ich mir nicht vorstellen, dass du mit den beiden verwandt bist.«

Lisa musste über den kämpferischen Ton in Marikas Stimme lächeln.

»Ich fürchte, ich muss dich enttäuschen. Ich habe immer getan, was meine Eltern wollten. Eigentlich ist es das erste Mal in meinem Leben, dass ich etwas tue, was nicht ihre Zustimmung findet.«

»Und wie fühlst du dich dabei?«

»Überraschend gut. Ich weiß nicht, wann mich wieder der Mut verlässt. Aber heute war ich schon ganz schön mutig. Ich habe meiner Mutter mitgeteilt, dass ich Weihnachten in Mallorca bleibe.«

»Wow. Und was erwartest du jetzt? Wirst du enterbt? Oder wird dein Name aus dem Familienbuch gestrichen?«

Lisa musste lachen und merkte, wie gut ihr das tat.

»Nein«, schüttelte sie den Kopf, »das wohl nicht. Aber gefallen wird es meiner Mutter bestimmt nicht.«

»Aber du hast dich entschieden.«

»Ja, ich habe mich entschieden. Weil ich hier mit euch feiern will. Übrigens, weil wir gerade von Weihnachten sprechen. Emely sagte, ihr würdet feiern wie immer, nur eben mit einer Person mehr. Was plant ihr denn?«

»Weihnachten ist hier nicht so erwartungsschwanger wie bei uns«, erklärte Marika. »Den Mallorquinern bringen erst die Heiligen Drei Könige die Geschenke. Natürlich hat unser Christkindbrauch auch hier Einzug gehalten. Alles ist jetzt ein wenig vermischt. Aber traditionell findet am Heiligen Abend nur ein festliches Abendessen bei den Großeltern statt. Danach besuchen einige die Mette in der Kirche. Viele Junge hingegen feiern weiter oder gehen in die Disco, oft bis zum nächsten Morgen. Da gibt es die berühmte Chocolate mit Ensaimada.

Eine himmlische Angelegenheit. Die ist nicht aus Kakao gemacht, sondern aus echter Schokolade und so dick, dass der Löffel stecken bleibt. Du tunkst mit diesen frischen Hefeteigschnecken darin herum. Tierisch viele Kalorien, aber köstlich, du wirst sehen.«

»Und was machen wir? Ich meine vor dem Morgen mit den Ensaimadas?«

»Wir treffen uns hier und braten einen Truthahn. Du magst doch Truthahn, oder?«

Als Lisa nickte, fuhr sie fort: »Ich mache auch noch einen indischen Hochzeitsreis. Mit Gewürzen, Rosinen und Nüssen. Mir läuft jetzt schon das Wasser im Mund zusammen. Gegen Mitternacht gehen wir zu Juan hinüber. Er wohnt in dem großen Haus dort auf dem Hügel. ›Tres Palmeras‹ heißt es, nach den drei Palmen, die davorstehen. Dann feiern wir gemütlich weiter. Die meisten kennst du schon. Maria-Jose, Antonio und Francisca, Cati, Sebastian, die Zwillinge mit ihren Freundinnen und sicherlich noch einige mehr. Wenn du willst, kannst du später noch mit ihnen in die Disco gehen. Ich persönlich lasse es ruhiger ausklingen. Aber zur Ensaimada am nächsten Tag bin ich wieder fit.«

»Und du meinst, ich bin auch willkommen?«

»Natürlich bist du willkommen. Vergiss endlich unsere deutschen Sitten. Das hier ist Mallorca. Übrigens soll ich dich herzlich von Maria-Jose grüßen lassen. Sie scheint dich sehr zu mögen.«

»Wer ist das genau?«

»Die Zahnärztin, die Cousine von Juan«, antwortete Marika erstaunt.

»Moment mal. Wieso Cousine. Mir hat sie gesagt, sie sei seine Freundin.«

»Da wirst du etwas verwechselt haben. Juan hat keine Freundin. Also zumindest keine offizielle.«

»Sie hat eindeutig gesagt, sie wäre seine Prima.«

Marika lachte. »Höchste Zeit, dass du in den Spanischunterricht gehst. Sonst bringst du uns noch alle Familienverhältnisse durcheinander. Prima heißt Cousine und nicht Freundin. Freundin heißt Amiga oder Chica.«

Lisa spürte, wie Marika sie musterte.

»Und ich habe mir gedacht, dass die beiden ein wirklich schönes Paar abgeben, Maria-Jose und Juan, meine ich.«

»Wenn du etwas wissen willst, musst du mich fragen. Nein, er hat keine Freundin. In der Tat weiß hier keiner etwas von seinen Freundinnen.«

Eine Hitzewelle stieg Lisa in die Wangen. Schnell sagte sie: »Du verstehst das falsch. Ich wusste nur nicht, dass sie Maria-Jose heißt, sie spricht so schnell. Ich habe nur einen Bruchteil verstanden. Du hast übrigens recht mit Spanisch. Heute Morgen habe ich mich in der Sprachschule angemeldet.«

Marika lächelte. »Du weißt, Juan ist für mich der allerbeste Mensch unter der Sonne. Doch seit ich ihn kenne, ist er solo. Selbstverständlich wird er irgendwo eine Chica haben. Aber offiziell kommt er immer alleine. Wenn hier ein Paar gemeinsam auftritt, so wie Antonio mit Francisca oder Cati und Sebastian, dann ist das immer ein wenig ernster. Natürlich trennen sich manche auch wieder. Dennoch sind sie gezwungen, einander auch in Zukunft zu begegnen. Denk an die riesigen Familienclans und die noch größeren Bekanntenkreise. Juan, wie gesagt, ist da ein gänzlich unbeschriebenes Blatt.«

»Vielleicht interessiert er sich nicht für Frauen. Möglicherweise hat er es mehr mit Männern.«

Marika quietschte vor Vergnügen.

»Juan schwul! Das lass ihn aber lieber nicht wissen. Du kannst darauf wetten, dass der nicht schwul ist. Aber weil wir davon reden – ich mag dich inzwischen sehr gern. Du bist ein unglaublich liebenswürdiger Mensch, und ich bin wirklich froh, dass du hier bist. Wie sehr ich auch Juan mag, habe ich schon gesagt. Aber als Bruder, als Freund. Als Mann muss er fürchterlich schwierig sein. Ich glaube, es ist besser, ich erzähle dir die ganze Geschichte.«

Sie nahm einen Schluck aus ihrem Glas.

»Viel ist es nicht, was hier durchsickert. Wenn es um die Familie Sera geht, wechseln alle, die etwas wissen, ganz schnell das Thema. Und diejenigen, die nichts wissen, reden ohnehin nur Unfug.«

Sie machte eine Pause. Lisa wartete.

»Juans Vater war Mallorquiner, seine Mutter Deutsche. Juan war noch ein ziemlich kleiner Junge, als die Katastrophe passierte. Sein Vater ist auf der Punta, bei den Klippen, ins Meer gestürzt. Er muss sofort tot gewesen sein. In der Folge dürfte die Mutter mit Juan die Insel verlassen haben, denn er ist in Deutschland zur Grundschule gegangen. Darum spricht er auch akzentfrei deutsch. Aber auch darüber mag er nicht wirklich reden. Was dann passiert ist, weiß ich nicht genau. Der Mutter scheint auch etwas zugestoßen zu sein. Das war zu der Zeit, als Hans die Finca kaufte, vor zirka fünfundzwanzig Jahren. Vermutlich brauchte Juans Großvater dringend Geld, denn alle drei Fincas wurden damals verkauft. Das Grundstück hier und das weiter oben am Berg konnte die Familie später zurückkaufen und mir das Haus vermieten.«

Wieder machte sie eine längere Pause.

»Irgendwann kehrte Juan nach Mallorca zurück, und seine Großeltern haben die Vormundschaft übernommen. Ich vermute, dass die Mutter gestorben ist, denn über sie wird absolut nicht gesprochen. Juan muss damals zehn oder elf Jahre alt gewesen sein. Er hat in Mallorca die Schule fertig gemacht und danach studiert – zuerst in Deutschland, dann in Barcelona. Außerdem ist er eine Zeit lang für ›Ärzte ohne Grenzen‹

in Südafrika gewesen, das hat er mir selbst erzählt. Also muss er auch einige Ausbildungen in Humanmedizin haben. Dann wurde er von seinem Großvater hier gebraucht, und jetzt hat er nur mehr seine tierischen Patienten im Sinn. Ich erzähle dir das, damit du dir keine Illusionen machst. Ich denke, er ist ein absoluter Einzelgänger und auch völlig beziehungsunfähig.«

Angespannt hörte ihr Lisa zu. Die Geschichte berührte sie mehr, als sie zugab.

»Danke für die Warnung«, sagte sie, »aber ich bin seit meinem letzten Schiffbruch mit Männern definitiv an keiner Fortsetzung interessiert. Irgendwann erzähle ich es dir genauer. Im Moment ist es noch zu frisch.« Lisa streichelte den Kater, der sich auf ihrem Schoß streckte.

»Ich glaube, mich interessiert diese sonderbare Mischung. Auf der einen Seite ist Juan unglaublich offen und freundlich, andererseits wieder total verschlossen, beinahe abweisend. Irgendwie ist er ein Rätsel. Ich selbst bin schon am ersten Tag ein Opfer seiner schroffen Seite geworden«, versuchte sie dem Gespräch eine lockere Wendung zu geben.

»Wie du meinst«, antwortete Marika. »Jedenfalls weißt du jetzt Bescheid. Falls du dich trotzdem als Löwenbändigerin versuchen willst, ich habe hier immer einen Verbandskasten bereit.« Sie lächelte. »Lohnen könnte es sich schon. So ein Prachtexemplar von einem Mann läuft nicht oft frei in der Wildbahn herum.«

»Nein, vielen Dank.« Lisa schüttelte den Kopf. »Ich eigne mich überaus schlecht als Löwenbändigerin. Außerdem sind mir die etwas sanfteren, partnerschaftlich orientierten Typen bedeutend lieber. Mag sein, dass sie weniger toll und nicht ganz so prächtig sind.«

Es war schon spät, als sie aufbrach und nach Hause ging.

Caja empfing sie mit einem vorwurfsvollen Blick und trottete gleich nach der Begrüßung in ihren Korb.

»Ich brauche noch jede Menge Weihnachtsgeschenke«, war das Letzte, was Lisa dachte, ehe sie in einen traumlosen Schlaf sank.

KAPITEL 6

Noch immer keine Nachricht von ihrer Mutter. »Wahrscheinlich hat Marika recht, und sie verhängt Sanktionen über mich«, dachte Lisa.

Nach den letzten Regentagen schien jetzt endlich wieder die Sonne, die Luft war angenehm mild.

Lisa wollte mit Caja einen längeren Spaziergang machen und beschloss, endlich einmal in das Naturschutzgebiet am Meer zu gehen.

»Komm, mein Schatz.« Inzwischen fand sie es normal, mit der Hündin zu sprechen. »Wir gehen uns die Punta ansehen. Weil du gestern so lange auf mich hast warten müssen.«

Die Landzunge am Meer lag zwischen zwei großen Badeorten und war im Sommer ein beliebter Ausflugsort.

Jetzt war kein einziger Mensch zu sehen. Sandige Dünen wechselten mit schattigen Pinienwäldern und breit angelegten Feldern. Von jedem Punkt des Weges öffneten sich fantastische Ausblicke auf das tiefblaue Meer. Die Luft roch nach Salz und wildem Thymian.

Pferde grasten, und auf einer eingezäunten Wiese weideten Schafe. Außer dem Schrei der Möwen war kein Geräusch zu hören.

Lisa wählte zunächst den Aufstieg zum Castello, bog dann auf einen sandigen Weg ab. Sie fand es wunderschön, alleine durch die Landschaft zu streifen.

»Zu Hause ist jetzt alles grau und kalt, alle sind im Weihnachtsstress, und ich gehe in der Sonne am Meer spazieren. Wenn die wüssten«, dachte sie und ging zügig weiter.

Es überraschte sie, wie wenig ihr die Arbeit und der Trubel in der Kanzlei fehlten.

Sie überquerte die Landzunge und schlug den Weg in Richtung Westen ein. Über einen steinigen Pfad kam sie zu einer Anhöhe, ging weiter durch ein Pinienwäldchen. Dichte Bäume verstellten die Sicht. Nur das Geräusch der Brandung wurde immer stärker.

Plötzlich hörten die Bäume auf, und Lisa stand auf einer Lichtung. Der Ausblick auf die Küste war überwältigend. Steil fielen die Felsen ins Meer hinab, das tief unter ihr fast gewaltsam gegen die Steine ankämpfte.

So sanft und lieblich die Wellen auf der anderen Seite die Landzunge umspielten, so wild tosten sie hier gegen die Klippen. Meterhoch schoss die weiße Gischt in den Himmel empor. Welle um Welle brach gegen das Land, wurde emporgeschleudert und rollte zurück, um sogleich in einer neuen Kaskade noch höher hinaufzusteigen, begleitet vom wütenden Brüllen des aufgepeitschten Wassers.

Fest umklammerte Lisas Hand das Halsband des Hundes. Sie zog Caja in den Schutz der Lichtung zurück, weg von der abschüssigen Kante.

Marikas Erzählung fiel ihr ein.

Juans Vater soll auf der Westseite der Punta verunglückt sein. War es hier gewesen? Immer noch betrachtete Lisa gebannt das Naturschauspiel.

Wie konnte das passiert sein? War er ausgerutscht, oder hatte er sich zu weit an die Klippen vorgewagt? Aber warum? Als Einheimischer musste er noch viel besser über die Gefahr Bescheid gewusst haben.

Sie dachte an Juan. Wie alt war er damals? Fünf Jahre vielleicht oder sechs. Jedenfalls ein ganz kleiner Junge.

Wie verkraftet man so eine Katastrophe?

Sie fröstelte plötzlich. Hastig wandte sie sich um und suchte den Weg zurück durch den Wald in Richtung der sonnigen Wiesen, von denen sie gekommen war.

Alles war unverändert. Die Sonne sandte weiterhin ihre wärmenden Strahlen, kein Wölkchen zierte den Himmel, und die lautlose Stille wurde nur durch das gelegentliche Zwitschern der Vögel unterbrochen.

In Lisas Ohren klang noch lange das Tosen des aufgepeitschten Meeres.

Am Nachmittag fuhr sie in die Gärtnerei, die ihr Emely empfohlen hatte.

Ein kitschiger Weihnachtsmann aus Plastik bewachte den Eingang. Im Inneren des Ladens entfaltete sich ein wahres Weihnachtsparadies.

Man hatte die große Halle in verschiedene Bereiche unterteilt, die wie einzelne Wohnzimmer dekoriert waren. Überall standen geschmückte Weihnachtsbäume. Kugeln, Kerzen, Figuren, alles lag bereit. Verschiedene Kleinmöbel trennten die Räume – festlich gedeckte Tische mit Porzellan und Gläsern, hübsche Kommoden und kleine Sofas mit bunten Kissen.

Sie schlenderte durch alle Räume. Überall spielte Weihnachtsmusik.

Dann ging sie ins Freie hinaus. Ganze Armeen von Weihnachtssternen und Zyklamen standen hier bereit.

Drei volle Stunden später kehrte sie schwer bepackt zu ihrem Wagen zurück. Freundliche Verkäufer halfen ihr beim Verstauen der Einkäufe.

Hatte sie tatsächlich einen in Rottönen dekorierten Weihnachtsbaum mit einer Lichterkette gekauft? Und dazu noch unzählige Weihnachtssterne, Zyklamen und silberne Laternen? Außerdem noch diese entzückenden Rentierkerzen mit Schal und Ringelstrümpfen und Unmengen von Christbaumkugeln?

Wie hätte sie sich auch für nur eine einzige der Farbkombinationen entscheiden können.

Nach Rücksprache mit Marika wollte sie am Heiligen Abend jedem irgendeine kleine Aufmerksamkeit geben.

»Schenk einfach selbst gebackene Kekse«, hatte Marika gemeint.

Aber so eine Kugel konnte auch nicht verkehrt sein. Wer weiß, wie sie mit dem Keksebacken zurechtkäme, schließlich hatte sie so etwas noch nie gemacht.

Daheim bestellten sie das Weihnachtsgebäck beim Konditor. Doch immer noch erinnerte sie sich an den Duft der selbst gebackenen Plätzchen, die ihre Großmutter früher geschickt hatte.

Spontan griff sie zum Telefon und rief in Wien an.

»Kannst du mir bitte sagen, wie man Weihnachtskekse macht? Ich habe keine Ahnung.«

Erfreut erklärte ihr Oma Helene alles. Lisa kam allerdings vor, dass sie sich aus irgendeinem Grund prächtig dabei amüsierte.

Jedenfalls besaß sie jetzt mehrere Rezepte, auch das für den böhmischen Weihnachtsstollen, der so herrlich nach Muskatnuss duftete.

Sie fertigte eine lange Einkaufsliste an. Gleich morgen wollte sie beginnen.

Anschließend nahm sie die Dekoration in Angriff. Der Weihnachtsbaum bekam einen zentralen Platz im Wohnzimmer. Lisa gruppierte die Terrassenmöbel ein wenig um, damit die Weihnachtssterne gut zur Geltung kamen. Die weißen Zyklamen stellte sie zusammen mit den Laternen in die Fensternischen.

Am Schluss hob sie den Elfenkönig aus seiner Schachtel und befestigte ihn in den obersten Ästen des Weihnachtsbaumes.

»Er sieht aus wie der Faun aus dem Sommernachtstraum«, dachte sie.

Zu dem zartgrünen Wams, das mit Perlen bestickt war, trug er weiße Atlashosen und einen schwungvollen Hut mit einer Feder. Sein Gesichtchen mit der langen Nase wirkte verschmitzt. Die Füße steckten in winzigen Schnabelschuhen. Er war entzückend.

Sprachlos war sie bei der Kassa gestanden, als die Verkäuferin ihn ihr überreicht hatte: »Das ist ein Geschenk vom Chef, y bones festes[14], Señora.«

Zufrieden sah sie sich um.

»Viel haben wir heute nicht gearbeitet«, erklärte sie der Hündin, »aber dafür war es ein schöner Tag, was sagst du?«

Als sie Caja ein Stückchen von ihrem Hundekuchen gab, hätte sie schwören können, dass die Hündin zustimmend nickte.

* * *

Dass eine derart einfache Tätigkeit, wie es das Backen von Weihnachtskeksen ist, einen solchen Spaß machen konnte, hätte sie niemals vermutet.

Sie formte Vanillekipferln, portionierte Kokosmakronen und stach Sterne und Engel aus dem Mürbeteig.

Voll Stolz beobachtete sie, wie sich mit jedem Blech ihre Vorratsdosen füllten.

Am Schluss nahm sie den Christstollen in Angriff. Mehrmals musste sie in Wien anrufen, dann lag er vor ihr, goldfarben glänzend mit seinem hübschen, kunstvoll geflochtenen Zopfmuster.

Stolz betrachtete sie ihr Werk.

Wie empfohlen, schlug sie ihn in mehrere Tücher ein und stellte ihn zum Ruhen auf die Arbeitsplatte.

Mit schmerzendem Rücken streckte sie sich auf ihrer Couch aus.

Hier in Palma wurden ihr die Tage immer zu kurz, und sie hatte kein Problem damit, die Abende allein zu verbringen.

Wie anders war das in Deutschland gewesen. Selbst in der Zeit mit Lutz hatte sie darauf geachtet, abends immer ein Programm zu haben, wenn er wieder einmal verhindert war.

Abermals kamen die Erinnerungen hoch.

Sie stand auf und holte sich ein Glas Tee.

Wieso hatte sie eigentlich nie etwas gemerkt? Wollte sie es nicht wissen, war sie blind gewesen oder einfach nur feige?

»Nein«, erkannte sie, »ich habe es ihm nicht zugetraut, weil ich selbst so etwas niemals machen würde.«

Darum hatte sie seine Ausreden anstandslos geglaubt.

Ob er da wohl jedes Mal eine Affäre hatte?

Es schmerzte immer noch.

Lisa zwang sich, an etwas anderes zu denken.

Sie musste endlich zur Kenntnis nehmen, dass er sie niemals geliebt hatte. Für ihn war sie nur die passende Partie. Ein weiterer Schritt auf seiner Karriereleiter.

Und sie selbst?

Hatte sie ihn geliebt? Lisa stand auf und starrte in die Nacht hinaus. Langsam schüttelte sie den Kopf.

»Nein«, dachte sie bitter, »ich habe ihn nicht geliebt. Aber ich habe ihm vertraut. Außerdem habe ich ihn für den Richtigen gehalten, weil es alle gesagt haben.«

Sie seufzte.

Sie war über dreißig Jahre alt und hatte sich allen Ernstes mit einem Mann verlobt, nur weil man es von ihr erwartet hatte?

Rastlos ging sie in ihrem Wohnzimmer hin und her.

Lutz van Ast, brillanter Staranwalt mit eigener Kanzlei.

Strahlend, dynamisch, erfolgreich – und sie selbst, die Tochter aus der bekannten Anwältedynastie.

Er hatte sie umschwärmt, war charmant und geistreich.

Endlich ein Mann, der sie um ihrer selbst willen begehrte. Nicht ihre Familie, nicht ihren Namen.

Was für ein Hohn.

Wie sollte sie auch wissen, dass er nur seine ehrgeizigen Ziele verfolgte?

Im Grunde sollte sie ihm dankbar sein. Wenn sie ihn nicht mit der anderen erwischt hätte, wäre sie jetzt seine Ehefrau.

Fröstelnd schlang sie die Arme um sich.

Nicht auszudenken. Geblendet von ihm, hätte sie sogar auf einen Ehevertrag verzichtet.

»Wenn du keinen brauchst, ich vertraue dir blind«, hatte er gesagt.

Konnte er auch. Schließlich war *sie* seit ihrem dreißigsten Geburtstag Eigentümerin eines Drittels der elterlichen Kanzlei.

»Ich wette, dass er genau das gewusst hat!« Sie blieb stehen.

Was hatte Onkel Hans gesagt? Sie hätte Kummer gehabt, heuer im Frühjahr.

Im Frühjahr war ihre glanzvolle Verlobung mit Lutz über die Bühne gegangen. Natürlich nicht ohne Presserummel. Durchaus möglich, dass Onkel Hans davon erfahren hatte.

Oder er wusste es von ihrer Großmutter. Die Lutz von Anfang an nicht leiden konnte.

»Sissi, der ist nur hinter deinem Geld her«, hatte sie zu Lisa gesagt, als sie auf der Durchreise nach Venedig in Wien Station machten.

Die Abneigung war gegenseitig. Lutz ließ einige abfällige Bemerkungen über die Ösis und ihre schleimige Art fallen. Beinahe wäre es deshalb zum Streit gekommen.

Hatte Onkel Hans das Drama vorausgeahnt und deshalb sein Testament so abgefasst? Sie wünschte, sie könnte ihn fragen.

»Ich würde dich so gerne kennenlernen«, flüsterte sie.

Erschöpft ging sie in ihr Schlafzimmer.

* * *

Am nächsten Morgen erwachte sie mit Kopfschmerzen. Sie ging in die Küche, um sich ein Glas Wasser zu holen.

Da sah sie es. Und schrie auf.

Die ganze Arbeitsfläche war übersät mit Ameisen. Sie waren überall – auf dem Wasserhahn, dem Putzlappen, sie bildeten Straßen über die Küchenkästchen und liefen über den Boden.

»Wo kommen die her. Was mache ich bloß?«

Ihr erster Gedanke war, sofort das Haus zu verlassen und Hilfe zu holen.

Sie zwang sich, logisch zu denken. Wollte sie nicht künftig ihre Probleme selbst lösen?

Bisher waren nirgends Ameisen gewesen. Nicht eine einzige. Onkel Hans hatte über zwanzig Jahre in dem Haus gelebt. Also war das Problem lösbar. Später konnte sie immer noch Marika fragen.

Sie holte Gummihandschuhe und begann, der Invasion zu Leibe zu rücken.

Der schöne Weihnachtsstollen war ganz schwarz von wimmelnden Tieren. Sie warf ihn in einen Plastikeimer und trug ihn in den Garten. Dann wischte sie die ungebetenen Gäste in die Spüle und drehte den Wasserhahn auf. Je mehr sie wegputzte, desto grimmiger wurde sie.

Plötzlich waren alle weg. Kein einziges Tierchen ließ sich blicken.

War es möglich, dass der Weihnachtsstollen die Ursache für die Invasion war?

Hatte Cati deshalb das Brot in den Schrank gepackt?

* * *

»Im Sommer darfst du nicht einen Krümel liegen lassen«, sagte Marika, als Lisa ihr von dem Missgeschick erzählte. »Um diese Jahreszeit ist es ungewöhnlich, dass sie in solchen Massen kommen. Wahrscheinlich war dein süßer Stollen eine zu große Verlockung.«

»Aber woher kommen die? Das waren Millionen.«

»Sie sind überall. In jeder Ritze, in jeder Nische. Im Sommer ist das echt mühsam, kaum fällt etwas hinunter, sind sie schon da. Aber es gibt ein tolles Mittel, das wirkt wie eine Sperre, da gehen sie nicht drüber. Ich schreibe es dir auf. Vermutlich hat Cati, als sie das Haus geputzt hat, alle Sperren weggewaschen. Ich fürchte nur, einen von dir gebackenen Weihnachtsstollen werden sie sich auch in Zukunft nicht entgehen lassen.«

So panisch Lisa anfangs auf die Insekten reagiert hatte, so gelassen war sie jetzt.

»Was wirst du machen? Mit dem Stollen, meine ich«, fragte Marika.

»Gewinnen! Erstens hole ich diese Ameisensperre. Und dann backe ich einen neuen Stollen«, antwortete Lisa mit so viel Grimm, dass sie selbst darüber lachen musste. »Und diesmal sperre ich ihn gleich in eine der verschließbaren Dosen ein.«

»Rache ist süß«, stimmte Marika zu, dann fragte sie: »Hast du Lust, auf einen Sprung nach Consell zu fahren? Dort ist Flohmarkt. Es macht doch Spaß, zu sehen, was die Leute alles verkaufen, und ich habe immer wieder ein Schnäppchen gefunden.«

Sie machten sich auf den Weg.

Marika bestand darauf, zu fahren. »Wir müssen quer über die Insel. Ich kenne den Weg schon. Du kannst die Fahrt besser genießen, wenn du danebensitzt. Die Landschaft ist wirklich sehr schön.«

Zunächst fuhren sie auf einer engen, kurvenreichen Straße, kamen an Steinmauern vorbei, an Feldern mit Schafen. Knorrige Olivenbäume säumten den Weg. Lisa sah Granatäpfel, deren rubinrote Kerne aus den geplatzten Schalen hervorquollen, und orangefarbene Kakifrüchte. Unter den ausladenden Kronen der Johannisbrotbäume lagen Netze, um die reifen Früchte aufzufangen. Leuchtend blaue Artischockenblüten wucherten an den steinernen Abgrenzungen.

Langsam wurde die Landschaft flacher. Endlos dehnten sich die Felder der Inselmitte. In der Ferne erhob sich die Gebirgskette der Serra de Tramuntana.

In Inca bogen sie ab. Lange Reihen von Rebstöcken säumten den Weg.

»Die Fahrt war wirklich schön. Die Insel ist so vielschichtig, immer wenn ich glaube, ich hätte schon einen Überblick, entdecke ich etwas völlig Neues«, stellte Lisa fest.

»Ich bin seit mehr als acht Jahren hier und immer wieder begeistert«, pflichtete ihr Marika bei.

Der Flohmarkt war gut besucht. Die Stimmung ähnelte einem Dorffest.

Es gab Getränke, süßes Gebäck, und Lisa stieg der Geruch von Bratwurst in die Nase.

»Hast du keinen Hunger?«, fragte sie, »ich könnte eine Wurst vertragen.«

»Jetzt, wo du es sagst. So ein Ausflug macht hungrig.«

Gestärkt besichtigten sie die Waren.

Marika hatte recht. Hier war wirklich von allem etwas. Kleidung, Bücher, Haushaltsgeräte. Einer der Verkäufer bot sogar Möbel an.

»Was für eine Mühe«, überlegte Lisa, »lohnt sich das?«

An einem Stand mit Käfigen entdeckte Marika eine Transportbox für Katzen.

»Genauso eine brauche ich«, sagte sie. »Meine ist letzte Woche endgültig gebrochen.« Schon stürzte sie sich in die Verhandlung. Sie feilschte offensichtlich überaus gern.

Immer wenn der Verkäufer händeringend beteuerte, nichts mehr nachlassen zu können, begann Marika von Neuem.

Am Ende erstand sie die Box für fünfzehn Euro, und Lisa beobachtete, wie sowohl der Verkäufer als auch Marika strahlten.

»Abgesehen davon, dass mich das Ding in einem Laden ein Vielfaches gekostet hätte, macht es doch viel mehr Spaß, hier einzukaufen«, stellte Marika fest.

Überraschenderweise war es Lisa, die als Nächste fündig wurde. Sie entdeckte eine Kiste voller Tontöpfe.

»In denen würden sich meine Weihnachtssterne noch viel besser machen«, sagte sie und wandte sich an den Verkäufer. »¿Cuánto cuestan, por favor[15]?«

»Cuatro euros cada uno[16], Señora.« Der Preis erschien Lisa lächerlich gering.

Schon wollte sie zustimmen, als Marika sie mit einem gezischten »Bist du verrückt, lass mich das machen« zur Seite schob.

Am Schluss erstand sie die Töpfe um die Hälfte, und der Verkäufer schien darüber ebenso begeistert wie sie selbst.

Marika kaufte noch einen Ledergürtel in Eidechsenoptik, dann entdeckte Lisa einen alten Stich in einem schönen Rahmen. Er stellte einen Schäfer dar, wie er ein Schaf über der Schulter trug.

Der Ausflug nach Palma fiel ihr ein. Ob Juan das Bild gefallen würde?

»Was denkst du«, fragte sie, »ich finde es wirklich schön,

und ich möchte mich bei ihm revanchieren. Bisher hat er sich kein Honorar von mir bezahlen lassen.«

»Also ich glaube schon, dass er solche Bilder mag. Ich weiß, er interessiert sich für mallorquinisches Kunsthandwerk und auch für alte Einrichtungsgegenstände. Sein Haus ist voll davon.«

Eine zähe Verhandlungsrunde später wechselte das Bild den Besitzer, und Lisa war sprachlos.

»Wie machst du das?«, fragte sie Marika. »Wie können die Verkäufer das zu so günstigen Preisen hergeben?«

»Wenn man selbst etwas nicht mehr möchte, gibt es zwei Möglichkeiten«, antwortete Marika, während sie zum Wagen zurückgingen. »Man wirft es weg, oder man verkauft es – oder, wie es hier oft der Fall ist, man schenkt es jemandem, der sich die Mühe macht, es auf den Flohmarkt zu bringen. So gesehen gibt es am Ende zwei Gewinner. Den Käufer und den Verkäufer. Darum macht mir das hier auch so unendlich viel Spaß.«

Zufrieden machten sie sich auf den Heimweg.

»Kommst du noch auf ein Gläschen zu mir?«, fragte Lisa.

»Aber nur auf einen Sprung. Ich muss meine Meute füttern.«

Am Ende wurde Lisa sogar noch den Stollen los, den sie am Morgen achtlos vor dem Haus hatte stehen lassen.

Mit einem: »Den nehme ich für meine Rasselbande mit. Wenn ich ihn gerecht verteile, bekommt ohnehin jeder nur ein winziges Stückchen. Und dann sogar noch mit lebenden Proteinen. Was glaubst du, was du ihnen für eine Freude machst!«, nahm Marika ihn kurzerhand mit.

Lisa stellte die Weihnachtssterne in die alten Töpfe, verpackte das Bild für Juan und legte es zu den anderen Geschenken.

Sie dachte daran, wie gut Marika der smaragdgrüne Rollkragenpullover aus weicher Kaschmirwolle stehen würde und wie sehr der Seidenschal in den kräftigen Rottönen zu Emelys Haarfarbe passen müsste.

In vier Tagen war Weihnachten, dann könnte sie auch endlich ihre Krippe aufstellen.

Sie verspürte eine Vorfreude, die sie seit ihrer Kindheit so nicht mehr empfunden hatte.

* * *

Der neue Weihnachtsstollen war gebacken und sicher verstaut. Sie mailte Weihnachtswünsche an ihre Eltern und holte ihre Post aus dem Postfach. Es waren doch noch einige Weihnachtskarten gekommen, wie sie erfreut feststellte.

Danach ging sie am Strand spazieren, ließ die Hündin schwimmen und freute sich, wie es ihr mehr und mehr gelang, eine gute Hundeführerin zu sein.

Voller Begeisterung hatte sie Juans Bücher über Hundeerziehung durchgelesen.

»Nichts als lauter Tricks«, dachte sie. Aber durchaus brauchbar, besonders, wenn der Hund dann besser folgt.

Als Caja nachher – frisch geduscht nach dem Bad im Salzwasser und eingewickelt in mehrere Badetücher – schlafend neben ihrem Schreibtisch lag, ging sie an ihre Arbeit.

Zufällig las sie dabei eine ihrer alten Mails. Vor mehreren Monaten hatte eine karitative Organisation angefragt, ob sie die juristische Betreuung ihres Onlineratgebers übernehmen wollte.

»Warum eigentlich nicht«, überlegte sie. »In den nächsten Monaten könnte ich ihnen etwas helfen, falls sie mich überhaupt noch brauchen.«

Kurz entschlossen nahm sie Kontakt auf und erhielt noch am selben Tag eine positive Antwort.

Es erfüllt uns mit einer großen Dankbarkeit, wenn Sie uns bei unserer Arbeit für die Schwächsten der Gesellschaft unterstützen wollen, stand da.

Einige Stunden in der Woche sollte sie juristische Fragen beantworten. Jene von allgemeinem Interesse würden veröffentlicht. Diejenigen, die rein persönlicher Natur waren, könnte sie nach Zeitverfügung behandeln.

Verwundert schüttelte Lisa den Kopf.

»Jetzt spielst du auch noch Kummernummer«, sagte sie sich, war aber sehr zufrieden mit sich selbst.

Und dann kam doch noch Post von ihrer Mutter.

Meine liebe Eliza, schrieb sie, *Vater und ich wünschen Dir ebenfalls ein frohes Weihnachtsfest.*

Auch wenn wir die Beweggründe nicht verstehen, die Dich veranlasst haben, Deine bisherigen Pflichten zu vernachlässigen, hoffen wir, dass es Dir gut geht und Du die Ruhe und Kraft findest, um Dein Vorhaben erfolgreich umzusetzen.

Nichtsdestotrotz vertrauen wir darauf, dass Du niemals vergisst, was hier von Dir erwartet wird.

Ich werde mich bemühen, die Arbeitsabläufe in der Kanzlei dergestalt umzustrukturieren, dass Du nach Deiner Rückkehr genügend Freiraum findest, um auch weiterhin Zeit für Deine wissenschaftliche Arbeit zu haben.

Vielleicht könntest Du uns entgegenkommen und den Zeitraum Deiner Abwesenheit bis Ostern verkürzen.

Im Vertrauen auf Deine Einsicht verbleibe ich
mit besten Wünschen für die Weihnachtsfeiertage,
Deine Mutter

Lisas Magen zog sich zusammen.

Was hatte sie erwartet?

Wie sollte ihre Mutter begreifen, wie sehr sie die Zeit hier genoss und alles andere als fleißig an ihrer Publikation arbeitete. Vielmehr fand sie Gefallen daran, durch die Dünen zu streifen, sich auf Flohmärkten herumzutreiben und den Kontakt zu ihren neu gewonnenen Freunden zu vertiefen.

Deutschland, die Kanzlei, ihr gesamter Bekanntenkreis – alles war in so weite Ferne gerückt.

Für einen kurzen Moment überfiel sie eine unendliche Traurigkeit.

War es richtig, was sie tat?

Sie war nahe daran, ihr bisheriges Leben zu zerstören. Wie sollte es weitergehen. Womit wollte sie die Lücken, die sie aufriss, füllen?

Eines wusste sie genau. Sie würde ihren Aufenthalt hier nicht frühzeitig abbrechen. Nicht nur deshalb, weil es das Testament so bestimmte, sondern weil sie es selbst wollte.

Und dann? War es gut, eine wissenschaftliche Laufbahn einzuschlagen?

Was half das, wenn sonst alles beim Alten blieb?

Was hätte sie gewonnen?

Ein ganzes wunderschönes Jahr.

Andererseits konnte sie nicht für immer in Mallorca bleiben. Sie fühlte, wie sie der Gedanke nicht mehr losließ.

»Unsinn«, sagte sie laut, »was willst du hier machen, den ganzen Tag lang? Stollen backen? Dafür hast du studiert?«

Ihr Platz war in Deutschland. Natürlich könnte sie Veränderungen vornehmen.

Sie durfte selbst bestimmen, wo ihr Schwerpunkt liegen sollte.

Außerdem wollte sie den Kontakt zu Ilse stärker ausbauen und überhaupt ihren Freundeskreis ändern.

Sie versuchte positiv in die Zukunft zu blicken. Aber es wollte ihr nicht recht gelingen.

KAPITEL 7

Am Heiligen Abend schien die Sonne, und der Himmel war von einem fast kitschigen Blau. Weiße Schäferwölkchen zogen dahin, und das Meer schimmerte wie frisch poliert.

Lisa stellte ihre Krippe auf.

Eine richtige Krippe war es noch nicht. Nur ein Häuschen mit dem Stern von Bethlehem, Maria, Josef und ein winziges Christuskind. Aber sie war zufrieden.

Im nächsten Jahr musste sie unbedingt einen Ochsen und einen Esel besorgen. Dabei fiel ihr ein, dass sie im nächsten Jahr um diese Zeit längst wieder daheim sein würde.

Aber zu Weihnachten könnte sie wiederkommen, überlegte sie.

Jetzt bedauerte sie es, nicht wenigstens einige der Schafe gekauft zu haben, die ihr so gut gefielen.

Der geschmückte Baum mit dem Elfenkönig, die Weihnachtssterne in den Tontöpfen – immer wieder ging sie durch das Haus und sah sich die Dekoration an.

»Schön ist es. Wunder-, wunderschön«, dachte sie.

Nach dem Frühstück fuhr sie ans Meer.

Seit Wochenbeginn waren einige der Hotels wieder geöffnet. Es gab viele Menschen, die Weihnachten im Süden verbringen wollten.

Auch die Eigentümer der Apartments und Häuser reisten an, um in Ruhe die Feiertage zu genießen. Entsprechend lebhaft war das Treiben auf der Uferpromenade.

Lisa ging den Strand entlang zum Hafen. Die Palmen raschelten im Wind, weiße Boote schaukelten auf den Wellen.

Sie kehrte in dem Lokal am Wasser ein und genoss ihren Kaffee.

Um fünf Uhr sollte sie bei Marika sein.

»Emely kann erst später kommen, aber wir beide können inzwischen ein Gläschen trinken«, hatte Marika vorgeschlagen, »ihr Laden ist bis sechs Uhr offen.«

Nicht nur Emelys Laden, beinahe alle Geschäfte waren geöffnet, und Lisa beschloss, noch Erdbeeren, Sahne und Cava zu besorgen.

Auch Kekse hatte sie genügend gebacken, sie würden wirklich nicht verhungern.

* * *

Pünktlich traf sie bei Marika ein. Auch Caja war mitgekommen. »Du kannst sie doch nicht am Heiligen Abend alleine zu Hause lassen«, beendete Marika jede Diskussion.

Was für eine Begrüßung! Die Hunde sprangen an Lisa hoch, aber sie spürte keine Angst mehr.

»Rette sich, wer kann.« Marika streckte den Kopf aus dem Küchenfenster. »Komm herein, ich zerteile gerade den Truthahn.«

Im Haus duftete es nach Gewürzen, Orangenschalen und nach Räucherstäbchen. Im Kamin brannte ein heimeliges Feuer.

»Was schleppst du da heran?«

Marika wischte sich die Hände ab, ehe sie Lisa umarmte. »Frohe Weihnachten. Feliz Navidad!«

»Frohe Weihnachten«, sagte Lisa und drückte Marika an sich.

Die Finca war mit Strohsternen, Lebkuchen und Schleifen

dekoriert. Überall brannten Kerzen und tauchten das Zimmer in ein sanftes Licht.

In der Ecke stand ein kleines Bäumchen mit goldenen Nüssen und winzigen roten Kugeln. Darunter lagen drei Päckchen mit Schleifen aus rot gefärbtem Bast.

»Mein Geschenkbaum«, sagte Marika und nahm Lisa die Flaschen ab. »Die nehmen wir zu Juan mit. Ich habe schon Cava kühl gestellt. Lass uns auf Weihnachten anstoßen. Danach kannst du mir helfen.« Lisa legte ihre Päckchen unter den Baum, dann ordneten sie gemeinsam die Kekse in eine Schüssel und schnitten den Stollen auf. Marika schob sich ein Stück in den Mund.

»Der ist himmlisch!« Sie verdrehte genussvoll die Augen, »und du behauptest, du könntest nicht backen.«

»Immerhin war es bereits der zweite Versuch.«

Sie sahen einander an und grinsten.

»Der erste war mindestens genauso gut. Um ein Haar hätten mich die glücklichen Empfänger mitgefressen.«

Während Lisa einen Löffel von Marikas Reis probierte, bräunte der Truthahn im Rohr und roch verführerisch.

»Der Reis ist fantastisch. Ich brauche nichts anderes mehr. Wer soll denn das alles aufessen, das ist für eine ganze Armee.«

Marika lachte. »Kein Problem, wir nehmen alles mit hinüber. Im Laufe der Nacht bekommen wir bestimmt wieder Hunger.«

Langsam wurde es dunkel.

»Gehen wir ein wenig hinaus, oder ist dir zu kalt?«, fragte Marika. »Heute ist Vollmond, den müssen wir uns ansehen.« Der Ausblick war beinahe unwirklich.

Sie standen auf der Terrasse und beobachteten, wie ein orangefarbener Ball aus dem Meer aufstieg, durch die Wolken hindurchtauchte und langsam immer höher wanderte. Am Himmel schimmerten die ersten Sterne.

»In einer Nacht wie dieser muss man sich etwas wünschen«, sagte Emely, während sie die Freundinnen begrüßte.

»Ich weiß, was ich mir wünsche«, sagte sie dann. »Ich verlängere.«

»Ich verlängere auch«, antwortete Marika.

»Was verlängert ihr?«

Marika legte den Arm um Lisas Schulter und prostete ihr zu.

»Das sagen wir Residenten so. Touristen verlängern ihren Urlaub, und wir verlängern eben unseren Aufenthalt. Also ich weiß, ich will hier nie wieder fort.«

»Ich auch nicht«, pflichtete Emely ihr bei.

»Und du«, fragte Marika, »verlängerst du auch?«

»Meine Mutter will, dass ich Ostern zurückkomme«, sagte Lisa ganz leise, »aber nein, ich bleibe bestimmt bis Ende Oktober, wie geplant.«

»Dann verlängerst du also auch.« Marika klang zufrieden.

»Lasst uns anstoßen. Auf dieses Weihnachten. Und auf uns drei.«

* * *

»Wollen wir zu Fuß hinübergehen?« Lisa fühlte sich so entspannt wie lange nicht.

Das wunderbare Nachtmahl, die Freude beim Geschenkeauspacken, die ganze Stimmung. Es war wirklich eine wunderbare Nacht.

Fast zärtlich strich Lisa über das Jäckchen aus bunten Webpelzstücken, das Marika ihr genäht hatte. Von Emely hatte sie eine selbst gemachte Gesichtscreme bekommen und einen Gutschein für ein »Rundum-Spezial-Verwöhnprogramm« im Salon.

»Eigentlich ist es mehr ein Geschenk an mich selbst, weil

ich dann endlos mit dir quatschen kann«, meinte Emely, die gerade vor dem Spiegel stand und mit leuchtenden Augen das Seidentuch betrachtete.

»Sehe ich nicht zum Anbeißen aus in diesem Prachtpulli? Vielen Dank. Du weißt gar nicht, was ich für eine Freude damit habe.« Marika griff nach Lisas Hand.

Schwer beladen machten sie sich auf den Weg. Sie überquerten den steinigen Fincagrund, zwängten sich durch eine verwachsene Pforte und gingen über die Rasenfläche auf Juans Haus zu.

Lisa führte Caja an der Leine.

»Natürlich nimmst du sie mit«, hatte Marika bestimmt, während sie alle zusahen, wie die Hündin das bunte Wickelpapier von dem Kauspielzeug zu entfernen versuchte, das Marika ihr unter den Baum gelegt hatte. »Hans hat das immer getan.«

»Ein Weihnachtsgeschenk für einen Hund? Typisch Marika«, dachte Lisa, »aber warum eigentlich nicht? Bekommt Caja von mir eben ein Päckchen am Heiligedreikönigstag, schließlich ist sie ein mallorquinischer Hund.«

Neugierig ging Lisa hinter den Freundinnen her.

Sie kannte Juans Finca schon von ihren Rundgängen in die umliegenden Hügel. Oft schon war sie oben gestanden und hatte das Haus lange betrachtet.

Es erschien ihr ziemlich groß für einen Mann allein. War er hier aufgewachsen? Aber nein. Von Marika wusste sie ja, dass er früher bei seinen Großeltern gelebt hatte, und die wohnten unten im Ort.

»Kümmere dich nicht um Dinge, die dich nichts angehen«, ermahnte sie sich, »die ganze Clique ist eingeladen. Also entspann dich, gib ihm sein Päckchen, und damit hat es sich.«

»Meinst du, dass Juan schon da ist?«, fragte Emely in diesem Moment.

»Wenn nicht, sollen wir einfach hineingehen«, antwortete Marika.

Das Haus war beleuchtet.

Mehrere Hunde liefen ihnen entgegen.

»Lass Caja los, die kennen einander«, befahl Marika, während sie die Tiere streichelte.

Ratlos starrte Lisa das Rudel an.

Sie wusste nicht genau, wie sie sich Juans Hunde vorgestellt hatte, aber bestimmt nicht so.

»Sicherlich sind sie alle recht lieb«, dachte sie unsicher. Zweifellos aber waren sie abgrundtief hässlich.

Ein großer zotteliger Rüde mit nur einem Ohr hinkte auf krummen Beinen heran und leckte ihr zutraulich die Hand. Ein zweiter, dessen kahle Haut von unzähligen Narben bedeckt war, drängte ihn zur Seite, und ein semmelblonder Mix sprang auf nur drei Beinen um sie herum.

Marika ging in die Hocke und hielt zärtlich ein weiteres Exemplar im Arm, das sich zutraulich an sie schmiegte.

»Er ist blind und steinalt. Aber immer noch bestens drauf. Ja, mein Guter, ist ja okay«, kraulte sie den Hund hinter den Ohren.

»Hola, Marika, kommt herein.«

Juan, die an ihm hochspringende Caja im Schlepptau, kam ihnen über den Rasen entgegen.

»Feliz Navidad, Juan«, rief Marika.

»Was schleppt ihr da alles?«, fragte er, nahm ihnen die Taschen ab und ging zurück in Richtung der Terrasse.

»Sind wir die Ersten?«

»Wo denn, wir sind schon eine ganze Menge.«

»Ich hoffe, Caja stört dich nicht, ich meine, Marika hat gesagt, dass …« Lisa kam ins Stocken. »Ich kann sie auch nach Hause bringen«, beendete sie den Satz.

Er blieb stehen und zwang sie anzuhalten.

»Sie sind geimpft, entwurmt und gesund. Du brauchst keine Angst zu haben«, sagte er und sah sie an.

Lisa dämmerte, was er damit meinte. Sie stotterte: »Ich habe nicht gemeint, dass ich Angst habe. Ich habe nur gemeint …« Wieder wusste sie nicht weiter.

»Und, wie gefallen dir meine Hunde?«

»Ich … sie sind sicher sehr lieb.« Sie zögerte.

»Ja, das sind sie«, seine Stimme klang kühl, »und sie genießen ihr Leben. Genauso wie du und ich haben sie nämlich nur dieses eine.«

Es klang beinahe bitter, als er fortfuhr: »So, wie sie aussehen, hätten wir sie nie und nimmer an einen guten Platz vermitteln können. In unserer Welt punkten eben nur die Schönen und Jungen. Aber glaubst du nicht, sie haben eine Chance verdient?«

Lisa starrte ihn an. Wieder einmal hatte er sie überrumpelt.

Sie senkte den Kopf und sagte so leise, dass er sie kaum verstehen konnte: »Ich habe noch nicht so viel Erfahrung mit Hunden. Caja ist mein allererster. Als ich klein war, da wollte ich unbedingt einen Hund. Unsere Nachbarn haben einen aus dem Tierheim geholt, irgend so eine ›Von-allem-etwas-Mischung‹. Ich wollte so gerne auch einen. Aber es ging nicht. Meine Mutter hat es nicht erlaubt.«

Jetzt war er es, der sie anstarrte. Mit einer fahrigen Bewegung fuhr er sich durchs Haar, so als wollte er einen unangenehmen Gedanken wegwischen.

Seine Stimme klang weich: »Du machst das sehr gut mit deiner Caja. Ihr beide seid schon ein richtig gutes Team.«

Sein Lob freute sie mehr, als sie zugeben wollte.

»Ich versuche mein Bestes«, bemühte sie sich ihrer Stimme Festigkeit zu verleihen, »jedenfalls danke für die Bücher, die du mir geliehen hast. Ich gebe sie nächstens Antonio zurück.«

»Schon gut, ich brauche sie nicht. Du kannst sie behalten, solange du willst. Jetzt komm herein, ehe dir kalt wird.«

Das Haus war ein altes Steingebäude, einstöckig mit einem terrassenartigen Balkon im ersten Stock, der von gemauerten Rundbögen getragen wurde. In deren Schutz luden mehrere Sitzgelegenheiten zum Verweilen ein. Drei Glastüren führten in eine große Eingangshalle.

Lisa sah hohe Decken mit Holzbalken und einen Kamin, so groß, dass man ihn betreten konnte, in dem ein gusseiserner Ofen stand. Ein helles Feuer brannte darin.

Die Stirnseite des Raumes dominierte ein Eichentisch mit mehreren Stühlen. Auf den zahlreichen Polstermöbeln hatten es sich schon mehrere Gäste gemütlich gemacht. Eine breite Treppe führte in den ersten Stock hinauf.

Über einer antiken Kommode hing ein Spiegel in einem vergoldeten Rahmen. Der blank polierte Terrazzoboden war mit dicken Teppichen bedeckt, und das Licht des venezianischen Kronleuchters spiegelte sich in den Glastüren des Bücherschranks. Überall hingen Ölgemälde.

Lisa betrachtete beeindruckt den großartigen Raum.

Sie sah Cati und Sebastian auf sich zukommen, auch Maria-Jose war schon da. Plötzlich stand Marika neben ihr. »Habe ich dir zu viel versprochen? Ist das nicht ein fantastisches Haus? Ich fühle mich hier jedes Mal wie in eine Märchenwelt versetzt.«

Sie hob den Blick und sah Juan, der sie beobachtete.

»Es ist wirklich traumhaft schön. Bist du hier aufgewachsen?« Sie stockte. Hatte sie sich nicht soeben vorgenommen, keine Fragen mehr zu stellen? »Ich meine, weil es ganz schön viel Haus ist für einen Mann allein.«

Sie verstummte, aber dieses Mal blieb das Lächeln in seinen Augen, während er sie weiterhin ansah.

»Es ist mein Elternhaus, es freut mich, wenn es dir gefällt.«

Seine Stimme war leise. »Willkommen bei mir zu Hause, liebe Lisa. Und frohe Weihnachten.«

»Wir tragen das Essen in die Küche!«, rief Marika ihr zu.

Froh über die Unterbrechung, ging Lisa ihr nach. Sie kamen an mehreren Türen vorbei bis zu einer großen Wohnküche, in deren Mitte ein Esstisch stand.

Dort waren bereits die unterschiedlichsten Köstlichkeiten aufgebaut – Schinken, Oliven, gebackene Pasteten und Körbe mit Brot. Auf dem Herd köchelte ein Eintopf, der verführerisch duftete.

Marika legte die Speisen auf eine Warmhalteplatte. Den Stollen und die Kekse stellte sie zu den anderen Köstlichkeiten.

»Nimm dir, was immer du willst, hier ist Selbstbedienung«, erklärte Marika.

»Unmöglich nach dem, was ich gerade gegessen habe. Ich kann keinen Bissen mehr vertragen.«

»Warte ab, die Nacht ist noch jung. Aber ich nehme mir momentan auch nur etwas zu trinken.«

Immer mehr Gäste fanden sich ein, und der große Raum füllte sich. Jaime und Margalida waren gekommen, Antonio und Francisca und noch viele andere. Lisa war froh, vorsorglich einige Geschenke mehr vorbereitet zu haben.

Wieder war es Marika, die mit ihrer fröhlichen Art für eine lockere Bescherung sorgte. »Das Christkind war da und hat euch allen etwas mitgebracht!«, rief sie.

»Sie findet immer die richtigen Worte. Wie macht sie das bloß. Da ist nichts Gekünsteltes, nichts Verkrampftes. Was ihr gerade einfällt, sagt sie«, dachte Lisa.

Die Stimmung erreichte einen ersten Höhepunkt, als die Päckchen geöffnet wurden.

Tiegelchen mit selbst gemachter Gesichtscreme, Räucherstäbchen, Nüsse, verschiedene Süßigkeiten und auch Lisas Weihnachtskugeln und Elchkerzen – alles fand großen Anklang.

Möglichst beiläufig gab Lisa Juan ihr Geschenk. Seit sie sein Haus gesehen hatte, fand sie das Bild bei Weitem nicht mehr so passend.

Die Stimmung wurde immer ausgelassener. Danach sorgte jemand für Musik, und sogleich fingen einige zu tanzen an. Nicht paarweise, sondern alle miteinander.

Maria-Jose zog sie auf die Tanzfläche. Anfangs unsicher, dann mit immer größerer Freude machte Lisa mit.

Später saßen sie neben dem Kamin und redeten. Lisa ließ sich das Lob über ihre Spanischfortschritte gerne gefallen.

Gemeinsam gingen sie in die Küche und kosteten von den herrlichen Dingen, die sich auf dem Esstisch türmten. Jeder hatte etwas beigesteuert. Es war unmöglich, von allem zu probieren.

Die Zeit verflog.

Einige brachen auf, um in die Disco zu fahren, aber immer noch herrschte diese ausgelassene Stimmung.

Lisa war so mit Beschlag belegt, dass sie keine Minute nachdenken konnte. Auch wenn sie nicht alles genau verstand, was man ihr erzählte, so begriff sie doch den Sinn und konnte auch schon antworten.

Irgendwann schlüpfte sie auf die Terrasse hinaus. Das Bild, das sich ihr bot, war grandios. Der Vollmond tauchte die ganze Landschaft in ein milchiges Licht. In der Ferne schimmerte silbrig das Meer, und die kahlen Äste der Feigenbäume warfen geheimnisvolle Schatten. Auf den umliegenden Hügeln sah man noch vereinzelt Lichter, die Blätter der Palmen bewegten sich sanft im Wind.

»Schön, nicht.« Sie spürte, wie Juan hinter sie trat.

»Es ist einmalig. So eine traumschöne Nacht. Ich kann es mit Worten gar nicht beschreiben.«

Spontan drehte sie sich um: »Du hast eine wunderschöne Heimat, Juan.«

»Ja, ich weiß. Es freut mich, dass es dir hier gefällt.«

»Wem würde das nicht gefallen. Die Natur, das Meer, die ganze Insel. Und auch die Menschen. Ich habe in meinem ganzen Leben nicht so viel Aufmerksamkeit und Hilfe bekommen. Überhaupt haben mich alle so herzlich aufgenommen. Ich weiß gar nicht, wie ich mich jemals revanchieren kann.«

Sie brach ab. Plötzlich machte sie seine Anwesenheit nervös. Dann spürte sie seine Hände auf ihren Schultern.

»Doch, das weißt du. Jedenfalls danke ich dir vielmals für dein Geschenk.«

»Das ist doch nicht der Rede wert. Wir haben das Bild in Consell auf dem Flohmarkt entdeckt. Marika meinte, es könnte dir gefallen.«

»Es gefällt mir sogar sehr. Du hast mir eine große Freude gemacht. Ich habe eine ganze Reihe von diesen alten Stichen. Sie hängen oben. Wenn du Lust hast, kannst du sie einmal ansehen kommen.«

»Sehr gerne, ich meine, wenn ich dich nicht störe.«

»Du störst mich nicht. Außerdem wird es im nächsten Jahr wieder besser mit meiner Zeit, wenn ich nicht mehr ständig nach Barcelona muss. Was ist? Ist dir zu kalt, oder bleiben wir ein wenig draußen?«

»Ich würde gerne noch ein wenig hier bleiben. Ich kann mich einfach nicht sattsehen.«

Sie setzten sich, und Juan brachte Decken.

»Warte einen Moment, ich hole uns etwas zu trinken«, sagte er, um gleich darauf mit zwei Gläsern wiederzukommen.

»Warum bist du nach Mallorca gekommen?«, fragte er sie dann.

Erstaunt sah Lisa auf. »Weil ich die Finca von Onkel Hans geerbt habe, das weißt du doch.«

»Schon, aber das war nicht der einzige Grund.«

Er umfasste ihre kalten Hände. »Entschuldige, ich wollte nicht neugierig sein. Du musst mir natürlich nicht antworten.«

Lisa schüttelte den Kopf. »Es macht mir nichts aus, wenn du fragst. Es ist nur so – ich habe es bis vor Kurzem selbst nicht gewusst. Ich dachte, ich hätte mein Leben bestens im Griff, alles wäre geregelt. Ich bräuchte nur zu tun, was alle erwarteten. Aber dann ist meine Beziehung zerbrochen, und ich merkte, dass mir nicht einmal meine Arbeit weiterhelfen konnte. Ich wusste, ich müsste etwas ändern, hatte aber keine Ahnung, was.«

»Und«, fragte er ruhig, »weißt du es jetzt?«

»Ich weiß zumindest, wo der Weg sein könnte. Es geht darum, meine eigenen Wünsche zu formulieren, nicht andauernd zu tun, was andere von mir erwarten, nur damit man mich lieb hat.«

Eine lange Pause entstand.

»Hat es funktioniert. Hat man dich lieb gehabt?«, fragte er.

»Natürlich nicht. Je mehr ich getan habe, was sie wollten, desto schlimmer wurde es. Bis ich nicht mehr wusste, was ich selbst eigentlich dachte. Am Schluss hätte ich fast einen Mann geheiratet, den ich gar nicht geliebt habe.«

Ihre Stimme zitterte. »Entschuldige, da quatsche ich dich mit diesem Zeug zu. Und das in einer so schönen Nacht.«

Sie wollte ihm ihre Hände entziehen und spürte, wie er den Druck verstärkte.

»Ich würde dich gerne trösten, aber ich fürchte, das kann nur die Zeit allein. Glaub mir, du bist auf dem richtigen Weg. Jedenfalls bin ich jederzeit für dich da. Sag Bescheid, wenn du etwas brauchst. Oder wenn du einfach reden willst.«

Lisas Mund war trocken. »Warum?« Ihre Stimme klang rau. »Warum tust du das für mich, und überhaupt, ihr alle?«

Er starrte vor sich hin, sagte kein Wort mehr. Offensichtlich wollte er das Gespräch beenden. Lisa war dankbar dafür.

Dann holte er tief Luft. Es klang beinahe wie ein Seufzer. »Meine Kindheit war schwierig. Vielleicht hast du schon davon gehört, dass ich teilweise in Deutschland, dann wieder hier, bei meinen Großeltern, aufgewachsen bin. Von ihnen habe ich nichts als Liebe erfahren. Dafür bin ich bis heute dankbar. Aber wir konnten nie offen miteinander reden. Als ich aus Deutschland zurückkam, war ich fast elf. Ich war zerrissen zwischen meinen Erlebnissen dort und dem Leben hier. Damals schon wollte ich Arzt werden, Chirurg, um genau zu sein. Mein Großvater erwartete, dass ich dieses Land übernehme. Ich wusste, er hätte es nicht ertragen, einen anderen als Nachfolger zu sehen. Je älter ich wurde, desto schwieriger gestaltete sich unsere Beziehung. Ich las andauernd medizinische Bücher und verheimlichte es vor ihm. Aber ich bin sicher, er wusste es. Als ich achtzehn war, kam es zum offenen Bruch. Ich beharrte auf meiner Berufswahl, ging nach Heidelberg und brach meinen Großeltern das Herz. Aber nicht nur ihnen, mir selbst auch. In dieser Zeit hasste ich es, nach Hause zu kommen. Ich war zerrissen zwischen meinen Wünschen und dem schlechten Gewissen den Großeltern gegenüber. Damals hat sich Hans meiner angenommen. Er war der beste Zuhörer, und er hat mich zum Reden gebracht. ›Eine Wunde heilt nur zu, wenn sie gesäubert ist‹, pflegte er zu sagen, ›die Medizin dafür ist das Gespräch. Du kannst nur den richtigen Weg finden, wenn du weißt, was du willst.‹ Hans war es, der mich motiviert hat, eine Auszeit zu nehmen. So habe ich einige Zusatzausbildungen absolviert und bin als Assistent für ›Ärzte ohne Grenzen‹ nach Afrika gegangen.«

Er machte eine Pause und lehnte sich zurück.

Immer noch hielt er ihre Hand fest.

»Bei meiner Rückkehr war mir klar – das hier ist meine Heimat. Für immer. Ich habe mich nur nicht getraut, meinen Gefühlen zu folgen. Danach habe ich in Barcelona Veterinärmedizin studiert. Und es keine Sekunde bereut. Jetzt betreue ich eben Patienten, die bellen und wiehern. Aber ich bin Arzt geworden. Sogar Chirurg. Außerdem bin ich auch noch Psychiater.« Endlich lächelte er wieder. »Was meinst du, wie viel psychologisches Geschick du für die Tierhalter benötigst?«

»Du meinst für solche wie mich?«, versuchte auch Lisa zu lächeln.

»Es gibt Schlimmere«, brummte er.

»Ich bin schon richtig vernarrt in Caja, wo ist sie überhaupt?«, wechselte sie das Thema.

»Unterwegs mit ihren Verehrern. Oder glaubst du, sie findet sie zu hässlich?«

Lisa fuhr zusammen. Musste er wieder davon anfangen.

»Sie sind nicht so hässlich«, setzte sie an, aber er winkte ab.

»Die Schönsten sind sie wirklich nicht. Aber glaub mir, Caja ist das völlig egal. Wenn sie einen anderen Hund mag, gut, wenn nicht, wird sie ihn meiden – unabhängig davon, wer sein Herrchen ist oder welches Auto Frauchen fährt.«

»Du meinst, wir Menschen sollten das auch tun.«

»Ein wenig davon würde uns nicht schaden.«

»Vermutlich hast du recht«, sagte sie. »Als ich damals mit dem Jurastudium begann, habe ich noch alles so idealistisch gesehen. Ich dachte, ich könnte mein Wissen verwenden, um Menschen vor Fehlentscheidungen zu bewahren. Das funktioniert natürlich nicht. Aber ihnen Entscheidungen ein wenig leichter zu machen, das müsste doch möglich sein. Stattdessen habe ich als Masseverwalterin Konkurse abgewickelt und überwiegend Kunden betreut, die sich die teuren Honorare leisten konnten. Das ist nicht unbedingt falsch, doch einen Teil meiner Zeit möchte ich anders einsetzen können.«

Nach einer Pause sprach sie weiter: »Ich habe gerade zugesagt, für eine karitative Organisation die juristische Betreuung zu übernehmen.«

Überrascht sah er sie an. »Und, wie geht es dir dabei?«

»Ausgesprochen gut. Ich fühle mich wieder jung. Ich meine«, unterbrach sie sich, als er lachte, »so jung und idealistisch wie zu meiner Studienzeit.«

»Da seid ihr ja.« Marika wirbelte heran. »Was macht ihr da, ist euch nicht kalt?«

Juan ließ sofort Lisas Hand los und stand auf. »Du hast recht, um länger hier zu sitzen, ist es zu kalt. Kommt ihr mit hinein?«

»Aber hoppla, was war denn das?«, grinste Marika.

»Gar kein Hoppla. Wir haben uns nur über Hunde unterhalten«, sagte Lisa, eine Spur zu schnell.

»Das habe ich auch schon«, stellte Marika fest, »aber dabei nicht zwangsläufig Händchen gehalten.«

Das Fest neigte sich dem Ende zu.

Als Lisa auf ihre Uhr blickte, war es fast vier.

»Wann habe ich zuletzt so lang durchgemacht. Dabei bin ich immer noch putzmunter«, dachte sie erstaunt.

Gegen Mittag wollten sich alle in der Cafeteria am Hauptplatz treffen. »Ensaimada und Chocolate erwarten uns«, verkündete Marika mit so viel Vorfreude, dass alle lachten.

Am Schluss gab es noch einen kleinen Disput wegen des Dreikönigsfestes, an dem sich alle bei Marika treffen wollten.

»Nein«, protestierte Lisa, »das könnt ihr nicht machen. Dieses Jahr müsst ihr zu mir kommen. Hans hätte das auch gewollt.«

Es war Jaime, der die Diskussion beendete. »Wenn Lisa uns haben will, dann kommen wir zu ihr. Und zu Hans«, sagte er.

Juan bestand darauf, die Freundinnen nach Hause zu fahren. Emely würde die Nacht bei Marika verbringen.

Immer noch überwältigt von den vielen Eindrücken, legte sich Lisa in ihr Bett.

Sie war überzeugt, viel zu aufgedreht zu sein. Trotzdem schlief sie sofort ein.

Sie träumte, sie hätte eine eigene Kanzlei eröffnet, die darauf spezialisiert war, Tiere gegen ihre Besitzer zu vertreten.

Als sie aufwachte, war es noch dunkel. Sie hörte Caja in ihrem Körbchen schnarchen und fiel in einen tiefen Schlaf.

KAPITEL 8

»Ensaimada und Chocolate sind ab heute meine Lieblingsspeise«, sagte Lisa und nahm einen weiteren Löffel Schokolade.

Sie saßen auf der Terrasse ihres Stammlokals mitten am Hauptplatz. Die vorgezogene Markise schützte vor dem leichten Wind, und Heizlampen sorgten für angenehme Wärme.

Wann hatte sie einen so vergnüglichen Christtag erlebt?

»Wir haben uns doch erst vor wenigen Stunden getrennt«, überlegte sie, während sie die warme Hefeschnecke in die dickflüssige Schokolade tunkte, »und jetzt sind wir schon wieder zusammen und haben uns so viel zu sagen, als hätten wir uns jahrelang nicht gesehen.«

Maria-Jose saß neben ihr und erzählte gerade, dass sie knapp vor Abschluss einer Weiterbildung zur Kieferorthopädin stand. Sie arbeitete in der nächsten Stadt in einer Gemeinschaftspraxis, wie Lisa inzwischen wusste.

»Hast du einen Freund in Deutschland?«, unterbrach Maria-Jose ihre Gedanken.

Sie unterhielten sich in einer Mischung aus spanischen, italienischen und französischen Wortbrocken. Seltsamerweise klappte es hervorragend.

»Nein, ich bin gerade meinen Verlobten losgeworden.«

»Entschuldige, das tut mir leid. Bist du sehr traurig darüber?«

»Nein, gar nicht. Er war ein Scheißkerl.« Lisa fand das Gespräch grotesk und fing an zu lachen.

»Dann musst du dir jetzt einen anderen suchen, einen besseren. Am besten, du nimmst einen von hier, dann kannst du für immer bei uns bleiben und musst nicht mehr fort«, antwortete Maria-Jose. Offensichtlich meinte sie es völlig ernst.

»Was tuschelt ihr dort. Lasst uns mitlachen«, forderte Antonio.

»Ich habe Lisa erklärt, dass sie sich einen lieben Freund suchen muss, damit sie für immer hierbleibt.«

»Eine hervorragende Idee. Ich würde mich gleich selbst anbieten, aber das kann ich leider nicht, sonst reißt mir Francisca den Kopf ab«, scherzte Antonio.

»So gerne ich dich habe, aber meinen Antonio gebe ich dir nicht«, rief Francisca. Gleichzeitig gab sie Antonio einen zarten Tritt und drohte ihm scherzhaft mit dem Finger, bevor sie fortfuhr: »Maria-Jose hat schon recht, du brauchst wirklich einen lieben Freund.«

»Einverstanden. Wenn du einen triffst, schick ihn vorbei«, ging Lisa auf das Geplänkel ein. »Jetzt ernsthaft – ich bin gerade erst einen losgeworden. Mein Bedarf ist gedeckt. Aber ihr werdet mich hier trotzdem nicht los. Ich überlege gerade, wie ich es anstellen soll, wenigstens zweimal im Jahr zu euch zu kommen.«

»Du hast also nicht vor, zu verkaufen«, stellte Jaime fest. Wieso hörte er sich so zufrieden an?

»Definitiv nicht. Ich hoffe, ich mache Juan keinen Strich durch die Rechnung, aber ich möchte die ›Casa del Rey‹ behalten.«

»Juan stört das bestimmt nicht, ganz im Gegenteil. Das Vorkaufsrecht soll nur verhindern, dass ein Fremder Zugriff auf das Land hat. Übrigens, wo ist Juan eigentlich, kommt er nicht?«, fragte Jaime.

»Wahrscheinlich nicht«, antwortete Antonio, »in der Früh hatten wir einen Notfall, und er hat übernommen. Damit ich wenigstens heute einmal mit Francisca zusammen sein kann.« Er streichelte zärtlich über den Arm seiner Freundin und wurde mit einem schnellen Küsschen belohnt.

Lisa spürte einen kleinen Stich.

»Wie glücklich sie sind«, dachte sie. Juan hatte freiwillig den Dienst übernommen, damit sie den Tag zusammen genießen konnten – wie einfach alles war.

Ein Gefühl von Neid stieg in ihr auf, das sie schnell unterdrückte.

»Weißt du, dass ich noch nie in Deutschland war?«, sagte in diesem Moment Maria-Jose.

»Wirklich nicht? Juan hat doch bei uns studiert. Hast du ihn nie besucht?«

Lisa merkte, wie Maria-Jose den Kopf senkte, und hätte sich am liebsten geohrfeigt. Konnte sie denn nie den Mund halten!

Betont munter sagte sie: »Wenn du noch ein wenig warten kannst, kommst du mich besuchen, wenn ich wieder daheim bin. Du kannst auch bei mir wohnen, und ich zeige dir meine Heimatstadt.«

»Das ist schrecklich lieb von dir. Ich werde dich beim Wort nehmen und wirklich gerne besuchen kommen. Bis dahin bin ich auch mit meiner Ausbildung fertig. Als Juan nach Deutschland ging, war ich noch zu jung, und außerdem hätten es meine Eltern niemals erlaubt. Zu jener Zeit war das Thema Deutschland in der ganzen Familie tabu.«

Sie schwieg.

»Ich wollte dich nicht aushorchen, ich habe schon mitbekommen, dass es Schwierigkeiten gab.«

»Mach dir deshalb keine Sorgen. Das ist schon so lange her. Als Juan fortging, war ich furchtbar traurig. Für mich ist er immer wie ein großer Bruder gewesen. Er ist ja sechs Jahre älter als ich, und ich habe nur noch zwei kleine Schwestern. Damals habe ich tagelang geweint. Auch seine Großeltern waren entsetzlich deprimiert. Es war keine angenehme Zeit. Später dann ging er nach Afrika. Ich weiß noch, wie meine Mutter jeden Tag eine Kerze für ihn angezündet hat, damit er auch gesund wiederkommt. Als er sich entschloss, Veterinärmedizin zu studieren, war die Familie überglücklich. Weißt du, nach all diesen Tragödien.« Sie schwieg.

Lisa wagte nicht, noch weiter zu fragen. Stattdessen sagte sie nur: »Man sieht euch beiden an, wie sehr ihr euch mögt.«

»Ich habe ihn schrecklich gern. Ich wünsche mir nur, dass er endlich eine passende Frau kennenlernt, eine mit der er glücklich ist. Bisher ist die Richtige noch nicht gekommen.«

Sie hielt inne. Nach einer Weile musterte sie Lisa, legte den Kopf ein wenig schief und meinte: »Was ist eigentlich mit dir? Gefällt er dir nicht? Das wäre doch etwas. Du hättest einen lieben Partner, und er wäre endlich nicht mehr allein.«

Lisa spürte, wie sie rot wurde, und versuchte zu lächeln.

»Bei deinem tollen Plan hast du vergessen, dass ich im Oktober nach Deutschland zurückkehre. Entweder ist er danach wieder allein, oder er kommt mit mir mit, und ihr seid ihn los.«

»Um Gottes willen, nicht noch einmal«, rief Maria-Jose mit gespielter Verzweiflung. »Das überlebt die Familie nicht.

Aber im Ernst. So jemand wie du wäre schon richtig für ihn. Wirklich schade, dass du nicht hier lebst.«

Lisa war froh, als sie gleich darauf das Thema wechselten.

* * *

Am späteren Nachmittag fuhr Lisa zu Cati und Sebastian nach Hause.

»Du hast schon so lange versprochen, dass du zu uns kommst. Heute musst du«, baute Cati jeder Widerrede vor.

Doch Lisa ließ sich gerne überreden.

Die beiden wohnten in einem Stadthaus. Es war eines von vielen in einer langen Häuserzeile. Alle hatten die gleiche rötlichbraune Steinfassade, nur die Farbe der Fensterläden war verschieden.

Neugierig folgte Lisa den beiden in das Haus hinein.

Sie kamen in einen gemütlichen Salon, von dem aus man in eine Küche und weiter in einen entzückenden Innenhof gelangte. Eine schmale Stiege führte in den ersten Stock, in dem drei Schlafräume und ein winziges Badezimmer untergebracht waren.

Alles war mit so viel Liebe eingerichtet.

Lisa wurde in einen Polstersessel gedrückt. Gleich darauf brachte Cati einen Teller mit Tapas, Oliven und Schinken.

»Willst du Wein oder Tee?«

»Tee bitte«, antwortete Lisa. »Lebt ihr schon lange hier? Das Haus ist entzückend.«

»Erst eineinhalb Jahre. Das ist das Haus von meiner Großmutter. Sie ist mit Mutter zusammen in die Wohnung gezogen. Jetzt haben wir renoviert. Sebastian hat alles gemacht.« Sie sah voll Stolz auf ihren Freund, der ein Tablett mit Teegläsern hereintrug.

»Mein Bruder hat das viel größere Haus bekommen. Es ist auf der anderen Seite des Dorfes. Dafür habe ich jetzt ein Grundstück mehr als er. Er besitzt zwei und ich drei.«

»Ganz schön«, dachte Lisa. Dann fragte sie: »Arbeitest du schon lange bei Jaime?«

»Erst zwei Jahre. Ich habe in einem Zeitungsladen ausgeholfen und nebenbei eine Büroschule besucht.«

Mit der ihr eigenen Art erzählte sie weiter. Dass Sebastian eine Ausbildung zum Haustechniker absolviert habe und bei einer Gebäudeverwaltung arbeite und sie nebenbei Fincas betreuten, deren Besitzer nicht ständig auf der Insel lebten.

»In zwei Jahren wollen wir heiraten. Aber wir müssen noch viel sparen, weil über zweihundert Personen zur Hochzeit kommen. Sebastian hat eine große Familie und fünf Brüder. Und du musst ebenfalls kommen, auch wenn du dann schon in Deutschland bist.«

Lisa versprach es.

* * *

Die nächsten Tage verliefen ruhig.

Lisa merkte, wie ihr die Arbeit langsam wieder Freude machte. Sie las viel, ging spazieren und aß nach und nach die Reste des Weihnachtsgelages auf, die sie untereinander aufgeteilt hatten.

An einem besonders schönen Tag beschloss sie, ein wenig die Insel zu erkunden.

Sie genoss die Fahrt, ließ sich Zeit. Immer wieder hielt sie an und stieg aus. Dann erreichte sie Artà, ein malerisches altes Städtchen.

Sie erkundete die engen, steilen Gassen, betrachtete die alten Häuser und bewunderte die Alleen aus Mandarinenbäumen, deren Äste sich unter der Last der orangeroten Früchte bogen.

Dann setzte sie sich in eines der Cafés und beobachtete die Menschen, die an ihr vorbeikamen – Touristen, Handwerker mit Leitern, Lieferanten. Hausfrauen mit Einkaufskörben standen in der Mitte des Platzes und tratschten.

Endlos lang schon kam ihr die Zeit vor, die sie hier lebte. Wie sehr hatte sie ihre Gewohnheiten inzwischen angepasst.

Sie liebte ihren Beruf, erkannte sie. Aber nicht die Arbeit, die sie zuletzt verrichtet hatte. Sie würde in Zukunft keine

Masseverwaltungen übernehmen, sondern sich etwas suchen, das ihren Interessen mehr entsprach.

Sollte ihre Mutter doch einen der Kollegen dafür einsetzen, einen, der dankbar für die Beförderung sein würde. Jemanden, der ehrgeizig genug dazu war.

Ganz ohne Zweifel gab es in der Kanzlei genügend ehrgeizige Mitarbeiter.

»Bin ich eigentlich ehrgeizig«, überlegte sie, »oder war ich es vor allem deshalb, um wieder einmal zu gefallen?«

Sie würde vieles ändern. Vor allem müsste sie darauf achten, dass ihr genügend Zeit für ihre eigenen Interessen blieb. Für die Arbeit bei der karitativen Organisation zum Beispiel. Auch ihre wissenschaftliche Tätigkeit müsste sie einplanen.

Immer schon hätte sie lieber mit ihrem Vater zusammengearbeitet, hatte sich gewünscht, seine Assistentin zu sein.

Warum sagte sie es ihm nicht?

Weil sie loyal zu ihrer Mutter sein wollte.

Die Worte des Psychiaters fielen ihr wieder ein. »Sie müssen lernen, Nein zu sagen.«

Für ihre Mutter war Loyalität die oberste Pflicht. Darum hatte sie sich nie getraut, eigene Wünsche zu formulieren.

»Wo war deine Loyalität, Mutter, als ich dich gebeten habe, Sylvia aus der Kanzlei zu entfernen, oder zumindest aus meiner Abteilung?«, dachte sie und spürte wieder dieses Ziehen im Rücken, doch diesmal zwang sie sich dazu, weiterzudenken.

»Sylvia ist eine ausgezeichnete Juristin.« Kühl und beherrscht wie immer hatte ihre Mutter hinter dem Schreibtisch gesessen. »Wenn du private Probleme mit Lutz hast, sind diese bezüglich unserer Tätigkeit hier in der Kanzlei irrelevant. Falls du meine persönliche Meinung hören willst, trägst du daran mindestens ebenso viel Schuld wie er. Warum hast du dich nicht mehr um ihn bemüht? Glaubst du, ein Mann wie

Lutz wird von anderen nicht als Chance gesehen? Sylvia hat versucht, ihre Chance zu nutzen. Das spricht in meinen Augen eher für sie als gegen sie. Sie ist ehrgeizig – na und? Du hast diese Schlacht verloren. Sieh zu, dass du nicht noch weitere Fehler machst und Lutz gänzlich vergraulst.«

Lisa fröstelte.

Was hatte sie entgegnet?

Nichts. Natürlich wieder einmal nichts.

Stattdessen war sie nach Hause gefahren, wo sie stundenlang geheult, aber immerhin einen Entschluss gefasst hatte.

Zum Teufel mit Lutz. Zum Teufel mit Sylvia.

Am folgenden Tag hatte sie die Verlobung gelöst, die Erbschaft angenommen und ihrer fassungslosen Mutter mitgeteilt, dass sie auf ein ganzes Jahr fortgehen würde.

Und jetzt war sie da.

* * *

Einige Zeit später stand sie in der Bucht von Alcudia. Der Strand war menschenleer, und Caja durfte frei laufen und nach Herzenslust Löcher graben.

»Letztendlich hat mir Sylvia sogar einen Gefallen getan, indem sie mit Lutz ins Bett gegangen ist«, dachte Lisa.

Lisa zwang sich, an jenen Abend zurückzudenken, obwohl es immer noch schmerzte.

Seit Tagen schon hatte sie ihren Verlobten nicht gesehen. Er hätte entsetzlich viel zu tun, hieß es.

Seine Telefonate waren immer kurz gehalten. Er sei gerade furchtbar im Stress, müsse auf zwei Tage nach Karlsruhe. Eine Tagung. Aber Mittwochabend sei er zurück und würde sich melden.

Sie wollte ihn überraschen. Hatte sich hübsch gemacht für ihn, ihrer beider Lieblingsdelikatessen besorgt – Weinblätter, getrocknete Tomaten, Oliven, eine Flasche Rotwein und frisches Baguette. Dann war sie zu seiner Wohnung gefahren.

Schließlich besaß sie noch den Schlüssel, den er ihr einmal gegeben hatte, um dem Klempner aufzusperren. Und den er dann vergessen hatte.

»Wie kann einem so begnadeten Lügner wie dir so ein folgenschwerer Fehler unterlaufen«, dachte sie.

Als sie die Wohnungstür aufsperrte, war er offensichtlich schon da. Sie hatte Freude empfunden. Freude auf einen gemütlichen Abend zu zweit.

Dann hörte sie die weibliche Stimme. »Liebling, sag, hast du eine Putzfrau? Da kommt jemand.«

Sekunden später standen sie sich gegenüber.

Sylvia, in ein Badetuch gewickelt, mit einem Glas Champagner in der Hand, die feuchten Haare aufgesteckt, mit nackten Füßen auf dem Parkettboden, und Lisa, die sich mühsam zu beherrschen versuchte.

Keiner wusste; wie lange sie einander anstarrten.

Dann trat Lutz mit einem »da ist niemand, mein Schatz, komm wieder her zu mir« aus dem Schlafzimmer.

»Oh«, hörte Lisa sich sagen, »da komme ich ja gerade zur rechten Zeit mit dem Nachtmahl. Ich hoffe, es schmeckt euch.«

Mit eiserner Beherrschung hatte sie die Pakete auf der Vorzimmerkommode abgestellt. »Und hier hast du deine Schlüssel, mein Lieber. Ich brauche sie nicht mehr.«

Da fand er seine Sprache wieder.

»Es ist nicht so, wie du glaubst. Sylvia ist nur vorbeigekommen, weil sie mir bei einigen Recherchen hilft. Ihr war kalt. Ich wollte nicht, dass sie sich eine Verkühlung holt. Also hat sie schnell ein heißes Bad genommen. Bitte; Lisa«, er war inzwischen voll in Fahrt, überzeugt, alles im Griff zu haben: »Stell dich doch nicht so an. Oder willst du mir vielleicht eine

Eifersuchtsszene machen. Das ist doch unter deinem Niveau. Komm her, und trink etwas mit uns, ich freue mich wirklich, dich zu sehen.«

Er war tatsächlich auf sie zugeschritten, um sie zu umarmen.

Mit einem: »Fass mich nicht an. Fass mich nie wieder in deinem Leben an«, machte sie kehrt und stürzte aus der Tür.

Blind vor Tränen kam sie in ihrer Wohnung an. Das stetige Läuten des Handys ignorierte sie ebenso wie das Klingeln an der Tür und sein: »Lisa, mach auf, ich weiß, dass du da bist.«

Schlaflos und verzweifelt hatte sie sich in ihrem Bett gewälzt.

Was sollte sie bloß tun. Was war das Richtige? Sollte sie ihm eine zweite Chance geben oder nicht? War es nur ein einmaliger Ausrutscher. Was bedeutete ihm Sylvia, was bedeutete sie selbst ihm.

Erschöpft fuhr sie zeitig am Morgen in die Kanzlei zu ihrer Mutter, suchte Trost und Verständnis.

Natürlich würde diese Sylvia entlassen – daran zweifelte sie nicht einen Augenblick.

Das Gegenteil war der Fall. Ihre Mutter stand auf der Seite von Lutz und Sylvia. Mehr noch, sie erwartete von ihr, dass sie einlenkte.

Die Verlobung lösen? Eine unmögliche Idee. Die ganze Geschichte auch noch eingestehen?

»Du glaubst doch nicht etwa, irgendjemand wäre über Lutz empört? Über dich werden sie lachen. Dein Ruf ist beschädigt. Also bring die Angelegenheit in Ordnung und sieh zu, dass so etwas nicht noch einmal vorkommt.«

Lisa schüttelte fassungslos den Kopf.

Noch immer spürte sie die damalige Hilflosigkeit.

Es wurde Zeit, mit diesem Kapitel abzuschließen.

Männer. Nein, danke.

Sie konnte nicht verhindern, dass sich bei dem Gedanken zwei dunkle Augen in ihre Erinnerung drängten.

Juan.

»Vergiss es«, dachte sie.

Gott sei Dank kam er überhaupt nicht infrage.

»… eine Frau wie du wäre schon die Richtige für ihn …« Maria-Joses Worte fielen ihr wieder ein.

Unsinn, Juan und sie, das wäre der Katastrophe zweiter Teil.

»Sei vorsichtig, meiner Meinung nach ist er komplett beziehungsunfähig« – Marikas Warnung.

»Na, das würde mir noch fehlen«, sagte Lisa vor sich hin, »danach könnte ich mich als Expertin für Beziehungsunfähige betrachten. Schluss damit. Ich bleibe alleine. Keine Don Juans mehr.« Sie musste lächeln.

Dennoch blieb das Ziehen in der Magengegend, wenn sie an ihn dachte.

Wie offen er mit ihr gesprochen hatte. Seine schwierige Kindheit, die Liebe zu den Großeltern, die Berufswahl, alles hatte er ihr erzählt.

Dabei wusste sie inzwischen, wie reserviert er mit persönlichen Dingen umging, wie zurückhaltend er war. Wieso hatte er ausgerechnet ihr alles erzählt?

Und die ganze Zeit über ihre Hand gehalten …

Sie rief Caja, die sich anstandslos anleinen ließ, und kehrte zu ihrem Wagen zurück.

* * *

»Wieso arbeiten alle in so eintönigen Berufen. Hat hier niemand einen Ehrgeiz?«, fragte Lisa. Sie war zu Emely gekommen, um ihr Weihnachtsgeschenk einzulösen.

Und Emely ließ wirklich nichts aus. Lisa wurde massiert,

mit Ampullen verwöhnt, ihre Wimpern wurden gefärbt, ihre Brauen gestylt und ihre Haare frisch geschnitten und getönt.

»Die Einstellung zur Arbeit ist hier generell eine andere«, antwortete Emely, während sie die Augenbrauen bearbeitete. »Man lebt nicht, um zu arbeiten, sondern man arbeitet, um zu leben. Natürlich gibt es Ausnahmen. Einige sehen ihren Beruf durchaus als Berufung an, wie Jaime zum Beispiel, oder natürlich Juan.«

»Aber denk nur an Francisca. Sie putzt jeden Sommer im Hotel.«

»Für mich wäre das auch der letzte Job, den ich machen möchte. Aber sie sieht das nicht so. Arbeit ist Arbeit. Macht sie es nicht, macht es ein anderer. Überhaupt ist der Prestigewert des Jobs nicht wichtig. Der eine ist Bürgermeister, der andere Verkäufer. Nach den nächsten Wahlen tauschen sie einfach. Deshalb bleiben sie immer noch dieselben Freunde.«

Sie war mit dem Zupfen fertig und mischte die Farbe. »Nimm zum Beispiel Salvatore. Ihm gehören hier fast alle Wohnungen in der Straße. Du kannst davon ausgehen, dass er zigfacher Millionär ist. Auch seine Frau arbeitet im Hotel. Von der Gemeinschaft wirst du nach deinem Verhalten, nach deiner Verlässlichkeit beurteilt, nicht nach Äußerlichkeiten. Darum ist es unwichtig, wie du gekleidet bist. Oder welche Uhr du trägst. Wenn du ein tolles Auto willst, okay. Aber um deinen Freunden zu imponieren, brauchst du es nicht. Darum ist das Leben hier auch so viel einfacher. Es geht um die wirklich wichtigen Dinge. Du brauchst Hilfe, man hilft dir. Du hast Handschlagqualität, man akzeptiert dich. – Na bitte!«, rief sie triumphierend, »sieh dich an, was für eine Veränderung. Du siehst umwerfend aus!«

Emely hielt Lisa einen Spiegel vor das Gesicht, damit diese sich bewundern konnte.

Die Freundin hatte wirklich ganze Arbeit geleistet. Lisas

Haut glänzte seidig, ein Kranz dunkler Wimpern ließ ihre Augen strahlen, die von zwei perfekten Augenbrauenbögen noch betont wurden. Die Haare fielen in leichten Wellen bis zum Kinn und umschmeichelten das Gesicht.

»Wie hast du das angestellt? Ich sehe aus wie eine Schönheit.«

»Was heißt *wie*? Du *bist* eine Schönheit! Wir haben dich nur in den richtigen Rahmen gesteckt.«

»Ich sehe wirklich verändert aus.« Überrascht betrachtete Lisa ihr Gesicht im Spiegel.

»Dein Gesicht lebt von diesen Augen. Wir haben sie endlich richtig betont. Du musst die Wimpern immer ganz schwarz färben. Das steht dir unglaublich gut.«

Anschließend räumten sie zusammen auf. Emely wollte protestieren, aber Lisa schnitt ihr das Wort ab.

»Was hast du gerade gesagt? Es geht um die wichtigen Dinge. Wir sind befreundet. Also werde ich hoffentlich meiner Freundin beim Aufräumen helfen dürfen.«

»Okay, wie du willst. Dann feg bitte den Boden, ich mache inzwischen hinten sauber. Aber nur, wenn wir nachher noch einen trinken gehen.«

Es war schön, Freunde zu haben. Wie hatte Emely gesagt? Den Respekt der Gemeinschaft muss sich jeder selbst erarbeiten.

Zu Hause war sie immer nur das Kind ihrer Eltern gewesen, ein weiteres Mitglied der Familie Wernberg.

Hier war sie zwar Hans' Nichte, aber vor allem einfach nur sie selbst: Lisa.

Sie erinnerte sich an ihre Ankunft. Eine arrogante Mitteleuropäerin, welche die Dumpfbacken von Südländern lehren wollte, wo es langgeht.

Zum Glück hatte Marika sie vor so manchem Fehler bewahrt.

Warum eigentlich wollte sie immer alles besser machen?

War es nicht schön, etwas nicht zu können, im Vertrauen darauf, dass es irgendjemand erledigen würde?

Wie Jaime zum Beispiel. Oder Marika.

Wieder fiel ihr Juan ein. Wie konnte sie sich ihm gegenüber so aufführen. Jeder andere hätte nie wieder ein Wort mit ihr gewechselt. Woher nahm sie diese Unverschämtheit, ihn für einen Erbschleicher zu halten?

Und erst ihre liebe Cati. Lisa wusste jetzt, wem sie das Haus anvertrauen konnte, wenn sie in Deutschland war. Cati und Sebastian würden sich hervorragend darum kümmern.

Vielleicht konnte sie ihre Wohnung in Düsseldorf gegen eine andere tauschen, eine, die mehr im Grünen lag, und Caja doch mitnehmen.

Was aber sollte sie mit dem Hund machen, wenn sie in der Kanzlei war?

»Entweder stimmt meine Mutter zu, dass ich sie mitnehme, was an anderen Arbeitsplätzen auch möglich ist, oder wir teilen meine Arbeitszeit so ein, dass ich ausreichend Zeit für den Hund habe«, dachte sie.

Außerdem könnte sie einen Hundesitter engagieren, wenn sie einmal länger arbeiten musste.

Sehr zufrieden mit ihren Überlegungen, kehrte Lisa nach Hause zurück.

KAPITEL 9

Sie hatte nicht mit ihm gerechnet. Seit jenem allerersten Morgen schien Juan ihre Finca zu meiden.

Antonio war es, der sich um Caja kümmerte und auch jetzt noch, obwohl sie keine Behandlung mehr benötigte, regelmäßig auf Besuch kam.

Juan war oft in Barcelona, wusste sie, und an den übrigen Tagen mit Arbeit überlastet.

Mit leisem Bedauern registrierte Lisa sein Fernbleiben.

Umso erstaunter war sie, als sein Jeep auf ihr Grundstück rollte.

Caja vollführte das übliche Begrüßungsritual und sorgte mit dieser Verzögerung dafür, dass Lisa die nötige Zeit blieb, ihre Fassung wiederzuerlangen.

»Hola Lisa, ¿cómo estás?[17] Hast du einen Kaffee für mich, ich bin völlig geschafft.«

Er sprang die Stufen zur Terrasse herauf, gab ihr einen Kuss auf die Wange und betrat wie selbstverständlich das Wohnzimmer.

Verwirrt stellte Lisa den Wasserkocher an, füllte Kaffeepulver in den Filter und kam mit zwei Tassen zurück.

Juan stand vor der Krippe und betrachtete die Figuren.

»Wollen wir draußen sitzen?«, fragte er und zog zwei Päckchen aus der Tasche. »Ich habe Caja Globuli mitgebracht. Probier es aus. Es ist gut für ihre Gelenke.«

»Homöopathie für Hunde?«

»Tiere sprechen besonders gut darauf an. Deshalb habe ich dieses Seminar in Barcelona gemacht. Obwohl es zeitmäßig der reinste Albtraum war. Jetzt bin ich endlich fertig damit. Gib ihr zweimal täglich fünf Stück auf die Zunge, sie schleckt es ohnehin ab.«

»Was hat sie eigentlich mit den Gelenken, warum bekommt sie diese Spritzen?«

Er sah kurz auf. »Cajas ehemalige Besitzer wollten sie nicht mehr behalten. Damals war sie zirka fünf Jahre alt. Hans hat sie aufgenommen. Die übliche Geschichte – die Menschen nehmen aus einer Laune heraus ein Tier und geben es genauso gedankenlos wieder ab. Ohne Rücksicht, was das für das Tier bedeutet. Jedenfalls gibt es ein unschönes Hüftröntgenbild von ihr, das auf eine schwere Dysplasie hinweist. Damals war sie noch ein Welpe. Wir wissen nicht, ob sich das später gebessert hat. Also gehen wir von einer Deformierung aus und geben ihr Aufbaumittel und Spritzenkuren. Schaden kann es auf keinen Fall, im Gegenteil.«

»Warum machen wir keine neue Röntgenaufnahme?«

»Weil wir sie dafür vermutlich sedieren müssten. Das ist ein Risiko, Hunde reagieren sehr empfindlich darauf.«

»Armes Schätzchen.« Lisa gab Caja einen Kuss auf den seidigen Kopf. »Was waren das für böse Leute. Und dann hast du Onkel Hans auch noch verloren.« Sie kraulte die Hündin hinter den Ohren, worauf diese es sich zwischen ihnen beiden bequem machte.

»Ich habe dir etwas mitgebracht«, sagte Juan, »in Vertretung der Heiligen Drei Könige sozusagen. Bevor die aus dem Morgenland bis zu uns kommen, ist es zu spät.«

Er drückte ihr das zweite Päckchen in die Hand.

Neugierig entfernte Lisa das mit Sternen verzierte weiße Papier und starrte auf die Krippenfiguren. »Oh, Juan, die Schafe aus Palma. Dass du dir das gemerkt hast!«

Sie sprang auf. Hätte sie sich nicht in letzter Sekunde eingebremst, wäre sie ihm vor Freude um den Hals gefallen.

So brachte sie nur ein »Vielen, vielen Dank« hervor, lief ins Wohnzimmer und stellte die Neuerwerbungen zu den anderen Figuren. Ein Mutterschaf mit einem trinkenden Kleinen, ein Lämmchen, das auf den Hinterbeinen stand und an einem Baum knabberte, und ein großer Schafbock mit gewundenen Hörnern.

Wie ein Kind stand sie davor.

Juan trat hinter sie. »Sieht schon etwas voller aus in deiner Krippe!«

Sie drehte sich um, fasste nach seinem Arm.

»Ich danke dir. Du hast mir eine riesengroße Freude gemacht«, sagte sie ernst.

»Jetzt übertreib mal nicht. Aber es freut mich, dass dir die Schafe so gefallen.«

»Ich bin erst gestern an der unteren Weide gestanden und habe ihnen zugesehen. Ich kann sie nicht genug beobachten. Wie sie bei ihren Müttern trinken, Fangen spielen, herumtollen und an den Blättern knabbern. Genauso wie diese Figuren. Der Schnitzer hat die Bewegungen wirklich wunderbar getroffen.«

»Ich mag sie auch. Sie gehören irgendwie zu dem Land hier. Dieses Jahr finden sie auch genügend frisches Gras, weil es ausreichend geregnet hat.«

»Sind das alles deine?«

Er schüttelte den Kopf. »Nein, die Schafe gehören meinem Großvater. Er ist ein richtiger Fachmann. Es gibt nichts, was er über Schafzucht nicht weiß. Ich impfe sie nur. Auf diese Weise sparen wir den Tierarzt.« Er zwinkerte.

»Wie viele habt ihr denn?«

»Das wechselt. Je nachdem. Aber einige Hundert. Hier unten sind nur wenige, die meisten stehen auf den Weiden am Berg.«

»Das muss ganz schön viel Arbeit sein. Wie alt ist denn dein Großvater?«

»Vierundachtzig ist er geworden«, antwortete er knapp.

»Meine Großmutter ist siebenundsiebzig. Die Schwester von Onkel Hans, weißt du. Sie lebt in Wien.«

»Siehst du sie oft?«, fragte er, während sie wieder auf die Terrasse gingen.

»Nein, um ehrlich zu sein, habe ich sie in den letzten beiden Jahren nur ein einziges Mal besucht. Ich konnte nicht fort von zu Hause. Meine Mutter hat mir eine wichtige Position in der Kanzlei übertragen, und ich habe alles getan, um dieses Vertrauen zu rechtfertigen.«

»Oder um einmal mehr das zu tun, was meine Mutter wollte«, dachte sie, sagte es aber nicht laut.

Schnell sprach sie weiter. »Ich hätte Großmutter öfter besuchen müssen. Einfach für ein Wochenende zu ihr fliegen sollen. Schließlich ist Wien–Düsseldorf keine Entfernung. Auch um Onkel Hans habe ich mich nicht gekümmert, dabei wusste ich, dass er noch lebt.«

»Machst du dir deswegen Vorwürfe?«

»Ich versuche gerade, ein wenig ehrlicher zu sein. Ich habe meine Oma ziemlich vernachlässigt. Dabei ist sie der einzige Mensch, der mich wirklich liebt.«

Sie hielt inne. Hatte sie das jetzt wirklich gesagt?

»Du solltest nicht so streng mit dir sein«, antwortete er, »wir alle kommen in Situationen, in denen wir mit den in uns gesetzten Erwartungen überfordert sind. Und wir machen Fehler. Das ist vollkommen in Ordnung. Wenn deine Großmutter dich liebt, woran du nicht zweifelst, hat sie auch Verständnis für dich. Sie weiß, was für eine schwierige Phase du durchmachst. Vergiss nicht, sie war die ganze Zeit über mit Hans in Kontakt. Auch Hans war genau informiert. Glaub mir, er hätte dir niemals Vorwürfe gemacht. Im Gegenteil. Er hat sich um dich gesorgt.«

Lisa sah ihn an. »Gesorgt, wieso?«, fragte sie erstaunt.

»Ich will dir nicht zu nahe treten.« Er zögerte. »Aber könnte es sein, dass deine Großmutter mit dieser Verlobung nicht einverstanden war?«

Woher wusste er das?

»Sie hat Lutz nicht leiden können. Ich hielt das für ungerecht. Aber offensichtlich ist sie eine weitaus bessere Menschenkennerin als ich.«

»Willst du darüber reden?«, fragte er vorsichtig.

Sie senkte den Kopf. »Ich habe ihm geglaubt. Dass er mich liebt, meine ich«, sagte sie leise, »aber er war nur an meinem Namen interessiert. An der Kanzlei, den Möglichkeiten, die ihm eine Verbindung mit mir gebracht hätte.«

Juan schwieg.

»Ich habe ihn mit einer anderen erwischt. Einer meiner Mitarbeiterinnen.«

Sie spürte, wie er sie ansah. Sein Verständnis war mehr, als sie im Moment ertragen konnte.

»Sprich es aus«, sagte er. »Hol tief Luft und sag es. Was ist dann passiert?«

Der Kummer schnürte ihr die Kehle zu.

»Meine Mutter. Sie weigerte sich, Sylvia zu entlassen oder zumindest in eine andere Abteilung zu versetzen. Stattdessen gab sie mir die Schuld. Mehr noch, sie hat verlangt, dass ich die Verlobung aufrechterhalte.« Lisa schwieg.

Erst jetzt merkte sie, dass Juan ihre Hand hielt. Seine Stimme war voller Mitgefühl. »Aber du hast nicht gehorcht. Du hast getan, was du für richtig gehalten hast. Darum bist du auch hierhergekommen.«

Er machte eine lange Pause, ehe er weitersprach. »Viele Menschen verwechseln Egoismus mit Liebe und Unterdrückung mit Fürsorge. Ich will nichts Schlechtes über deine Mutter sagen, aber sie hat dich nicht verdient.«

»Sie ist eine brillante Anwältin«, schniefte Lisa.

Er lächelte. »Das mag sein, aber sie ist keine brillante Mutter. Sie hat nicht zu dir gehalten, als du sie am dringendsten gebraucht hast. Was sie sagte, war falsch. Du hast die richtige Entscheidung getroffen. Jetzt plagen dich Gewissensbisse, weil du immer gewohnt warst nachzugeben, um des lieben Friedens willen.«

Woher wusste er das so genau? Wie war es möglich, dass er sie so durchschaute?

»Wieso weißt du das?«

Er sah über sie hinweg. Sein Blick schien einen fernen Punkt am Horizont zu fixieren. »Meine Mutter«, sagte er dann. Er sprach so leise, dass sie ihn kaum verstand. »Sie hat mich auch nicht geliebt.«

Lisa starrte ihn an. Seine Mutter? War sie nicht gestorben? Sie fürchtete, etwas Falsches zu sagen, und schwieg.

Er drehte sich zu ihr herum, zog sie von der Bank hoch und zwang sie, ihn anzusehen.

»Und«, fragte er, »besser?«

Sie nickte. »Du hast recht. Ich habe ein furchtbar schlechtes Gewissen, weil ich tue, was ich für richtig halte.«

»Bleib dabei. Du hast nicht nur das Recht, deine eigenen Entscheidungen zu treffen, sondern sogar die Pflicht. Außerdem weiß ich, dass du auf dem richtigen Weg bist, aber das habe ich dir schon gesagt.«

Nach einem kurzen Blick auf die Uhr fragte er sie: »Geht es wieder, kann ich dich alleine lassen, oder soll ich Marika anrufen?«

Sie schüttelte den Kopf.

»Es geht mir viel besser. Vielen Dank für die Schulter zum Anlehnen.«

Er lächelte. »Gern geschehen und jederzeit wieder, wenn du mich brauchst. Wozu sind Freunde da?«

Eine kurze Umarmung noch, schon lief er zu seinem Wagen. Ein Hupen, eine erhobene Hand zum Gruß – weg war er.

Nachdenklich blieb Lisa zurück.

Sie konnte sich nicht erinnern, jemals so offen gewesen zu sein.

Eigentlich müsste sie sich jetzt schlecht fühlen.

Das Gegenteil war der Fall. Sie war erleichtert und wie befreit.

Wieso vertraute sie ihm so?

* * *

»Silvester feiern wir gemütlich. Ist doch Quatsch, auf Befehl lustig sein zu wollen. Früher sind wir schon mal in die Kneipe gefahren. Aber im Grunde stehst du herum, bis dir die Mundwinkel einfrieren, und wartest darauf, um Mitternacht in Stimmung zu sein. Am nächsten Tag hast du bestenfalls einen Kater. Also wenn schon Kater, dann von einer richtigen Fete. Ich schlage vor, wir setzen uns hier zusammen und ziehen uns ein paar Schnulzen rein – *Pretty Woman* und *Bodyguard* und so. Haben wir schon einige Male gemacht, ist herrlich entspannend«, sagte Marika.

»Sehr gern, ein toller Vorschlag. Ich möchte euch aber bei mir bewirten, ständig komme ich zu dir«, antwortete Lisa, doch Marika winkte ab.

»Ist doch völlig egal, bei wem wir zusammentreffen, die Arbeit teilen wir ohnehin. Es ist unkomplizierter so. Emely übernachtet bei mir, und meine Meute ist besser unter Kontrolle. Zu Reyes Magos[18] sind wir ohnehin bei dir eingeladen.«

* * *

»Ich habe *Der mit dem Wolf tanzt* besorgt«, berichtete Emely, als sie am Silvesterabend, bepackt mit Cava und verschiedenen Leckereien, zur Tür hereinkam. »*Notting Hill* ist auch dabei. Ich finde Hugh Grant einfach zum Anbeißen. Also den würde ich nicht von der Bettkante stoßen.«

Sie begrüßte die Freundinnen und verteilte sämtliche Mitbringsel im Raum. »Ich habe auch etwas zum Bleigießen besorgt, das wird ein unbeschreiblich toller Abend!«

Marika öffnete eine Flasche und schenkte ihnen ein. Noch während sie einander zuprosteten, sagte sie: »Auf heute Abend und auf alle weiteren Silvester mit Hugh, Kevin und Co. Was haben wir nicht für tolle Männer eingeladen. Die reinsten Schätze. Hab ich das richtig verstanden, Emely? Du nimmst dir den lieben Hugh. Was ist mit dir?«, wandte sie sich an Lisa, »machst du mir meinen Kevin streitig?«

»Nein, gar nicht, du kannst ihn gerne haben«, antwortete Lisa. »Ich wünsche mir den Clooney, der hat die schönsten Plüschaugen der Welt!«

»Dann sind wir uns wieder einmal einig.« Emely hob ihr Glas. »Auf unsere Prachtmänner!«

* * *

Stunden später saßen sie immer noch zusammen. Sie hatten Hugh Grant und Julia Roberts durch *Notting Hill* begleitet, hemmungslos bei Sockes Tod geschluchzt und sich wunderbar bei *Ocean's Eleven* amüsiert.

Jetzt waren sie von ihrem Filmmarathon, dem guten Cava und den vielen süßen und salzigen Naschereien gleichermaßen träge wie entspannt.

»So schön. Der schönste Silvester, den ich je erlebt habe«, sagte Lisa und streckte sich auf ihrer Bank aus.

Zwischen zwei Filmen hatten sie auch noch Blei gegossen.

Und sich vor Lachen gekugelt, als Emely die Ergebnisse deutete.

»Ein Topf, ich habe einen Topf«, sagte Marika.

»Das ist doch kein Topf, du Banausin. Das ist ein Schiff, ein Ozeanriese. Ich weiß, was das ist. Die *Queen Mary*, und du machst eine Kreuzfahrt, nächstes Jahr«, erklärte Emely.

»Bestimmt, aber mit dem Plastikboot in der Hundebadewanne.«

»Du hast einfach keine Fantasie!«

»Vielleicht, dafür leider einen genauen Überblick über mein Bankkonto.«

»Jetzt bin ich dran. Also aufpassen. Und los.«

Mit einem Schwung warf Emely das Blei in die Wasserschüssel, dass es nur so zischte.

»Was ist denn das? Das sind lauter kleine Bröckelchen.«

»Münzen – Hunderte von Münzen. Ich werde einen Lottosechser machen, ihr werdet sehen!«, schrie sie.

»Also mich erinnert das eher an Hasenkötteln«, meinte Marika.

Alle kicherten.

»Egal, Hasenkötteln sind auch gut. Sie sind ein Synonym für Geldsegen.«

»Lisa, jetzt bist du an der Reihe. Leg los.«

»Ein Stück Papier vielleicht?«, überlegte diese.

»Nein, das hat Falten. Ein Geschirrtuch, oder Handtuch vielleicht«, rätselte Emely.

»Ein Wischtuch, weil ich dir beim Aufwischen geholfen habe.«

»Du hast aber schon gar keine Fantasie!«

»Nun gut, dann ein Vorhang oder ein Umhang.«

»Ich habe es. Das ist ein Schleier.« Emely kreischte beinahe. »Lisa hat einen Schleier gegossen!«, schrie sie. »Ihr werdet sehen, Lisa wird heiraten.«

»Du solltest nicht so viele Liebesfilme ansehen, wenn du es nicht verträgst«, schnaubte diese.

Und Marika ergänzte: »Wird das ein Jahr. Ich fahre mit sämtlichen Hunden, Katzen und allen anderen Tieren auf der *Queen Mary* um die Welt, Emely knackt den Dreifachjackpot, und Lisa heiratet. Am besten, wir legen uns sofort nieder, damit wir bis dahin ausgeschlafen sind.«

* * *

Es war ein wunderbarer Silvester. So viel gelacht und auch geweint hatte Lisa noch nie an einem einzigen Tag.

Zu dritt zogen sie los, um Lisa nach Hause zu begleiten.

»Wir sind zu zweit, du bist alleine. Also wirst du von uns nach Hause gebracht.« Wie immer fand Marika die richtige Lösung.

»Stimmt nicht, wir sind auch zu zweit. Caja ist doch bei mir. Also könnt ihr ruhig im Warmen bleiben. Die zehn Schritte bis zu meiner Haustüre werden wir uns schon nicht verlaufen.«

»Kommt nicht infrage. Wir bringen dich. Oder du bleibst hier.«

Für die kurze Strecke benötigten sie bestimmt eine halbe Stunde. Immer wieder mussten sie stehen bleiben. Und etwas erzählen … und noch mehr lachen.

Lisa sagte zum Abschied: »Also wenn das neue Jahr nur halb so toll wird wie dieser Silvester, dann wird es das faszinierendste Jahr meines Lebens.«

2. TEIL

KAPITEL 10

Das neue Jahr begann mit guten Vorsätzen. Lisa arbeitete überaus konzentriert. Sie schrieb und recherchierte und unterlegte ihre Aufsätze mit den Ergebnissen der Recherche.

Ihre Arbeit machte Fortschritte, und sie freute sich über die Leichtigkeit, mit der sie ihr von der Hand ging.

Das Wetter war trocken, und die täglichen Spaziergänge waren bereits ein unverzichtbares Ritual geworden.

Auch mit ihrer Großmutter telefonierte sie regelmäßig und fühlte sich dabei übergangslos in die Zeit versetzt, als sie gemeinsam mit ihr in der gemütlichen Küche gesessen und über alles Mögliche geredet hatte.

Sie nahm sich vor, niemals wieder eine Woche verstreichen zu lassen, ohne mit Oma Helene zu plaudern.

Heute war Markttag. Lisa ging an den wenigen Ständen vorbei. Viel war nicht los, nur die hartnäckigsten Händler hatten ihre Verkaufstheken aufgebaut. Einige Touristen gingen durch die Straßen, kaum ein Einheimischer ließ sich blicken.

Sie kaufte ein wenig Obst und etwas Gemüse. Ein kalter Wind wehte. Lisa fröstelte. Nicht einmal die Aussicht auf einen Kaffee lockte sie heute, und sie beschloss, stattdessen zurückzufahren. Nur schnell noch wollte sie in der Gestoria vorbeischauen.

Sie hatte Jaime um eine Kontrolle ihrer Stromabrechnung ersucht und würde die Gelegenheit nützen, nochmals allen ein gutes neues Jahr zu wünschen.

Die Veränderung war fast greifbar. Kaum jemand lächelte, als sie eintrat, bedrückt saßen alle an ihren Schreibtischen.

Jaime sei noch in Manacor, hieß es.

Lisa war ein wenig verunsichert. »Ich kann ja morgen wiederkommen«, sagte sie.

»Weißt du es noch nicht?«, fragte Cati, »Jaime hat einen Unfall gehabt, in der Sierra Nevada, beim Skifahren. Zuerst haben sie gedacht, dass nur sein Fuß gebrochen sei. Er hat einen Gips bekommen und ist nach Hause geflogen. Aber dann bekam er schreckliche Schmerzen und wurde operiert. Er wird viele Wochen nicht mehr arbeiten können, und auf Reha muss er auch.«

Schlimme Neuigkeiten! Was sollte sie sagen? Natürlich bestellte sie Grüße und wünschte eine baldige Genesung.

Jaime tat ihr leid. Hoffentlich verlief seine Heilung nach Plan.

Wie deprimiert alle waren. Nachdenklich ging Lisa zu ihrem Wagen zurück. Was sollte jetzt aus der Gestoria werden.

Gewiss, die Angestellten waren loyal und gut geschult. Doch ohne den Chef würde es längerfristig sicher zu Problemen kommen.

Natürlich konnte Jaime jetzt auch nicht zu ihrer Feier kommen. Aber das ließe sich nachholen; schlimmer war, dass er tagelang im Krankenhaus bleiben musste und auch danach so lange Zeit gehandicapt war.

* * *

In den nächsten Tagen dachte Lisa oft an die Menschen in der Gestoria. Gerne hätte sie sich nach Jaime erkundigt oder ihn besucht, wollte sich aber nicht aufdrängen. Daher beschloss sie, mit weiteren Fragen bis zum Dreikönigsfest zu warten.

Obwohl Jaime und seine Frau ihnen allen fehlen würden,

freute sich Lisa trotzdem auf die Feier. Immerhin war es das erste Mal, dass sie mehrere Personen in ihr Haus einlud.

Sie ordnete die Stühle ein wenig um, besorgte Getränke und suchte nach ihren Lieblings-CDs. Sie ergänzte die Weihnachtsdekoration um einige frische Pflanzen und überlegte, was sie ihren Gästen anbieten sollte.

Sicherlich würden alle wieder etwas mitbringen. Dennoch beschloss Lisa, zumindest einen warmen Eintopf bereitzustellen. Die Nächte waren kalt, und nach dem Herumstehen im Hafen wären alle froh über etwas Warmes.

Das ungarische Gulasch ihrer Großmutter fiel ihr ein. Also röstete sie Unmengen von Zwiebeln, schmorte Fleisch, und einige der schon obligaten Hilfeanrufe in Wien später duftete es im ganzen Haus verführerisch. Außerdem hatte sie Käse und Schinken besorgt sowie einen ganzen Korb mit Weihnachtsgebäck vorbereitet. Niemand würde hungrig nach Hause gehen.

Sie konnte es kaum erwarten, bis Marika sie endlich abholen kam.

»Das schmeckt köstlich, ich glaube, du gehst besser alleine zum Empfang der Könige. Ich mache es mir inzwischen hier gemütlich«, sagte Marika mit vollem Mund.

»Das könnte dir so passen. Zuerst die Arbeit, dann das Vergnügen!«

Miteinander fuhren sie zum Hafen, wo bereits unzählige Menschen versammelt waren. Aufgeregt liefen die Kinder herum, fragten immer wieder mit glänzenden Augen nach den Königen.

Eine Musikkapelle spielte, Clowns machten ihre Späße, und ein Jongleur warf mit großem Geschick Bälle und bunte Reifen.

Weit draußen auf dem Meer sah man die Lichter der Fischerboote, dunkel hoben sich die großen Blätter der Palmen gegen den Himmel ab.

»Es muss schön sein, so mit der Familie Weihnachten zu feiern.« Der Satz war ihr herausgerutscht, ehe Lisa überlegen konnte.

Marika schwieg.

Langsam wurde es dunkel. Immer aufgeregter wurden die Kinder, immer spannender gestaltete sich das Warten.

Plötzlich verlöschten die Lichter. Die Musik verstummte. Schwarze Dunkelheit war ringsherum und atemlose Stille.

Zunächst sah man nur ein einzelnes, noch fernes Licht, dann mehrere. Ein Schiffshorn ertönte.

Geheimnisvoll, wie aus dem Nichts, tauchten die Silhouetten der Boote aus dem Nebel heraus, der über dem Wasser lag.

Dann waren sie da, prächtig anzusehen im gleißenden Licht der Scheinwerfer. Ihre Majestäten, die Heiligen Drei Könige aus dem Morgenland.

Lauter Jubel aus Hunderten Kinderkehlen empfing sie. Unter dem Applaus der Zuschauer ging der ganze Tross feierlich an Land.

Sogar Tiere waren dabei – Esel, Schafe, Pferde.

Eine vierspännige Kutsche bog auf den Pier, die Könige stiegen ein, bunt gekleidete Reiter und zahlreiches Fußvolk gesellten sich zu ihnen, und begleitet von der Musikkapelle setzte sich der Zug in Bewegung.

»Schön«, seufzte Lisa, »mit den Palmen und dem Meer als Kulisse ist das wie eine Märcheninszenierung.«

»Ja, ist es. Ich habe es schon so oft gesehen, trotzdem gefällt es mir immer wieder. Was meinst du, müssen wir ihnen nachgehen? Es dauert eine Weile, ehe sie in der Stadt ankommen. Ich würde vorschlagen, wir fahren schon vor und warten bei der Kirche, einverstanden?«

»Wie funktioniert das eigentlich mit den Päckchen?«, fragte Lisa.

»Das ist ein bisschen wie mit unserem Christkind«, schmunzelte Marika. »Die Eltern geben die Päckchen zwei, drei Tage vorher beschriftet ab. Und schon funktioniert das schönste aller Kindheitsmärchen.«

Lisa hakte sich bei ihr ein. Sie wollte nicht fragen, wie es bei Marika im Heim gewesen war. Sie dachte an ihre eigene Kindheit.

Der festlich gedeckte Tisch, ein mehrgängiges Menü, Gäste. Ihr Vater, sehr vornehm in seinem dunklen Anzug, daneben ihre Mutter, apart wie immer, eine perfekte Gastgeberin.

Sie selbst, in einem neuen Kleidchen, nicht ohne Ermahnungen, sich ja nicht schmutzig zu machen und artig zu sein.

Spontan blieb Marika stehen und nahm Lisa in den Arm. So standen sie eine ganze Weile, ohne etwas zu sprechen, dennoch voller Verständnis füreinander.

Marika brach das Schweigen. »Ich will dir das heute und hier sagen«, sagte sie ungewohnt ernst, »du weißt nicht, wie oft ich mir Eltern gewünscht habe, wie sehr ich eine Familie wollte. Seit ich dich getroffen habe, weiß ich, dass das allein auch keine Garantie ist. Letztendlich entscheiden nur wir selbst, wie wir unser Leben gestalten.«

»Ich bin so froh, dich getroffen zu haben«, antwortete Lisa, ebenso ernst. »Ich verstehe mich so gut mit dir. Mein Leben lang wollte ich eine Freundin. Jetzt habe ich sogar zwei. Nein, drei sogar. Erst jetzt begreife ich, wie wertvoll meine Freundschaft mit Ilse die ganze Zeit über war.«

Lisas Stimme zitterte ein wenig.

Marika ließ keine Melancholie aufkommen. »Wir beide sind vielleicht ein Gespann! Eines verspreche ich dir. Mich wirst du dein Leben lang nicht mehr los. Freunde, ja?« Sie streckte ihr die Handfläche hin, in die Lisa einschlug.

»Für immer und ewig«, stimmte sie zu.

Arm in Arm schlenderten sie durch die beleuchteten Straßen, schwelgten in ihren Weihnachtserinnerungen – bis plötzlich Marikas Handy läutete.

»Wo seid ihr? Ich bin in unserer Cafeteria. Mein letzter Termin ist Gott sei Dank nicht gekommen.«

»Emely! Wunderbar. Wir sind gleich bei dir.«

Zu dritt saßen sie dann in dem Lokal und warteten, bis die Könige bei der »Iglesia Nueva« ankamen.

Eigentlich war es gar keine richtige Kirche, nur die Außenmauern standen. Doch diese waren von gigantischen Ausmaßen. Mehr wie für einen Dom als für eine Kirche.

»Was ist mit der Kirche passiert?«, fragte Lisa, »ist sie abgebrannt?«

»Nein, die ist nie fertig geworden. Zu groß, zu teuer. Außerdem war damals kein Bedarf mehr an derart riesigen Kirchen. Schon gar nicht in so einer kleinen Stadt. Also ist es bei der alten Kirche geblieben, und diese, die ›Neue‹, dient jetzt mehr für Veranstaltungen. So wie heute. Im Sommer gibt es hier wunderbare Konzerte, du wirst sehen«, sagte Emely.

Als die Geschenke verteilt wurden, erreichte die Stimmung den Höhepunkt. Strahlende Kinderaugen und Erwachsene, die vor Freude genauso strahlten wie ihre Kinder.

»Kommt, es wird Zeit. Sonst sind unsere Gäste früher da als wir«, mahnte Lisa.

»Aber woher denn, vor zehn Uhr lässt sich keiner blicken«, widersprach Marika, strebte aber willig zum Ausgang.

* * *

Die Ersten, die eintrafen, waren Cati und Sebastian – beladen mit Pasteten und einem ganzen Blech »coca de pimientos«, einer Art Pizza mit roten Paprikaschoten.

»Hat alles meine Großmutter gemacht«, verkündete Cati, noch bevor Lisa irgendetwas sagen konnte, »ich soll dir von ihr ein Feliz Año[19] wünschen!«

»Wie geht es Jaime?«, fragte Lisa sofort nach der Begrüßung.

»Ganz gut. Aber er macht sich Sorgen. Weil alles so viel Zeit braucht.«

»Wie läuft es in der Gestoria, wie kommt ihr klar?«, wollte Marika wissen.

»Das ist kein so großes Problem. Jaimes Cousine ist Anwältin, sie kann uns helfen, und der Mann von Margalidas Schwester ist auch Gestor. Aber das Problem sind die deutschen Kunden und die vielen deutschen Briefe.«

»Also wenn ich euch etwas helfen kann …«, fing Lisa an, wurde jedoch durch die Ankunft weiterer Gäste unterbrochen. Einer nach dem anderen traf nun ein.

Sofort herrschte wieder diese herzliche, beinahe ausgelassene Stimmung, wie immer, wenn sie zusammenkamen.

Das Gulasch war ein voller Erfolg und wurde ausgiebig gelobt.

Einige ihrer Gäste hatte Lisa noch nie zuvor gesehen. Es waren Freunde von Maria-Jose, die spontan mitgekommen waren.

Weit davon entfernt, befremdet zu sein, freute sich Lisa darüber, die drei kennenzulernen. Schnell kam sie mit ihnen ins Gespräch. Allen fiel auf, wie gut ihr Spanisch schon war.

»Ich pauke auch ziemlich brav Vokabeln«, antwortete sie auf Maria-Joses Frage. »Aber die Schnelligkeit, mit der ihr alle sprecht, ist schon eine echte Herausforderung.«

»Wo bleiben eigentlich die Drei Könige? Waren sie vielleicht schon da?«, rief Francisca.

»Ich glaube, ich habe sie beim Gartenzaun gesehen«, antwortete Antonio, »ich muss gleich nachsehen.«

Alles rief durcheinander, während Antonio einen Korb mit Geschenken durch den Garten auf die Terrasse trug.

Irgendjemand musste ihn vor dem Tor abgestellt haben, damit alle ihre Päckchen hineinlegen konnten. Es schien ein erprobtes Ritual zu sein, und die Stimmung war jetzt genauso ausgelassen wie vorher in der Kirche.

Antonio verteilte die Geschenke. »Das ist von uns allen gemeinsam.«

Mit diesen Worten überreichte er Lisa ein Päckchen, das sie gleich öffnete. Darin befanden sich drei weitere Krippenfiguren – die Könige aus dem Morgenland.

»Komm her, bevor du mir in Tränen ausbrichst.« Brüderlich nahm Antonio sie in den Arm und drückte sie an sich. »Feliz Año, y Molts Anys[20].«

»Vielen, vielen Dank«, flüsterte Lisa, »und auch dir alles Liebe«, schniefte sie.

Die Könige wurden zu den anderen Figuren gestellt und ausgiebig bewundert.

Lisa suchte fieberhaft nach einer Erklärung für die Schafe. Doch niemand fragte. Nicht einmal Marika, die sie auf jeden Fall bemerkt haben musste.

Juan, wo war er überhaupt?

Er war nicht gekommen. Lisa schluckte ihre Enttäuschung hinunter. Sie merkte, wie sehr sie sich auf ihn gefreut hatte.

»Er hätte doch wenigstens absagen oder Maria-Jose eine Nachricht mitgeben können«, dachte sie.

Es war fast Mitternacht, als er doch noch kam.

Die Gäste hatten sich inzwischen im ganzen Haus verteilt. Gemütlich saßen sie beisammen, plauderten, lachten oder hörten einfach nur Musik.

Die Party war in vollem Gange, die Stimmung auf dem Höhepunkt, und alle unterhielten sich großartig.

Lisa pendelte zwischen ihren Gästen herum. Ihr schien,

als wäre sie immer schon mit ihnen zusammen gewesen, so vertraut war der Umgang.

Sie ging Juan entgegen.

»Ich habe gedacht, du kommst nicht mehr«, entfuhr es ihr, während er sie umarmte.

»Ich lasse mir doch eine Einladung bei dir nicht entgehen«, sagte er.

Irrte sie sich, oder hielt er sie länger fest als sonst?

»Hast du mich vermisst?«

»Natürlich nicht, ich habe mich nur gewundert, dass du nicht abgesagt hast.«

Lisa versuchte, sich aus seinem Griff zu befreien.

»Schade, ich hätte es gerne gesehen, wenn du mich sehnsüchtig herbeigesehnt hättest«, neckte er sie.

»Darauf kannst du lange warten.«

Er hielt sie immer noch fest und zwang sie, ihn anzusehen.

»Ich war länger als geplant bei meinen Großeltern«, sagte er, »dann kamen diese Leute dazwischen, deren Hund das neue Playmobil vom Jüngsten verschluckt hatte. Viel Lärm um nichts, Gott sei Dank. Erst musste ich die Erwachsenen beruhigen. Dann ihnen erklären, dass das gute Tier das Ding auf ganz natürlichem Weg wieder loswerden würde, nur eben in mehreren Teilen. Zu guter Letzt war der Junge untröstlich über den Verlust des Spielzeugs, als er nämlich begriffen hatte, dass sein geliebter Hund nicht sterben würde. Es tut mir leid, ich hätte anrufen sollen, aber immer wenn man glaubt, es überstanden zu haben, dauert es doch länger.«

»Du musst dich nicht entschuldigen. Es ist nur, weil … nun, vielleicht habe ich dich eben doch ein wenig vermisst.«

Schnell drehte sie sich um und zog ihn hinter sich her in den Raum hinein, wo sie während der allgemeinen Begrüßung ihre Fassung wiederzufinden hoffte.

Es war fast vier Uhr morgens. Die letzten Gäste hatten sich

verabschiedet. Lisa war viel zu aufgekratzt, um gleich ins Bett zu gehen.

Sie räumte noch etwas auf. Stellte die Gläser in die Spülmaschine und das restliche Essen in den Kühlschrank.

Einen heißen Tee in der Hand und in einen dicken Morgenmantel gewickelt, ging sie auf ihre Terrasse.

Nebelschwaden hingen über den Bäumen, der Himmel war bedeckt.

»Juan«, dachte sie und schlang die Arme um ihren Oberkörper.

Inzwischen machte sie sich nicht mehr die Mühe, an etwas anderes denken zu wollen.

Sie hatte sich verliebt.

»Er ist so vielschichtig«, dachte sie. »Völlig verschlossen einerseits, dann wieder so liebenswürdig und offen. Aufopfernd in seinem Beruf. Hilfsbereit und verlässlich zu seinen Freunden. Und ehrlich. Er würde seine Freundin sicher nicht belügen und betrügen.«

Sie versuchte sich zu beruhigen.

Okay, sie war verliebt, das war es aber auch schon. Weiter würde – durfte – es auf keinen Fall gehen. Ein Verhältnis mit ihm kam nicht infrage.

An einer oberflächlichen Affäre war sie nicht interessiert, und alles andere würde nur unendlich viele Komplikationen mit sich bringen. Gar nicht zu reden von der unausweichlichen Trennung, wenn sie in einigen Monaten zurück nach Deutschland musste.

Sie setzte sich in einen der Stühle und kuschelte sich in eine dicke Decke.

Genauso müsste er sein. Mit so einem Mann würde sie glücklich werden, schoss es ihr durch den Kopf.

»Nichts als Hormone«, versuchte sie das Ziehen in ihrem Bauch zu ignorieren.

Sie hatte einfach zu lange keinen wirklich liebevollen Partner mehr gehabt. Eigentlich noch nie. Außer einem Mal vielleicht. Damals war sie zu unreif gewesen. Und zu jung. Wenn sie wieder zu Hause war, würde sie offen sein für eine neue Beziehung mit einem lieben, anständigen Menschen. Einem, der gut zu ihr war.

Sie fror inzwischen jämmerlich und beschloss, ins Bett zu gehen, wo sie keine Ruhe finden konnte und sich noch lange herumwälzte, ehe sie in einen bleiernen Schlaf fiel.

* * *

Die nächsten Tage verliefen ruhig. Marika kam auf ein Schwätzchen, zusammen mit Emely gingen sie zum Castello.

Als sie eines Morgens ihr Postfach ausräumen wollte, traf sie Cati vor dem Postamt.

»Ich wollte schon zu dir kommen«, sagte diese. »Jaime hat gefragt, ob du das ernst gemeint hast, dass du etwas helfen würdest in der Gestoria.«

»Ja, natürlich. Was kann ich tun?«

»Wenn du möchtest, sollst du zu ihm kommen. Ich fahre heute Nachmittag dorthin, weil ich ihm Papiere bringen muss.«

Sie erreichten das Krankenhaus, ein neues Gebäude am Rande der Stadt, und fuhren mit dem Lift hinauf zu den Krankenzimmern.

Bei jedem Schritt quietschte der Kunststoffbelag unter ihren Füßen, kaltes Licht beleuchtete die langen Gänge.

In Jaimes Zimmer hingegen herrschte Partystimmung.

Natürlich war Margalida bei ihm, außerdem noch Rafael und Catalina, seine Kinder, deren Freunde und noch zwei weitere Frauen – Jaimes Schwestern.

In dem kleinen Raum standen zwei Betten. In dem einen lag Jaime, das Bein eingegipst, den rechten Arm in einem

Gestell aus Metall fixiert. Das andere Bett diente offensichtlich als Besuchersofa.

Überall lagen Sachen verstreut – Kleidungsstücke, Getränke, Zeitschriften, ein Notebook und leeres Geschirr.

»Hola, Lisa, das ist eine Überraschung. Hola, Cati.« Trotz der Verbände schien Jaime gut aufgelegt.

Alle redeten durcheinander, bis Jaime erklärte, arbeiten zu müssen. Die Besucher verabschiedeten sich.

Mit einem »Ich räume schnell noch ein wenig auf« sammelte Margalida das Geschirr ein und verließ ebenfalls den Raum.

»Wie geht es dir?« Lisa trat näher.

Inzwischen ordnete Cati die verstreut liegenden Papiere und legte sie auf den Tisch.

»War schon einmal besser. Du siehst ja, sie haben mich regelrecht festgebunden. Übrigens Molts Anys, alles Gute im neuen Jahr, liebe Lisa. Es hat mir ausgesprochen leid getan, dass wir deine Einladung versäumt haben. Ich hoffe, ich darf dich besuchen kommen, wenn sie mich hier endlich herauslassen.«

»Aber gerne. Ihr beide habt uns sehr gefehlt. Aber wichtiger ist, dass du bald gesund wirst.«

»Das kommt davon, wenn so ein alter Esel wie ich noch einmal Ski fahren will.«

»Du bist nicht alt«, protestierte Lisa, »und Skiunfälle passieren eben. Sei froh, dass nicht mehr passiert ist.«

Jaime brummte etwas vor sich hin, das wie »Hauptsache, die lassen mich endlich in Ruhe« klang.

Dann fragte er direkt: »Cati meinte, du könntest uns ein wenig in der Gestoria helfen?«

»Natürlich, sehr gerne. Wenn du mir sagst, was du brauchst.«

»Die Sache ist die«, begann er, »den Tagesbetrieb halten meine lieben Kollegen wirklich wunderbar am Laufen«, er zwinkerte Cati zu, die ihn anstrahlte, »und die schwierigeren Dinge übernehmen meine Cousine und mein Schwager. Womit wir ein echtes Problem haben, sind die deutschen Kunden. Ich kann keine Briefe schreiben, keine Mails, nichts. Würdest du das machen wollen?«

»Klar, wenn du mir das zutraust?«, sagte Lisa, freudig überrascht.

»Selbstverständlich traue ich dir das zu. Der Großteil ist Routine. Cati kann dir alles vorbereiten, du machst nur die Reinschrift. Den Rest würde ich diktieren. Ein Diktiergerät habe ich mir schon kommen lassen.« Er blinzelte. »Damit du es dir nicht noch anders überlegst.«

»Gerne«, antwortete Lisa, »ich würde das wirklich furchtbar gerne machen. Was ist mit den Kunden, die in die Gestoria kommen?«

»Vielleicht könntest du zweimal die Woche anwesend sein. Dann teilen wir die Termine entsprechend ein. Es geht darum, jemanden mit perfekten Deutschkenntnissen vor Ort zu haben. Die Kollegen helfen dir dabei, und wenn ihr wirklich nicht weiterwisst, nimmst du die Angelegenheit auf, und wir besprechen es. Nach zwei, drei Malen beherrschst du alles, da bin ich mir sicher. Ist das für dich machbar?«

»Ja sicher, wenn du meinst, ich kann das.«

»Was für eine Frage, natürlich kannst du das. Außerdem«, er lächelte, »habe ich schon gehört, dass du inzwischen auch noch perfekt Spanisch sprichst.«

Lisa freute sich über seine Anerkennung, spürte, wie sie strahlte. »Lass mal die Kirche im Dorf. Ein wenig Small Talk hat nun wirklich nichts zu tun mit der Arbeit in deiner Kanzlei.«

»Vielleicht fehlen dir noch einige Vokabeln, aber mit deinem Ehrgeiz hast du das Nötigste bald drauf.«

»Danke für deine hohe Meinung. Sei nicht enttäuscht,

wenn ich am Anfang alles andere als perfekt sein werde. Aber ich freue mich wirklich auf die Arbeit.«

Er sah sie an, dann streckte er ihr die gesunde Hand hin. »Auf eine gute Zusammenarbeit, Lisa, ich danke dir. Ich weiß nicht, ob das der passende Moment ist, aber ich sage es trotzdem. Du bist deinem Onkel unglaublich ähnlich. Ich bin froh, dich kennengelernt zu haben.«

Lisa wusste nicht, was sie antworten sollte. Seine Worte machten sie verlegen, und so wechselte sie schnell das Thema.

»Wann gibt es denn Abendessen, nicht dass wir den Schwestern im Weg herumstehen.«

Jaime sah sie immer noch an. Sein Blick war beinahe ein wenig forschend.

»Das ist hier anders als in Deutschland. Margalida übernachtet bei mir. Sie bringt mir das Abendessen, wenn ihr fort seid. Ich bin froh, sie hier zu haben. Ich wüsste sonst nicht, was ich den ganzen Tag über machen sollte.«

»Du meinst, sie bleibt hier, auch über Nacht?« Man konnte Lisa die Überraschung ansehen.

»Wenn sie nicht gerade so genug von mir hat, dass sie lieber ein wenig einkaufen geht, bleibt sie bei mir, bis ich wieder selbst aufstehen kann. Wenn alles nach Plan läuft, lassen sie mich vielleicht Ende der Woche nach Hause. Herumliegen kann ich dort auch. Und für meine fleißigen Boten«, wieder zwinkerte er Cati zu, »ist es dann auch einfacher.«

Sie plauderten noch eine Weile. Jaime übergab Cati die überarbeiteten Papiere, danach brachen sie auf.

»Einen Moment noch, Lisa«, hielt Jaime sie zurück, »Cati macht morgen deine Anmeldung fertig, du kannst ihr gleich dabei zusehen«, sagte er, »ich hoffe nur, du kündigst nicht sofort wieder, wenn du dein Gehalt siehst.«

»Das brauchst du wirklich nicht. Ich nehme kein Geld von dir. Du hast für mich auch alles ohne Bezahlung gemacht.«

»Kommt nicht infrage. Ich habe lediglich Kleinigkeiten erledigt, der Rest war mit Hans abgeklärt. Anmelden muss ich dich, anders geht es nicht. Und wer arbeitet, bekommt auch Gehalt. Allerdings«, er räusperte sich, »verglichen mit dem, was du vermutlich gewöhnt bist, ist es wirklich nicht berauschend. Widerrede sinnlos«, schnitt er ihr das Wort ab, als Lisa protestieren wollte.

Sie machten sich auf den Rückweg. Lisa sprach Cati mit »liebe Kollegin« an, was diese offensichtlich erheiterte.

Verwundert stellte Lisa fest, dass sie sich auf die Tätigkeit freute, mehr noch: es gar nicht abwarten konnte.

Sie hörte Cati nur mit einem halben Ohr zu, während diese ihr von Sebastians Aufenthalt im Krankenhaus erzählte.

»Warst du auch mit ihm dort?«, fragte Lisa in einer Pause.

»Das geht nicht. Dazu muss man verheiratet sein, und wir sind ja erst verlobt.«

»Trotzdem eine gute Idee. Auf diese Weise sparen sie eine Menge Personal. Und du erklärst mir bitte gleich morgen die gängigen Fragen. Wie man ein Auto ummeldet zum Beispiel. Ich muss mir alles aufschreiben, damit ich keine Fehler mache, wenn man mich fragt.«

»Mach dir nicht so viele Gedanken. Das merkst du dir ganz schnell. Und wenn du etwas nicht weißt, brauchst du nur zu fragen, wir sind ja alle da.«

Sie trennten sich voller Freude auf den nächsten Tag.

* * *

Pünktlich stand Lisa vor der Gestoria.

Von den Kollegen traf einer nach dem anderen ein. Alle schienen sich zu freuen.

Schon der erste Kunde, der am Morgen die Agentur betrat, war Deutscher.

»Kannst gleich du übernehmen. Der war schon hier. Wollte aber mit einem deutschen Spezialisten sprechen«, raunte Cati ihr zu.

»Ist jetzt endlich ein Fachmann anwesend?«, hörte Lisa die Stimme des Mannes.

»Na denn, auf in den Kampf«, dachte sie, während sie möglichst selbstsicher auf ihn zuging.

»Doktor Wernberg. Ich bin Rechtsanwältin. Was kann ich für Sie tun?«

Er wollte ein Auto ummelden und eine Versicherung abschließen. Cati wich nicht von Lisas Seite, sprang sofort ein, wenn sie gebraucht wurde.

Der Mann, hochzufrieden, dass er nunmehr in der Chefetage betreut wurde, merkte gar nicht, wie Lisa, sobald es um fachliche Details ging, an Cati delegierte.

Er erhielt eine Aufstellung der benötigten Dokumente sowie eine Kostenübersicht und zog befriedigt von dannen, nicht ohne sich bei Lisa für deren kompetente Beratung bedankt zu haben.

Lisa begleitete ihn zur Tür, dann suchte sie nach Cati. »Danke, du warst großartig.«

»*Du* warst großartig. Ich habe gerade zu Jaime gesagt, dass du soeben dein erstes Geschäft machst.«

»Also gut, dann aber an die Arbeit. Bitte erklär es mir noch einmal. Was genau braucht man, wenn man ein Auto anmelden will?«

Die Zeit verging wie im Flug. Erst als Cati sie mahnte, Pause zu machen, merkte Lisa, wie spät es war.

»Geh du nur, ich lese mir inzwischen alles nochmals durch.«

»Du musst eine Pause machen, so wie alle. Befehl vom Chef.«

Am Nachmittag konnte sie einen weiteren Kunden bereits

alleine beraten und alle nötigen Unterlagen zum Thema zusammensuchen.

»Was machst du denn hier?«

Sie war so völlig auf ihre Arbeit konzentriert, dass sie Antonio überhaupt nicht bemerkt hatte. Jetzt stand er vor ihr und sah sie dermaßen fassungslos an, dass sie lachen musste.

»Ich habe einen Job. Bin zwar erst in der Probezeit, aber wenn ich mich genügend anstrenge, nimmt mich der Chef vielleicht«, zog Lisa ihn auf.

Sie kam um den Schreibtisch herum, streckte sich und erklärte: »Ich helfe hier ein wenig aus. Bei der Beratung der deutschen Kunden. In Wahrheit machen es natürlich die anderen hier. Ich bin sozusagen die deutsche Vermittlungsposition.«

»Den Eindruck hatte ich überhaupt nicht. Vielmehr hast du agiert, als hättest du dein Leben lang nichts anderes gemacht.«

»Ich bitte dich«, sagte Lisa, ob des Kompliments doch geschmeichelt, »es ging um eine ganz einfache Autoummeldung. Steht ohnehin alles auf dem Infoblatt. Der Rest ist Small Talk. Alles für die Zufriedenheit unserer Kunden.« Sie grinste.

»Du bist wirklich immer für eine Überraschung gut. Du kannst kochen, backen, versorgst den Hund, als hättest du immer schon einen gehabt, lernst Spanisch im Vorübergehen – am Schluss vertrittst du hier glatt noch den Chef, und das alles in zwei Monaten. Hoffentlich hilfst du nicht auch noch bei uns in der Klinik aus, sonst kann ich meinen Job an den Nagel hängen.« In gespielter Verzweiflung schüttelte Antonio den Kopf.

»Lob mich nur weiter so, und ich werde ganz eingebildet werden«, bremste ihn Lisa, der die Anerkennung unglaublich gut tat.

Als sie am Abend nach Hause fuhr, war sie beinahe euphorisch. Nicht nur deshalb, weil Jaime sie am Nachmittag eigens angerufen und ihr in seiner bescheidenen Art gedankt hatte. Auch das Arbeiten mit den Kollegen, das Plaudern und Herumalbern machte ihr große Freude.

Sie sprang die Stufen zur Terrasse hinauf, herzte und küsste die Hündin, drehte sich voller Glück im Kreis.

»Mami ist erfolgreich, Caja, dein Futterchen ist gesichert!«, rief sie und wollte sich ausschütten vor Lachen, als der Hund, von ihrer Stimmung angesteckt, bellend um sie herumsprang.

Sie hatte ganze Stapel Papiere nach Hause mitgenommen – Ordner mit Mailverkehr, Ratgeber über spanisches Steuerrecht sowie alle aktuellen Informationsbroschüren.

Sie würde in den nächsten Tagen genug zu tun haben, um sich in die Materie einzulesen.

Zufrieden saß sie vor dem Kamin, blätterte in den Unterlagen und musste sich geradezu zwingen, schlafen zu gehen.

Als sie planmäßig wieder in der Gestoria aufkreuzte, war ihr Fragenkatalog auf mehr als dreißig Seiten angewachsen.

Nach einem zögerlichen Versuch, alles mit Cati zu klären, sah sie schnell ein, dass es wohl besser wäre, diese Fragen mit Jaime persönlich durchzusprechen.

Also fuhr sie wieder zum Krankenhaus. Aus einem kurzen Besuch wurden fünf Stunden. Kurzweilige Stunden, voller Fragen und Antworten und wunderbarer Gespräche.

Sofort nach Lisas Eintreffen hatte Margalida das Feld geräumt, um sich die Beine zu vertreten, wie sie sagte, und sie beide alleine gelassen.

Jaime wurde nicht müde, Lisa alles genauestens zu erklären, diese wiederum hörte nicht auf zu fragen.

»Und wann machst du deine Prüfung zum Gestor?«, neckte er sie, »morgen schon, oder wartest du noch bis nächste Woche?«

»Schon gut, ich habe verstanden. Aber das ist alles so interessant für mich.«

»Du ahnst überhaupt nicht, wie viel Spaß es mir macht, dir diese Dinge zu erklären. Wie vermutlich alle Väter, habe auch ich mir gewünscht, eines meiner Kinder würde die Gestoria übernehmen. Aber Rafa hat nur seine Schiffe im Kopf; er will Kapitän werden. Und Catalina ist in ihrer Boutique rundum zufrieden. Plötzlich jemanden zu haben, der sich für meine Arbeit interessiert, der genügend von der Materie versteht, ist für mich wie ein Geschenk. Ich traue mich das fast nicht zu sagen, aber ich würde mich sehr freuen, wenn wir diesen Nachmittag wiederholen könnten.«

Nachdenklich fuhr Lisa heimwärts.

Ihre Gedanken kreisten immer noch um das soeben geführte Gespräch. Jaime war ein hochintelligenter Gesprächspartner und unendlich geduldig. Sie wusste jetzt erst, wie sehr er an seinem Beruf hing, wie hervorragend er als Jurist war und darüber hinaus noch so vielseitig interessiert und gebildet.

Hatten sie tatsächlich miteinander über Newtons Gravitationsgesetz philosophiert?

Sie fand Jaimes humorvollen Vortrag darüber einfach umwerfend. Mit ihm zu diskutieren stellte eine echte Herausforderung dar.

Geduldig lenkte er ihre Gedanken in die verschiedensten Richtungen, zeigte ihr immer wieder neue Denkansätze, bremste sie, wenn sie vorschnell Schlüsse ziehen wollte, konzentrierte ihren Blick auf das Wesentliche.

Wie ein Vater. Wie sie sich immer einen Vater gewünscht hatte.

Es war schön gewesen. Er wollte die Gespräche mit ihr wiederholen. Sie freute sich bereits jetzt auf die Fortsetzung.

Hoffentlich konnte Jaime das Krankenhaus bald verlassen. Natürlich würde sie zu ihm nach Hause kommen oder ihn von daheim abholen, damit er am Leben in der Gestoria teilhaben konnte.

Auch wenn er nicht voll einsatzfähig war, konnte sie es nicht erwarten, ihn neben sich zu wissen.

KAPITEL 11

Lisas Tage waren von morgens bis abends ausgefüllt. »Du bist schwerer anzutreffen als ein Generaldirektor, pass auf, dass du nicht zum Workaholic wirst«, zog Marika sie auf, als Lisa verspätet zu einem gemeinsamen Abendessen kam. Weil sie wieder einmal Zeit und Raum über einer Arbeit vergessen hatte und erst in letzter Minute einkaufen gefahren war.

»Aber die nächsten Tage kannst du deine Arbeit vergessen, da ist Sant Antoni. Wir treffen uns bei den Lagerfeuern und am Tag darauf zur Tierweihe.«

»Du tust gerade so, als würde ich euch alle sträflich vernachlässigen, nur weil ich ein paar wenige Stunden etwas arbeite«, antwortete Lisa.

»Von wegen, du gräbst dich förmlich in die Arbeit ein. Aber Spaß beiseite. Es ist schön, mit anzusehen, wie gut es dir tut, wie du strahlst.«

»Ganz so ist es auch wieder nicht«, brummte Lisa. Sie wusste, die Freundin hatte recht. Lange schon hatte sie sich nicht so entspannt gefühlt.

»Abgemacht, morgen ist Ruhetag. Wie war das gleich? Wann gehen wir wohin, und was machen wir dort?«

* * *

Zu dritt fuhren sie in die Kreisstadt. Es war schon dunkel, und die großen Scheiterhaufen, die man an allen Plätzen errichtet hatte, loderten. Prasselnd fraßen sich die Flammen durch das Holz, ganze Kaskaden an Funken wirbelten in den nächtlichen Himmel hinauf.

Trauben von Menschen standen bei den Feuern. Als Teufelchen und Hexen verkleidet spielten Kinder Fangen, liefen zwischen den brennenden Scheiten herum.

»Und da ist noch nie etwas abgebrannt?«, platzte Lisa heraus.

»Ich kann mich nicht erinnern, dass jemals etwas Ernsthaftes passiert wäre«, antwortete Emely, »aber du hast recht, es ist schon erstaunlich, wenn man sieht, wie nahe an den Stromleitungen und Bäumen die Feuer brennen.«

Sie gingen in Richtung Hauptplatz. Auch hier, vor ihrem Lieblingscafé, loderten die Flammen.

Die Feuer symbolisierten den Sieg des Lichtes über die Finsternis, erklärte ihr Emely. Aber es war auch ein Tag, an dem die Wirte ihre Gäste zum Essen einluden. Überall standen Platten mit Würsten und Fleischstücken bereit, in großen Körben lagen dicke Scheiben des salzlosen mallorquinischen Brotes. Unzählige Grillroste warteten auf ihren Einsatz.

»Man kauft etwas zu trinken, nimmt ein Stück Fleisch und gart es über den glühenden Holzscheiten«, ergänzte Marika.

»Auf der Straße?«

»Sei nicht so zimperlich.« Marika lachte. »Wegen des bisschen Drecks. Schlimmer ist, dass unter den Feuern Sand aufgeschüttet ist, damit die Hitze das Pflaster nicht beschädigt. Davon kommt unweigerlich etwas auf dein Fleisch. Es ist also wie immer: irgendwo knirscht der Sand auf deinem Essen, entweder am Strand oder hier.«

Emely brachte ihnen Bier und balancierte einen gut gefüllten Teller mit großen Stücken der mallorquinischen Paprikawurst sowie dicken Scheiben Schweinefleisch.

»Es geht los. Wenn wir auf nüchternen Magen trinken,

bekommen wir einen Schwips. Obwohl ich heute ganz bestimmt einen Schwips bekomme. Das hat bei mir schon Tradition. Marika bringt uns schließlich sicher nach Hause. Übrigens, das Bier mit dem grünen Etikett ist das alkoholfreie für Marika. Nicht, dass wir irrtümlich auch so etwas Klinisches trinken. Aber wir beide«, wandte sie sich an Lisa, »wir schlagen heute richtig zu. Wenn wir gegessen haben, gibt es ein Schnäpschen, damit uns schön warm wird.«

Lisa war bereits warm. Das Feuer loderte mehrere Meter hoch. Obwohl sie in einiger Entfernung stand, glühten ihre Wangen, sie spürte die Hitze durch die dicke Jacke hindurch. Das kühle Bier war ihr gerade recht.

Emely machte sich ans Werk. »Ich grille für mein Leben gern, also lasst mich nur machen.«

Bald türmten sich gegrillte Würste, Fleisch und Brot auf Lisas Teller, und wider Erwarten schmeckte es ihr ausgezeichnet. Manchmal knirschte zwar tatsächlich etwas Sand zwischen ihren Zähnen, aber das ignorierte sie.

Lisa holte die nächste Runde, und dann noch eine. Sie wurde immer vergnügter.

Plötzlich waren auch die anderen da – Maria-Jose, Antonio, Francisca, die Zwillinge, Cati und Sebastian.

Dann sah sie ihn.

Juan stand etwas abseits, in der einen Hand eine Flasche, die andere lässig in der Jackentasche. Er prostete ihr zu. Übermütig schwenkte Lisa ihre Bierflasche.

Herrgott, war sie gut aufgelegt. Sie sprühte förmlich vor guter Laune.

»Na, wenn das nicht unsere neue Gestorin ist.« Antonio kam auf sie zu.

»Du arbeitest jetzt in der Gestoria«, sagte Maria-Jose. Es war mehr eine Feststellung als eine Frage.

»Bis jetzt habe ich noch nicht sehr viel gearbeitet. Ich versuche einfach, ein wenig zu helfen, ohne dabei allzu viel Chaos anzurichten«, antwortete Lisa.

»Du bist eine ganz große Hilfe. Hat Jaime auch gesagt. Und wir sollen heute alle auf Jaime trinken. Ist ein Befehl vom Chef. Lisa, du musst heute mit mir etwas trinken, das hast du versprochen. An dem Tag, wo du angekommen bist.« Cati hängte sich bei ihr ein.

Wo kam plötzlich der Schnaps her? Lisa schnupperte an der verdächtig aussehenden Flüssigkeit. Grasgrün schillerte sie und duftete nach Anis und Kräutern.

»Na, wie fühlst du dich?« Juan stand hinter ihr.

Übermütig drehte sich Lisa zu ihm um. »Fantastisch, ich habe schon lange nicht so etwas Gutes gegessen. Und so ein Bier gibt es in ganz Deutschland nicht. Überhaupt nicht bitter. Mir ist wunderbar warm. Das Feuer ist herrlich.«

Sie spürte, wie er nach ihrem Arm griff.

»Sei vorsichtig mit dem Hierbas, der ist ziemlich stark.«

»Ach nein, da ist doch fast kein Alkohol drinnen. Das schmeckt so angenehm nach Kräutern. Und so schön süß. Außerdem habe ich viel zu viel von der Wurst gegessen, ich glaube, ich brauche unbedingt noch ein Bierchen, um alles hinunterzuspülen.«

Sie saßen auf der kleinen Mauer vor der Kirche, Sebastians angewinkelte Beine dienten ihr als willkommene Stütze für ihren Rücken. Dicht neben ihr lehnte Cati an der Fassade. Regungslos betrachtete Lisa die vielen Sterne, die am Himmel zu schaukeln schienen.

Immer noch loderten die Feuer.

»Trink noch einen Schluck.« Irgendwer drückte ihr die grün schimmernde Flasche in die Hand.

Das Leben war so schön. Die vielen Sterne.

Vielleicht saß sie ja auf einer Schaukel. Alles schwang hin und her, so leicht und so frei.

Wie durch ein Rauschen hörte sie die Stimmen um sich herum. Gelächter und Musik. Jemand kreischte. Dann wieder Gemurmel.

Sie hätte die ganze Nacht weiterschaukeln können.

»Trink das. Lisa, hörst du, sieh mich an, trink einen Schluck Wasser.« Juans Stimme.

»Ich will kein Wasser, ich habe keinen Durst«, antwortete sie gedehnt.

»Cati, hör auf, ihr den Schnaps zu geben, sie verträgt das nicht. Lisa, komm, sei vernünftig. Trink.«

Sein Gesicht, ganz nahe bei ihrem, seine Augen, seine Hände, das Glas an ihren Lippen.

»Was ist los?« Die Worte kamen langsam und zögernd.

»Du hast zu viel von dem Hierbas. Trink noch etwas Wasser. So ist es gut. Geht es dir besser?«

Sie richtete sich auf. Langsam hörten die Häuser auf zu schaukeln.

»Ich glaube, ich habe einen Schwips.« Ihre Stimme klang seltsam monoton.

Sie sah sein Lächeln. Immer noch hielt er ihre Schultern. Sie spürte, wie er sie fester an sich zog.

»Bleib ein wenig sitzen, und trink noch etwas Wasser. Ich bringe dich dann heim. Ist dir kalt?«

Nein, ihr war nicht kalt, ihr würde nie wieder kalt sein.

Sie saß auf der kleinen Mauer, eingehüllt in seine Arme, dicht an ihn gelehnt.

Es war egal, was die anderen dachten, was er dachte, was morgen sein würde. Sie wollte nur hier sitzen bleiben, angeschmiegt an ihn und weiterträumen.

Die vielen Sterne. Wie groß sie waren, wie wunderschön – die riesigen Feuer, das Licht, die Wärme.

»Geht es wieder? Der Wagen steht gleich unten an der Hauptstraße. Komm, lass uns gehen.«

Sie fuhren durch die Nacht.

»Alles in Ordnung? Soll ich das Fenster aufmachen?«

Sie schüttelte den Kopf. Sie war so glücklich.

Dann waren sie zu Hause. Juan half ihr aus dem Wagen, sie lehnte den Kopf an seine Schulter.

Den Arm um sie gelegt, ging er mit ihr hinauf zum Haus, nahm ihr den Schlüssel aus der Hand, sperrte auf und trat mit ihr hinein.

Licht flammte auf. Ihr Schlafzimmer.

Seine Hände, die ihr die Jacke auszogen, die Schuhe, sie lag auf dem Bett, alles war gut.

Wo war Juan?

Dann merkte sie, wie er ihren Oberkörper aufrichtete, sie stützte.

»Trink das, sonst hast du morgen einen furchtbaren Kater.«

Sie schmeckte die Tablette in ihrem Mund, fühlte das Wasserglas an ihren Lippen, begann gehorsam zu trinken.

»Ich stelle dir noch etwas Wasser hierher, falls du Durst bekommst. Und jetzt schlaf schön.«

Sie spürte seine Hände an ihrem Gesicht, seine Lippen, die ihre Stirn berührten, dann war er fort.

Dunkelheit und das leise Surren der Klimaanlage waren ihre letzte Erinnerung, ehe sie in einen tiefen Schlaf versank.

* * *

Langsam nur kehrte die Erinnerung zurück, schemenhaft wie der bleierne Morgen, der zwischen den Fensterläden hindurchschimmerte.

Sie tastete nach der Lampe auf ihrem Nachttischchen.

Fast zehn Uhr. Sie stöhnte. Tausende kleine Männchen schienen gegen ihre Stirn zu trommeln. Sie spürte einen widerlichen Geschmack in ihrem Mund.

Der Hierbas – allein der Gedanke an den Namen ließ ihren Magen rebellieren.

Dann sah sie das Wasserglas. Schlagartig war sie wach.

Juan. Er hatte das Glas dorthin gestellt.

Oh, mein Gott. Was war bloß passiert. Wie konnte sie sich nur so aufführen. Wieder stöhnte sie, diesmal allerdings vor Entsetzen.

Sie war betrunken gewesen, und er hatte sie nach Hause gebracht. Dann hatte sie sich ihm auch noch an den Hals geworfen.

Verzweifelt warf sie sich auf das Bett zurück, zog die Decke über den Kopf.

Doch es half nichts. Die Peinlichkeit der Szene haftete übergroß in ihrer Erinnerung.

Nie mehr konnte sie sich bei diesen Menschen blicken lassen. Alle mussten ihr entsetzliches Benehmen mitbekommen haben. Sie hatte sich bis auf die Knochen blamiert.

Noch nie im Leben hatte sie sich so aufgeführt, nie im Leben zu viel getrunken. Warum ausgerechnet gestern?

Am liebsten hätte sie geheult.

Es half nichts. Sie konnte nicht für immer unter der Bettdecke liegen bleiben. Mühsam rappelte sie sich hoch, schleppte sich ins Bad.

Sie sah zum Fürchten aus. Schwarze Ränder unter den Augen, eine fahle weiße Haut, graue Lippen und riesengroße gerötete Augen.

Wieder fingen ihre Schläfen an zu pochen.

Sie schrubbte sich die Zähne, um den grauslichen Geschmack loszuwerden, drehte den Hahn auf, stellte sich unter die heiße Dusche. Immer wieder überfiel sie die Erinnerung an Juan. Ihr Magen zog sich zusammen. Am liebsten hätte sie mit den Fäusten gegen ihren Kopf gehämmert, um die Gedanken abzuschütteln. Aber es ging nicht. Sie musste sich damit abfinden.

Sie hatte sich einem Mann an den Hals geworfen, dem sie nichts bedeutete. Der aus bloßer Nettigkeit gute Miene zum bösen Spiel gemacht und sie überdies noch nach Hause gebracht hatte.

Wieder stöhnte sie. Dabei musste sie dankbar sein, dass er es war. Wer weiß, was sonst noch passiert wäre.

Dennoch tat der Gedanke, dass sie ihm offenbar derart gleichgültig war, weh.

»Dämliche Kuh, wäre es dir vielleicht lieber gewesen, er hätte die Situation ausgenützt, was ihm kein normaler Mensch verdenken könnte, und du hättest das zweifelhafte Vergnügen, mit ihm eine besoffene Nacht verbracht zu haben?«

Der Gedanke daran war zu viel.

»Hör auf, dir selber leid zu tun«, befahl sie sich. Sie hatte alles zunichte gemacht. Also musste sie die Konsequenzen tragen. Am besten, sie brach ihre Zelte ab und kehrte nach Deutschland zurück. Juan war sicher einverstanden, wenn er die Finca bekam.

Deprimiert, aber doch einigermaßen gefasst, schleppte sie sich in die Küche. Mechanisch bereitete sie ein Frühstück zu, nach dessen Verzehr sich zumindest ihr Magen langsam beruhigte. Dann suchte sie in der Lade nach einem Kopfschmerzmittel.

Zweimaliges Hupen ließ sie zusammenfahren.

»Du bist ja schon auf. Alle Achtung, braves Mädchen. Ich dachte, ich muss dich erst mit einem Eimer Wasser aus dem Bett holen. Und du siehst auch noch richtig ausgeruht aus. Du bist wirklich härter, als man glaubt. Jetzt mach schnell, zieh dich an, sonst versäumen wir die Ankunft der Pferde.«

Sprachlos starrte Lisa die fröhlich plaudernde Marika an.

Hatte sie denn nichts mitbekommen?

»Ich habe zu viel getrunken, gestern, meine ich«, flüsterte Lisa.

»Klar, wer hat gestern nicht zu viel getrunken. Du warst richtig süß mit deinem kleinen Schwips. Leider bist du dann einfach abgehauen. Versäumt hast du nicht mehr viel. Während du also offensichtlich hier gemütlich deinen Schönheitsschlaf abgehalten hast, haben einige versucht, den Alkoholvorrat der Insel zu vernichten. Zum Glück trinke ich nicht, wenn ich fahre, also bin ich beinahe so fit wie du. Aber auf Emely müssen wir, fürchte ich, heute verzichten. Und Cati wird wohl auch nicht kommen, so gut drauf, wie sie war.«

* * *

In den Straßen rauchten immer noch die Reste der verkohlten Scheite, aber vor der Kirche hatten sich zahlreiche Menschen eingefunden. Und natürlich unglaublich viele Tiere – Hunde, Katzen, Schafe, Ziegen, Esel, ja sogar Schweine, alle waren gekommen. Die nicht an Leinen geführt werden konnten, waren in Käfigen herbeigetragen worden. Vögel, Kaninchen, Meerschweinchen, Schildkröten, Hamster, Mäuse. Ein Junge hatte sogar eine Ratte auf der Schulter sitzen.

»Wenigstens einmal im Jahr sind die Tiere wichtiger als die Menschen. Hallo, Lisa, wie geht es dir. Alles klar, keine Kopfschmerzen, wie ich sehe.« Juan hob ihr Kinn hoch, zwang sie, ihn anzusehen. Lisas Hals zog sich zusammen.

»Es tut mir so leid.« Mehr als ein Krächzen brachte sie nicht zustande. »Ich habe mich schrecklich benommen gestern, ich weiß gar nicht, was ich sagen soll.«

»Was redest du wieder für einen Unfug. Du warst richtig süß, fast zum Knuddeln. Glaubt man gar nicht von dir. Überhaupt, wenn man weiß, was du sonst für eine Kratzbürste sein kannst.« Er fixierte sie, und Lisa versuchte, seinem Blick standzuhalten.

»Die Pferde kommen, schaut mal, wie viele heuer wieder

dabei sind.« Marika fuchtelte mit der Hand und schwenkte das Zweiglein mit dem Konterfei des heiligen Antonius, das man vor der Kirche verteilte.

Sie kamen in einer langen Prozession – alle Pferde prächtig herausgeputzt, manche hatten geflochtene Mähnen, andere Blumen in den Schweifhaaren befestigt. Reiter begleiteten sie, aber auch zahlreiche Kutschen. Es stellte eine Herausforderung dar, sie alle auf dem engen Platz unterzubringen.

Als wüssten sie, dass es ihr Ehrentag war, verhielten sich die Tiere mustergültig. Keine Hektik war zu spüren, kein Drängen, nicht einmal lautes Bellen war zu hören. Die Messe begann, alle Glocken läuteten, und der ganze Platz roch nach Weihrauch, als am Ende der feierliche Segen an die Tiere erfolgte. Nur langsam löste sich die Menge wieder auf.

»Was haltet ihr von einem Kaffee. Ich habe noch keinen getrunken, weil ich viel zu spät aufgestanden bin.« Marika wartete eine Antwort gar nicht erst ab, sondern strebte zielsicher auf das Lokal zu. Zögerlich folgte Lisa ihr.

Was Juan von ihr dachte? Ob er sie mochte. Sah er nur die Freundin in ihr? Vermutlich ja, denn welcher Mann wäre sonst dermaßen zurückhaltend.

Sie wusste nicht, ob sie darüber erfreut oder betrübt sein sollte. Sie wusste nur, dass sie jede Minute in seiner Gegenwart genoss.

Nach und nach gesellten sich noch andere aus der Clique zu ihnen. Sie alle schienen heute ruhiger als gewöhnlich, immer wieder gähnte jemand verstohlen. Trotzdem war es harmonisch wie immer.

Lisa saß inmitten der anderen und hörte zu. Sie hielt den Kopf gesenkt. Doch jedes Mal, wenn sie aufschaute, begegnete sie Juans Blick.

* * *

Die letzten Tage des Januars vergingen wie im Flug.

»Wie schnell die Tage verstreichen. Jetzt blühen bereits die Mandelbäume. Zu Hause ist mir der Winter immer endlos vorgekommen«, dachte sie.

Vereinzelt vorerst, dann immer mehr öffneten sich die Blüten. Manche waren rosa gefärbt, andere wiederum schneeweiß. Jeden Tag kamen weitere dazu, mehr und mehr verwandelte sich alles in einen blühenden Garten. Zusammen mit den friedlich grasenden Schafen und den unzähligen Jungtieren bot sich ein wunderschönes Bild.

Oft verharrte Lisa auf der Terrasse und sah sich die Landschaft an.

Jaime war inzwischen aus dem Krankenhaus entlassen worden, durfte aber sein Haus kaum verlassen. Die Nachmittage mit ihm gestalteten sich für Lisa zum Fest.

Die Gespräche, seine Meinung zu den unterschiedlichsten Themen – sie konnte nicht genug davon bekommen.

Ende Januar fuhr sie wieder einmal zum Postamt.

Automatisch räumte sie Werbesendungen, Rechnungen und Karten in ihre Tasche. Dann sah sie den Brief. Er kam von ihrer Mutter.

Lisa zögerte. Irgendetwas stimmte nicht. Warum schrieb ihre Mutter einen Brief. Sie waren doch die ganze Zeit in regelmäßigem Mailkontakt miteinander.

Sie spürte das Kribbeln auf ihrem Rücken, das ein untrügliches Zeichen für aufkommenden Stress war.

Sollte sie das Schreiben sofort öffnen oder lieber erst zu Hause? Unschlüssig sah sie auf den Brief. Dabei bemerkte sie, wie ihre Hand zitterte.

»Reg dich nicht schon wieder künstlich auf. Es ist sicher nichts Wichtiges«, sagte sie sich.

Sie steckte den Brief in die Tasche und beschloss, ihn später in Ruhe zu öffnen. Dennoch war ihr der Tag verleidet. Sie hatte keine Lust mehr, wie sonst durch den Ort zu schlendern oder auf einen Kaffee einzukehren.

Zu Hause setzte sie sich in ihr Büro, zog den Brief aus der Tasche und begann zu lesen.

Liebe Lisa,

da Du Dich leider immer noch nicht geäußert hast, wann wir hier mit Deiner Anwesenheit rechnen können, muss ich Dir Nachstehendes schriftlich zur Kenntnis bringen.

Ich hoffe, es wird Dich ebenso mit Freude erfüllen wie mich, wenn Du hörst, dass es mir gelungen ist, Lutz van Ast als Partner zu gewinnen.

Wir haben unsere Vorbereitungsarbeiten abgeschlossen und werden die beiden Kanzleien innerhalb absehbarer Frist fusionieren.

Ich denke, ich brauche nicht erst zu erwähnen, von welcher wirtschaftlichen Bedeutung das für uns alle ist.

Da Dein Vater und ich zusammen über eine Zweidrittelmehrheit verfügen, ist Deine Zustimmung reine Formsache, dennoch freue ich mich natürlich, wenn Du sie erteilst.

Vater wird wie bisher die wissenschaftlichen Bereiche sowie die Ausbildungskurse übernehmen.

Das operative Geschäft werden wir in eine wirtschaftsrechtliche und eine strafrechtliche Abteilung unterteilen, wobei ich den wirtschaftsrechtlichen Zweig leiten werde.

Da Dir die Konkursabwicklungen keine ausreichende Befriedigung verschafft haben, ist mit Lutz vereinbart, dass er Dich innerhalb seiner Abteilung unterbringen wird.

Ich hoffe, diese Tätigkeit sagt Dir mehr zu.

Sobald die Verträge unterschriftsreif sind, was in einigen Wochen der Fall sein dürfte, werde ich sie Dir zusenden.

Ich gehe davon aus, dass Du zum Unterzeichnungstermin anwesend sein wirst.

In der Hoffnung, dass es Dir gut geht und Du wohlauf bist
Deine Mutter.

Reglos saß Lisa da und betrachtete das Papier in ihrer Hand, ohne es überhaupt noch wahrzunehmen.

Zitternd holte sie Luft. Der Brief fiel zu Boden.

Fassungslos schüttelte sie den Kopf.

Sie wusste nicht, wie lange sie so saß und blicklos aus dem Fenster starrte, bis sie plötzlich in hemmungsloses Schluchzen ausbrach.

* * *

Juan hörte sie weinen, als er aus dem Wagen stieg.

Sein erster Gedanke war, umzukehren und sie in Ruhe zu lassen. Dann entschloss er sich, nach ihr zu sehen.

Sie saß in sich zusammengesunken auf einem der Stühle im Büro, die Hände vor dem Gesicht. Ihre Schultern zuckten, der Atem ging stoßweise.

Er ging vor ihr in die Hocke, nahm sie bei den Armen.

»Lisa, ich bin es. Was ist geschehen? Komm her, du bist ja ganz kalt. Wie lange sitzt du schon hier? Was ist los?«

Ihr Kopf schoss hoch. Das Gesicht war gerötet, verschwollen vom Weinen, sie konnte kaum atmen.

Tränen liefen über ihre Wangen.

Abwehrend schüttelte sie den Kopf, versuchte, sich aus seinem Griff zu befreien, woraufhin er sie noch fester an sich zog.

»Sei nicht schon wieder so widerspenstig, jetzt wein dich erst einmal aus, und dann erzählst du mir, was dir so großen Kummer macht.«

Sofern sie noch irgendeine Beherrschung gehabt hatte, brach diese jetzt zusammen. Sie versuchte, etwas zu sagen, aber mehr als ein Brabbeln war nicht zu vernehmen.

Er hielt sie in den Armen, wiegte sie wie ein kleines Kind, streichelte ihr beruhigend über Kopf und Rücken.

Nur langsam versiegten die Tränen, das Schluchzen verebbte.

Sie war völlig apathisch. Reagierte kaum, als er sich von ihr löste.

Er sah den Brief auf dem Boden liegen und hob ihn auf. Ohne um Erlaubnis zu fragen, begann er zu lesen.

»Komm, Lisa, wir gehen hinüber, hier ist es zu kalt.«

Sie leistete keinen Widerstand. Vorsichtig, als wäre sie zerbrechlich, führte er sie ins Haus hinüber und setzte sie auf die Couch.

Inzwischen war ihr alles egal.

Er setzte sich neben sie, zog ihren Kopf zu sich herüber, wartete. Langsam wurden ihre Hände etwas wärmer, und die Erstarrung wich aus ihrem Körper.

Sie richtete sich auf.

»Ich …«, begann sie, doch er unterbrach.

»Du brauchst mir nichts zu sagen, ich habe den Brief gelesen.«

Sie schwiegen beide. Dann flüsterte Lisa, heiser vom Weinen: »Sie hat mich abgesägt, einfach hinausgeworfen.«

Langsam dämmerte ihm, was sie damit meinte.

»Dieser neue Partner von ihr – ist das dein Verlobter?«

Sie nickte. Wieder liefen Tränen über ihre Wangen, aber sie schluchzte nicht mehr.

* * *

Ihr Gesicht war verschmiert gewesen, die Augen geschwollen und die Lippen rau und zerbissen.

Am liebsten hätte er sie geküsst.

»Das wäre dann so ziemlich das Letzte gewesen, was sie

brauchen konnte«, sagte er sich. Juan stand vor seinem Haus und dachte an Lisa.

Schon lange vor dem heutigen Tag hatte er begonnen, viel zu oft an sie zu denken.

Er hätte sie so gerne getröstet. Aber wie?

Also war er nur bei ihr sitzen geblieben, hatte ihre Hand gehalten und ihr zugehört, als sie wieder so weit war, dass sie ein wenig reden konnte.

Sie war dermaßen verzweifelt.

Warum beendete sie die Sache mit ihrer Mutter nicht, warf den ganzen Krempel hin und ging endlich ihren eigenen Weg?

Sie war tüchtig und intelligent. Alle sagten das von ihr. Zuerst Hans und jetzt Jaime, der sie nicht genug loben konnte. Wie schnell sie Spanisch gelernt hatte in der kurzen Zeit, wie gut sie es inzwischen sprach.

Eine Person wie sie konnte überall einen Neuanfang starten. Sicherlich auch in Deutschland. Warum also trennte sie sich nicht von ihren Eltern?

Waren ihr Geld und Prestige wirklich so wichtig, dass sie alle diese Demütigungen hinnahm?

Er schüttelte den Kopf.

Es hatte keinen Sinn, sich etwas vorzumachen. Er war in sie verliebt.

Ausgerechnet in Lisa, ausgerechnet in eine Frau, die er nicht festhalten konnte. Trotzdem wäre sie die Richtige. Diejenige, nach der er gesucht hatte.

Sie konnte so starrsinnig sein! Und stur. Dann wieder so naiv und hilflos.

Wie konnte ein Mensch, der so hilfsbereit und liebenswürdig war, dermaßen karriereversessen sein?

Es half nichts.

Er musste sich damit abfinden. Sie würde nach Deutschland zurückkehren, das stand außer Frage.

Und er tat gut daran, sich in nächster Zeit möglichst fern von ihr zu halten.

Ob sie auch manchmal an ihn dachte?

Wie süß sie gewesen war mit ihrem kleinen Schwips. Und am nächsten Tag wieder ganz die Alte. Bloß nicht übermütig sein, sich bloß niemals gehen lassen.

Er lächelte. Gleich darauf mahnte er sich zur Vernunft.

Sie beide kamen aus völlig verschiedenen Welten, lebten ihr eigenes Leben, verfolgten unterschiedliche Ziele.

Er hatte seinen Weg gewählt. Es wurde Zeit, sich wieder daran zu erinnern. Es führte kein Weg von ihr zu ihm.

Er drehte sich um und ging ins Haus zurück.

Es fiel ihm heute schwer, sich auf seine Arbeit zu konzentrieren. Nicht einmal die Durchsicht der Fachzeitschriften, die er so gerne las, interessierte ihn. Immer wieder schweiften seine Gedanken zu der kleinen Finca hinüber und zu deren Bewohnerin.

* * *

Lisa war wieder einigermaßen ruhig, fühlte sich aber wie ausgebrannt. Sie dachte nicht darüber nach, was für ein Bild sie vorhin abgegeben hatte. Es war egal. Ebenso egal wie alles, was sie bisher geleistet und aufgebaut hatte.

Alles vorbei.

Ihre Mutter hatte gewonnen. Sie würde in dieser Kanzlei niemals wieder arbeiten. Weder mit ihrer Mutter noch mit Lutz.

Lutz. Auch einer der Gewinner.

Finanziell zahlte er jetzt wahrscheinlich einen weitaus höheren Preis für seinen Einzug in die elterliche Kanzlei als bei einer Hochzeit mit ihr. Dafür brauchte er nicht auch noch sie in Kauf zu nehmen.

Eine tiefe Verbitterung breitete sich in ihr aus.

Egal, sie musste sehen, wo sie blieb. Musste sich einen neuen Job suchen.

Finanziell hatte sie es zugegebenermaßen wesentlich leichter als andere. Sie würde nicht darben. Schließlich gehörte ihr immer noch ein Drittel der Kanzlei. Die nach der Fusion an Wert gewinnen würde – wie ihre Mutter so treffend schrieb.

Beruflich war sie dennoch am Ende, noch ehe sie überhaupt angefangen hatte.

Niemand wartete auf die abgeschobene Tochter, alle würden davon ausgehen, dass man sie abserviert hatte, weil sie schlichtweg unfähig war.

Aber irgendetwas Interessantes würde sich schon finden lassen. Zur Not konnte sie eine weitere karitative Organisation betreuen, einfach nur, um etwas Sinnvolles zu tun.

Sie schleppte sich ins Bett. Doch an Schlaf war nicht zu denken. Unruhig wälzte sie sich von einer Seite auf die andere, stand schließlich auf, versuchte ein wenig fernzusehen, legte sich wieder nieder.

Die Nacht war endlos. Am nächsten Morgen stand sie genauso verzweifelt und ohne jede Hoffnung wieder auf.

* * *

Die nächsten Tage schleppten sich dahin. Lisa fand keine Kraft, ihren Kummer zu verbergen. Sie wollte es gar nicht. Sie mochte aber auch nicht darüber reden. Mit niemandem. Nicht einmal mit Marika.

Mechanisch nahm sie ihre Termine in der Gestoria wahr, arbeitete weiterhin als Beraterin. Genauso gleichgültig absolvierte sie ihre Spaziergänge mit Caja.

Nur die Termine mit Jaime sagte sie ab. Keine Selbstbeherrschung der Welt hätte ausgereicht, um diese amüsanten und geistreichen Wortgefechte weiterzuführen.

Darum wunderte es sie, als sie in der folgenden Woche einen Anruf von ihm erhielt. Ob es ihr denn möglich wäre, zu ihm zu kommen, es wäre wichtig, fragte er.

In der Meinung, es handle sich um ein Problem der Gestoria, fuhr sie in sein Haus.

Er empfing sie im Wohnzimmer. Margalida brachte Getränke und zog sich sofort wieder zurück.

»Wie geht es dir?«, fragte Lisa.

»Langsam geht es bergauf. Nächste Woche kommt der Gips ab. Dann wird vieles besser. Nur muss ich leider zur Reha. Margalida besteht darauf. Ich kämpfe darum, dass ich alles weitgehend ambulant absolvieren kann. Noch einmal lasse ich mich nicht einkasernieren.«

»Sie hat recht. Du musst dir ausreichend Zeit nehmen, und dazu gehört sicher jede Menge Therapie.«

»Dann wenigstens von zu Hause aus«, beharrte er.

Sehr schnell allerdings kam er auf sein eigentliches Anliegen zu sprechen.

»Was ist los mit dir, Lisa? Was ist passiert?«

Sie vermeinte Kritik zu hören.

»Hab ich etwas falsch gemacht?«, brachte sie mühsam heraus.

»Lisa«, er wandte sich zu ihr, »du hast gar nichts falsch gemacht, wenn, dann eher alle anderen. Komm her zu mir, setz dich, damit ich dich ansehen kann.«

Seine Stimme war ruhig wie immer, er blickte forschend in ihr Gesicht.

Lisa gehorchte.

Er fasste nach ihren Händen. »Ich darf dich erinnern, was ich dir bei unserem ersten Zusammentreffen gesagt habe. Dass ich Hans versprochen habe, auf dich achtzugeben. Ich weiß, du passt schon auf dich selbst auf. Aber zurzeit gelingt es dir nicht besonders gut.«

Er unterbrach sich, streichelte begütigend ihren Arm.

»Also, was ist los? Wer hat dir wehgetan?«

Sein Verständnis trieb ihr die Tränen in die Augen, dabei hatte sie geglaubt, keine mehr zu haben.

Sie schüttelte den Kopf.

»Ich weiß, du meinst es gut. Aber ich kann nicht – das heißt, ich will nicht darüber reden«, sagte sie.

»Du hast deinen Job verloren. Wieso? Dir gehört doch die Kanzlei?«, fragte er.

»Woher weißt du das?« Ihre Stimme klang schrill.

»Juan war bei mir.« Bevor sie weitersprechen konnte, hob er die Hand, brachte sie zum Schweigen, dann fuhr er fort.

»Er hat mir nichts erzählt. Außer dem, was hier ohnehin jeder längst weiß. Dass etwas Schlimmes passiert ist, dass du völlig fertig bist, niemanden an dich heranlässt, dich einsperrst und mit niemandem sprichst. Er sagte nur, es ginge um deinen Job in Deutschland, und es wäre an der Zeit, mich um dich zu kümmern.«

»Wer redet darüber. Wen interessiert es, ob ich irgendein Problem habe.« Ihre Stimme war zu laut und zu hoch.

Jaime fuhr fort, ihren Arm zu streicheln.

»Lisa, du bist hier nicht allein auf der Welt. Wir sind Freunde. Du selbst hast es mehrmals gesagt. Natürlich machen wir uns Sorgen um dich. Glaubst du, Cati merkt nichts oder Francisca? Denkst du, nur weil sie nichts sagt, ist Marika nicht völlig außer sich, weil du so elend aussiehst? Auch Juan ist es nicht egal, genauso wenig wie mir und Margalida. Was, denkst du, sollen wir jetzt machen? Uns umdrehen und abwarten, bis du zusammenklappst? Lisa, Mädchen, Freunde hat man nicht nur, um mit ihnen zu lachen. Freunde sehen nicht weg, wenn es einem von ihnen schlecht geht.«

Er schwieg.

Lisa saß stumm neben ihm. Ein Kloß steckte in ihrem Hals. Sie konnte nicht sprechen. Sie wollte auch nicht.

Warum ließ man sie nicht in Ruhe.

»Lasst mich doch bitte einfach in Ruhe. Ich will nicht darüber sprechen.« Sie weinte wieder, merkte es nicht einmal.

»Wer hat dir wehgetan?«

»Alle.« Hatte *sie* so geschrien?

Dann gab sie nach. Stockend zunächst, erzählte sie die ganze Geschichte.

»Sie haben mich einfach abserviert. Es wird sich überall herumsprechen. Niemand wird mir mehr eine verantwortungsvolle Stelle anbieten. Ich bin zu nichts mehr nütze«, schloss sie.

Er schwieg lange.

»Weißt du, es ist eine alte Weisheit. Nichts wird so heiß gegessen, wie es gekocht wird. Ich will deine Eltern nicht in Schutz nehmen. Aber glaub mir: Vieles von dem, was dir jetzt so großen Kummer bereitet, ist möglicherweise ein Missverständnis. Zugegeben, ich sehe die Geschichte ein wenig anders als du. Mehr aus der Warte deines Vaters. Ich glaube nicht, dass er weiß, wie gerne du mit ihm zusammenarbeiten würdest. Warum sagst du es ihm nicht? Deine Mutter ist ein völlig anderer Mensch als du. Ihr bedeutet Karriere alles. Sie versteht dich vielleicht nicht, aber sie ist trotzdem deine Mutter und möchte das Beste für dich. Gib ihr eine Chance, dann wird sie dir sicherlich weiterhelfen. Du musst sagen, was du willst. Das ist ein sehr weiser Satz. Wir glauben immer, dass alle wissen, was wir uns wünschen. Aber so ist es nicht. Die Welt ist voller Missverständnisse. Darum sag deinen Eltern einfach, was du dir vorstellst. Und mit etwas gutem Willen ergibt sich daraus für alle Beteiligten eine tragfähige Basis.«

Wieder schwieg er. Lisa saß stumm neben ihm. Seine Sichtweise verwirrte sie, sie wollte widersprechen, aber ihr fiel nichts ein. Sie ließ den Kopf hängen und versuchte nachzudenken.

»Weil wir gerade so offen miteinander reden«, ergriff Jaime nach einer beinahe endlosen Pause wieder das Wort, »werde ich den Rat, den ich dir soeben gegeben habe, gleich selbst anwenden. Ich würde dir gerne sagen, was *ich* will. Darf ich?«

Als Lisa erstaunt aufblickte und nickte, fuhr er fort.

»Ich habe eine solide Kanzlei aufgebaut. Nichts Spektakuläres, aber sie geht gut. Meine Angestellten sind meine Freunde. Wir haben genügend Aufträge und einen bescheidenen, aber sicheren wirtschaftlichen Erfolg. Ich lebe für diese Kanzlei, sie war immer mein Traum. Ein Traum, der sich erfüllt hat. Ich habe sehr schwer dafür gearbeitet. Margalida kann dir viel davon erzählen. Wie mühsam es am Anfang war, wie oft ich wochenlang ohne Ruhetag durcharbeiten musste, meine Familie vernachlässigt und Geburtstage, Hochzeitstage einfach vergessen habe. Jetzt ist es geschafft, ich könnte mir mehr Ruhe gönnen. Etwas unternehmen. Aber ...«

Er ließ ihre Hände los, richtete den Blick geradeaus in die Ferne.

»Mein Problem ist, dass sich niemand für meine Arbeit interessiert. Kein Wunder. Meine Kinder sehen in der Kanzlei nur den Störfaktor, der zwischen ihnen und ihrem Vater steht. Ich habe jede Hoffnung aufgegeben, zusammen mit meinem Nachfolger weitermachen zu können. Bis du gekommen bist.«

Wieder unterbrach er, wandte sich zu der erstaunt lauschenden Lisa.

»Du bist der Sohn, oder besser: die Tochter, die ich mir gewünscht habe. Du liebst diesen Beruf genauso wie ich. Hast dieselben Vorstellungen und Zielsetzungen. Wenn du meine Nachfolgerin werden würdest, wäre ich glücklich. Ich weiß, du hast andere Pläne. Du siehst zurzeit den Mittelpunkt deiner beruflichen Tätigkeit in Deutschland. Trotzdem sage ich es dir. Bitte denk darüber nach. Du musst heute gar nichts entscheiden. Aber wenn – und wann immer – du dazu bereit bist, ich und meine Gestoria, wir warten auf dich.«

Selten war sie so verwirrt gewesen. Selten so ratlos.

Vor wenigen Stunden noch war sie sicher gewesen, einer der unglücklichsten Menschen zu sein. Nichts hätte sie aufmuntern können. Und jetzt?

Es war, als hätte ihr jemand ein Pflaster auf eine Wunde gelegt. Jaime. Er glaubte an sie, würde ihr zutrauen, seine Nachfolgerin zu werden.

Mehr noch, er wünschte es sich.

Sie wusste, dass sie sein Angebot nicht annehmen konnte. Ihr Platz war in Deutschland.

Dennoch hätte nichts und niemand sie dermaßen trösten können, wie Jaime das soeben getan hatte.

KAPITEL 12

Nur langsam fand Lisa in ihren gewohnten Rhythmus zurück.

Seit Wochen vermied sie jeden Kontakt mit ihren Eltern.

Zwar gingen ihr Jaimes Worte unablässig im Kopf herum – trotzdem konnte sie sich nicht entschließen, ihren Vater zu kontaktieren.

In der Gestoria fühlte sie sich aufgehoben und sicher. Die routinemäßigen Arbeitsabläufe waren ihre Stütze. Sie konnte bereits alle ihre Kunden alleine beraten, nur selten benötigte sie noch die Hilfe der Kollegen.

Am Pausentratsch nahm sie wieder teil, auch nach der Arbeit ging sie auf einen Drink mit, dennoch war etwas anders. Etwas in ihr war zerbrochen. Sie fühlte sich entwurzelt, gehörte weder dahin noch dorthin.

Auch Juan hatte sie wiedergesehen. Doch da war etwas Fremdes zwischen ihnen, als hätten sie einander nichts mehr zu sagen. Vorbei die Zeit der Vertrautheit und des unbeschwerten Umgangs.

Lisa ging viel spazieren. Der Aufenthalt in der Natur tat ihr gut, obwohl der Anblick der langsam erwachenden Landschaft sie längst nicht mehr so begeisterte wie noch vor wenigen Wochen.

Die Mandelblüte war vorüber. Zartes Grün schmückte die Bäume, unzählige Blumen wuchsen an den Wegrändern. Erste Boten des Frühlings.

An einem dieser Tage beschloss Lisa, einen lange geplanten Fußmarsch von ihrer Finca bis zur Stadt hinüber zu machen.

Gute zwei Stunden benötigte sie für den Hinweg.

Da sie noch mit Maria-Jose, die sie vor ihrem Lieblingslokal traf, länger geplaudert hatte, war es bei ihrem Rückweg wesentlich später als vorgesehen.

Langsam zog die Dämmerung herauf. Noch hatte sie genügend Licht, um den Weg genau zu erkennen.

»Verlaufen kann ich mich hier wohl nicht«, versuchte sie, sich zu beruhigen.

Es wurde immer dunkler, nicht nur wegen der späten Uhrzeit. Dichte Wolken zogen auf, und es begann leise zu nieseln.

Auch das noch. Warum hatte sie nicht daran gedacht, eine Regenjacke mitzunehmen. Hoffentlich wurde der Regen nicht noch stärker.

Schleunig ging sie weiter. Trotz des forschen Tempos wurde ihr kühl. Der Regen durchfeuchtete ihre Jacke, die Hände fühlten sich klamm an, und die Haare klebten nass an ihren Wangen.

Um sich selbst Mut zu machen, sprach sie laut mit der Hündin.

»Caja, komm schon, es ist nicht mehr weit bis nach Hause, die Hälfte des Weges haben wir bestimmt hinter uns.«

Es wurde dunkler, immer rutschiger wurden die Steine auf dem Fincaweg. Lisa musste aufpassen, dass sie nicht stolperte, und zügelte das Tempo. Es regnete stärker.

Wie weit war es noch? Beim Hinweg schien ihr alles wesentlich näher zu sein. Gleich würde sie die asphaltierte Straße erreichen, von dort hätte sie höchstens noch eine halbe Stunde. Vor allem müsste sie dann nicht so sehr auf den Weg achten wie auf dem rutschigen Geröll.

Ihr wurde immer kälter.

Sie versuchte sich zu beruhigen und begann die Bäume zu zählen, an denen sie vorbeikam. Dabei übersah sie einen Stein in der Mitte des Weges.

»Au!« Sie stolperte und konnte sich gerade noch mit den Händen abstützen, um den Aufprall zu mildern.

Als sie auftreten wollte, zuckte ein stechender Schmerz durch ihren Fuß.

»Au!«, schrie sie ein zweites Mal. »Auch das noch.« Irgendetwas war ausgerenkt. Sie versuchte aufzustehen. Aber der Fuß ließ sich nicht belasten.

Sie zwang sich zur Ruhe, kämpfte gegen die aufsteigende Angst an. Schließlich war sie hier nicht in der Wildnis, konnte immer noch mit dem Handy Hilfe holen.

Irgendwie schaffte sie es, sich auf dem zweiten Fuß aufzustellen. Caja saß geduldig neben ihr und wartete.

»Gleich geht es wieder«, sagte sie mehr zu sich selbst, »dann gehen wir weiter.«

Aber der Schmerz hörte nicht auf, im Gegenteil, er wurde immer schlimmer. Der Fuß schmerzte jetzt sogar, wenn sie ihn nicht belastete.

Mehr hüpfend als gehend versuchte sie weiterzukommen, musste aber einsehen, dass das ein sinnloses Unterfangen war.

Wieder kroch Furcht in ihr hoch. Inzwischen war es völlig dunkel. Lautlos fiel der Regen. Wo war sie hier überhaupt?

»Ich muss Marika anrufen.« Der Gedanke beruhigte sie.

Sie suchte in der Tasche nach ihrem Handy. Drückte auf die Tasten. Kein Empfang.

Das konnte doch nicht wahr sein!

Sie versuchte, einige Meter weiterzukommen, probierte es wieder. Nichts.

Immer klarer wurde ihr, dass sie nicht in der Lage war, irgendjemanden zu verständigen.

»Denk logisch«, versuchte sie wieder gegen die Panik anzukämpfen, als ihr bewusst wurde, dass sie hier und heute von niemandem mehr gefunden werden konnte.

Sie sah sich um. Rundherum nur Fincaboden und Mandelbäume. In der Ferne hörte man hin und wieder das Bimmeln von Schafen. Scheinbar endlos lag der Weg vor ihr, der sie zur sicheren Straße bringen würde.

Auf der rechten Seite stieg das Gelände leicht an. Ein wenig weiter erblickte sie ein Gemäuer, eine Art Unterstand.

»Ich muss dort hinauf. Vielleicht habe ich oben einen besseren Empfang, und wenn nicht, ist es wenigstens trocken. Irgendwie überlebe ich dann vielleicht die Nacht«, dachte sie mit einem Anflug von Galgenhumor.

Es war schwieriger, als sie es sich vorgestellt hatte. Der Boden war glitschig, das Bein schmerzte bei der kleinsten Bewegung. Sie musste die Leine loslassen, benötigte ihre Hände dringend zum Abstützen. Irgendwie kletterte sie – zum Teil auf allen vieren – den Hang hinauf. Caja trottete hinter ihr her.

Schon glaubte sie, den Unterstand erreicht zu haben, wollte nach dem Handy greifen, nur um zu sehen, ob es endlich funktioniert. Mühsam hielt sie sich aufrecht.

Wie es passierte, hätte sie später nicht genau sagen können. Sie verlor das Gleichgewicht, versuchte noch, mit dem verletzten Fuß Halt zu erlangen. Ein stechender Schmerz durchfuhr sie, sie rutschte ab. Dann war da diese Steinplatte, glitschig vom Regen. Sie fiel. Schlug mit dem Kopf gegen etwas Hartes, spürte, wie sich der Schmerz in ihr ausbreitete. Sie schrie auf. Ihre Hand griff ins Leere.

Dann wurde es schwarz um sie.

* * *

Als Lisa zu sich kam, war alles still und dunkel. Sie konnte sich kaum bewegen. Jeder Atemzug schmerzte. Sie fror entsetzlich.

Unablässig fiel der Regen. Sie empfand eine lähmende Angst.

»Caja«, flüsterte sie, »Caja.« Nichts regte sich. »Wo bist du? Ich kann doch hier nicht so liegen bleiben.«

Sie versuchte, sich zu bewegen. Alles tat weh. Der Kopf dröhnte, sie konnte sich nicht aufsetzen. In ihrem Bein schien ein Messer zu stecken. Sie war ganz steif vor Kälte.

Wieder stieg Panik in ihr auf.

Wo war das Handy. Es war nicht da. Sie musste es beim Sturz verloren haben. Wenn sie es wenigstens bis zur Hütte schaffen würde – wenigstens etwas Schutz vor dem Regen.

Sie versuchte, gegen den Schmerz anzukämpfen. Schob sich weiter vorwärts, ein Stück in Richtung des trockenen Unterstandes. Und verlor abermals das Bewusstsein.

* * *

Marika war eben erst von einem längeren Besuch bei einem Kunden zurückgekehrt und beeilte sich, ihre Tiere zu versorgen. Sie wusch Wasserschüsseln aus, füllte Näpfe, verteilte Leckerlis und hatte für jeden ihrer Lieblinge ausreichend Streicheleinheiten bereit.

Es war spät, als sie erschöpft in ihr Haus zurückging, um sich ein Abendbrot zu richten, das sie gemütlich vor dem Fernseher genießen wollte.

Lautes Bellen schreckte sie auf.

»Ruhe! Macht nicht so einen Lärm, sonst werden wir noch alle gekündigt!«, rief sie den Hunden zu, die aufgeregt vor dem Tor herumsprangen. Die Aufforderung war nicht von Erfolg gekrönt, also trat sie in den Regen hinaus, um die Tiere zu beruhigen.

Da hörte sie es. Ein lautes, fast hysterisches Bellen.

»Was ist denn da los«, dachte sie und lief zum Tor.

Sie schob die schwere Türe etwas zur Seite.

»Caja, was machst du denn da, bist du ausgebüxt, warum bellst du so?«

Marika wollte nach der Hündin greifen. Diese sprang jedoch zurück, lief einige Schritte weiter und fing abermals an, wie verrückt zu kläffen. Dann kam sie ein wenig näher, bellte wieder, wendete, lief erneut einige Schritte und bellte ständig weiter. Dabei schüttelte sie den Kopf. Speichel klebte um ihr Maul, bildete weiße Schaumkronen. Beunruhigt trat Marika vor das Tor. Sie ging in die Hocke, sprach begütigend auf die Hündin ein, rief ihren Namen.

Caja kam vorsichtig heran, legte sich kurz nieder, sprang sofort wieder auf und begann von Neuem mit ihrem wilden Gebell. Marika griff schnell zu, erwischte die Leine.

Da sah sie es. Die schöne Lederleine, die Lisa erst letzte Woche gekauft hatte, war in der Mitte abgerissen, das Stück mit dem Griff fehlte.

»Caja, was ist passiert, wo ist Frauchen?«

Geistesgegenwärtig fasste Marika nach dem Halsband, schob den immer toller bellenden Hund beim Tor hinein.

»Ist ja gut, wir kriegen das hin, Caja, hör auf zu bellen, Platz!«

Doch der Hund war nicht zu beruhigen, immer lauter wurde das Bellen, immer schneller die Bewegungen.

Zutiefst beunruhigt griff Marika zum Telefon.

Sie wählte Lisas Nummer, doch das Handy war offensichtlich ausgeschaltet. Also lief sie die Stufen zu ihrer Dachterrasse hinauf, von der aus sie einen ausgezeichneten Blick bis zu Lisas Finca hatte.

Alles war finster.

Marika nahm die Schlüssel, die Lisa bei ihr deponiert hatte, zwängte sich aus dem Tor hinaus, lief den Weg zu Lisas Haus.

Sie ermahnte sich, nicht zu schnell zu rennen, aber die aufkeimende Furcht war stärker. Sie erreichte die Finca, rief, klopfte und sperrte schließlich auf.

Hier war schon längere Zeit niemand mehr gewesen. Die Klimageräte waren ausgeschaltet, kühl und leer lag das Haus vor ihr.

Immer stärker fiel der Regen.

»Bitte lass ihr nichts passiert sein.«

Immer wieder sagte sich Marika den Satz vor, während sie keuchend zurückrannte. Wo war Lisa, wohin war sie gegangen? Was konnte ihr zugestoßen sein?

Lisa befand sich in Gefahr – das war Marika inzwischen klar.

Atemlos erreichte sie das Haus.

Juan verstand nur einzelne Wortfetzen, als er ihren Anruf entgegennahm. »Lisa … Caja ist da, die Leine … ich muss sie suchen gehen.«

Nur mit Mühe gelang es ihm, sie so weit zu beruhigen, dass sie ihm einen einigermaßen brauchbaren Bericht liefern konnte. Sie davon zu überzeugen, auf ihn zu warten, kostete weitere Anstrengung.

»Du machst es schlimmer, wenn du in Panik bist. Wir müssen sie gezielt suchen. Ich hole Antonio. Er hat die Notfallausrüstung und die Fährtenleine. Rühr dich nicht von der Stelle, wir sind gleich bei dir. Und beruhige den Hund. Sieh zu, dass er etwas trinkt. Versuch es mit Wasser und einem Löffel Milch darin.«

Als Juan wenig später den Weg zur Finca fuhr, hinderte ihn nur seine eiserne Beherrschung daran, ebenso panisch zu sein wie Marika.

Antonio telefonierte inzwischen mit der Polizei.

»Sie erwarten unseren Anruf. Wenn wir Lisa in der nächsten halben Stunde nicht finden, kommen sie her.«

»Du weißt, dass der Helikopter bei diesem Sauwetter nicht starten kann.« Nur mit Mühe gelang es Juan, die Lautstärke seiner Stimme zu dämpfen.

»Reg dich nicht auf, es ist sicherlich nichts Schlimmes. Du wirst sehen, es gibt eine einfache Erklärung«, versuchte Antonio den Freund zu beruhigen. Es klang wenig überzeugend, auch Antonio war äußerst besorgt.

Wie selbstverständlich übernahm Juan das Kommando.

Tatsächlich war es Marika gelungen, den Hund ein wenig zu beruhigen. Mit zitternden Flanken stand Caja vor dem Tor. Sie hechelte und winselte ununterbrochen – aber sie bellte nicht mehr.

»Antonio, nimm sie an die Fährtenleine. Wo will sie hin, den Berg hinauf? Okay, los dann. Marika, du fährst hinter uns her.«

Als hätte sie nie in ihrem Leben etwas anderes gemacht, strebte die Hündin mit gespannter Leine den Weg zurück, in Richtung der Bergkuppe.

Der entscheidende Anruf kam eine Viertelstunde später.

»Das war Toni, von der Lokalpolizei. Er hat sich im Ort umgehört und Maria-Jose getroffen. Sie sagte, dass sie sich mit Lisa vor knapp drei Stunden noch bei der Cafeteria unterhalten hätte. Lisa wollte anschließend zu Fuß nach Hause zurück.«

»Ist sie verrückt?«, entfuhr es Juan.

»Aber die Richtung stimmt. Wenn sie wirklich zu Fuß gegangen ist, muss sie um den Berg herumgelaufen sein. Also stimmt der Weg, den Caja anzeigt.«

Es war stockfinster, ein Vorhang aus Regentropfen spiegelte sich im Licht der Scheinwerfer.

Bei dem rasanten Tempo, das die Hündin vorgab, hatte Antonio es längst aufgegeben, hinter ihr her zu laufen, er fuhr in Juans Wagen mit und hielt die zehn Meter lange Leine durch das geöffnete Fenster.

Zielstrebig lief Caja voran, sie bog auf die asphaltierte Straße ein, erhöhte nochmals das Tempo. Immer bergauf und in Richtung der Bergkuppe lief sie, bis zu der Anhöhe, von der aus der steinige Weg abzweigte, der um den höchsten Berg der Gegend herum zur Stadt führte.

Juan stellte den Wagen auf Allradbetrieb und bog in den rutschigen Weg ein. Seine Hände umklammerten das Lenkrad, auf seiner Haut hatte sich ein Film aus kaltem Schweiß gebildet.

* * *

Stück für Stück kehrte ihre Erinnerung zurück. Lisa dämmerte vor sich hin, spürte keine Schmerzen mehr und auch keine Kälte. Selbst die Angst war weg. Sie schwebte zwischen Wachen und Schlafen, fühlte den Regen auf ihrem Gesicht. Wie spät war es? Wie viel Zeit war inzwischen vergangen? Wo war Caja? Wieder lähmte sie die Müdigkeit.

Das Geräusch eines Wagens riss sie aus ihrem Dämmerzustand. Angestrengt versuchte sie, etwas zu erkennen, alle Sinne gespannt.

Ein Wagen, es war tatsächlich ein Motor.

Sie hielt die Luft an und horchte. Das Geräusch kam näher.

Sie sah Scheinwerfer. Zwischen den Baumkronen fraßen sich die Lichter durch die Dunkelheit.

»Hier, ich bin hier.« Sie versuchte zu schreien, es kam nicht einmal ein Flüstern.

Dann war der Wagen da, bremste – das Geräusch rutschender Reifen, eine Wagentür. Noch ein zweiter Wagen hielt. Stimmen.

Sie hörte ihren Namen rufen. »Lisa, wo bist du?«

Etwas Weiches, eine Zunge, eine kalte Schnauze, jemand schleckte über ihr Gesicht.

»Geh zurück, Caja, braver Hund, geh zurück.« Juans Stimme.

»Lisa, ganz ruhig, hörst du mich? Rühr dich nicht. Bitte beweg dich nicht. Sie ist hier, kommt her, ich brauche Hilfe!«

Noch mehr Stimmen – Antonio, Marika.

Lisa schrie auf, als Juans Hände ihr Bein bewegten. Sie spürte, wie er sie untersuchte, ihre Wirbel abtastete, ihre Beine.

»Spürst du das? Sehr gut, und das, spürst du das auch?«

Antonio, der sie vorsichtig festhielt, Marika, deren kreideweißes Gesicht über ihr auftauchte.

»Bringt mir die Halskrause und Decken. Ich glaube nicht, dass sie etwas gebrochen hat. Aber ich will sie im Moment nicht zu viel bewegen.«

Etwas wurde um ihren Nacken gelegt, dann spürte sie, wie sie hochgehoben wurde.

Jemand trug sie, legte sie vorsichtig in den Wagen.

»Fahr du, ich setze mich zu ihr.« Juans Stimme.

Beruhigende Worte. Hände, die sie hielten. Sie dämmerte vor sich hin. Bekam von der Fahrt nicht viel mit.

»Wieso?«, setzte sie an.

»Pst, nicht sprechen. Du bist gestürzt. Caja ist zu Marika gelaufen. Jetzt fahren wir dich ins Krankenhaus.«

»Ich will nicht.« Sie versuchte den Kopf zu drehen, aber der Schmerz ließ sie aufschreien.

»Bitte, Lisa, halt still, beweg dich nicht. Ich kann dich nicht fest genug halten.« Wieso klang Juans Stimme so gehetzt, so atemlos?

Plötzlich war alles in gleißendes Licht getaucht. Menschen in weißen Kitteln, eine Bahre. Juan, der ihre Hand festhielt. Der irgendetwas erklärte.

Ein Stich in ihrem Arm, Gesichter, die sich über sie beugten. Jemand schälte sie aus ihren Kleidern.

»Lisa, hast du irgendwelche Allergien, welche Medikamente nimmst du regelmäßig?«, hörte sie Juan fragen.

Sie wollte antworten. Es wurde nur ein Flüstern. Er schien sie trotzdem zu verstehen.

»Wir werden eine CT-Aufnahme machen, du musst keine Angst haben, und zuvor überprüfen sie noch deine Blutwerte.«

»Juan, bitte, geh nicht weg.« Lisa versuchte sich aufzusetzen, wurde jedoch sofort wieder niedergedrückt.

»Ich bin bei dir, ich gehe nicht weg. Hab keine Angst. Ich warte vor der Tür.«

»Haben Sie Schmerzen, Doña Lisa? Wir geben Ihnen sofort etwas, ein bisschen Geduld noch bitte.« Die Stimme der Schwester war sanft.

Lisa wurde ruhiger, sie hörte die Geräusche ringsherum wie durch Watte. Keine Schmerzen mehr, ihr wurde warm.

Wieder dämmerte sie vor sich hin. Apathisch nahm sie die Untersuchung wahr, irgendjemand sprach mit ihr. Aber vielleicht sprach er gar nicht mit ihr. War das Juan?

Wo war sie überhaupt?

Ein Bett. Sie lag in einem weichen Bett. Ja, es war Juan, er war bei ihr. Sie schlief ein.

* * *

Als sie aufwachte, war es Nacht. Sie tastete nach ihrem Kopf, er war bandagiert. Wo war sie? Langsam fiel ihr alles wieder ein.

Sie musste sich bewegt haben.

Eine Gestalt löste sich aus der Ecke, kam näher, die Lampe neben ihrem Bett ging an. Juan.

»Du bist im Krankenhaus, erinnerst du dich?«

Lisa versuchte zu nicken. »Was machst du hier?« Ihr Mund war staubtrocken, sie konnte nicht richtig sprechen.

Eine Tasse wurde an ihre Lippen geführt.

»Du hast eine leichte Gehirnerschütterung und eine Bänderzerrung im Fuß. Keine sonstigen Verletzungen, außer einigen Prellungen und einer kleinen Schürfwunde. Du hast unglaubliches Glück gehabt.«

»Wieso bist du hier?«

»Ich habe dir doch versprochen, bei dir zu bleiben.« Er setzte sich zu ihr aufs Bett. »Wie geht es dir, hast du Schmerzen? Soll ich dir etwas bringen?«

Wieder bewegte sie den Kopf. Sie war so müde. »Du musst nicht hierbleiben, du musst arbeiten, fahr nach Hause, ich …«

Er unterbrach sie. »Kannst du ein einziges Mal in deinem Leben tun, was man dir sagt? Meine Güte, Lisa, du hättest dir weiß Gott was brechen können. Wir waren völlig verrückt vor Sorge um dich. Jetzt bleibst du in diesem Krankenhaus und wirst wieder gesund. Ich gehe nicht fort, bis ich sicher bin, dass du klarkommst.«

Seine Hand strich über ihren Kopf.

»Schlaf jetzt. Mach die Augen zu und schlaf.«

Es war so einfach, nachzugeben, merkte sie. Aber hatte sie denn eine andere Wahl? Lisa fielen die Augen zu vor Müdigkeit. Das Letzte, was sie wahrnahm, war, dass Juan das Licht ausschaltete.

* * *

Seine Stimme weckte sie. Er stand in der Tür und sprach leise mit der Schwester.

Lisa drehte den Kopf und begegnete seinem Blick.

Sofort war er bei ihr. Die Schwester folgte ihm.

»Ausgeschlafen? Guten Morgen. Wie geht es dir?«

»Gut«, versuchte sie zu sagen. Juans Gesicht war grau. Sie hatte ihn noch nie so erschöpft gesehen.

»Juan, bitte, ich möchte hier fort. Ich will nicht im Krankenhaus bleiben.«

»Du bleibst da. Hör auf, so stur zu sein.«

»Du bist genauso stur. Ich habe dir gesagt, dass du nach Hause fahren sollst.«

Er schüttelte den Kopf, fuhr sich durch das ohnehin schon zerzauste Haar.

»Was soll ich bloß mit dir machen. Vor wenigen Stunden noch haben wir vor Sorgen nicht aus und ein gewusst, und jetzt versuchst du schon wieder, deinen Willen durchzusetzen. – Also gut«, er hob die Stimme, als er merkte, dass sie ihn gleich wieder unterbrechen würde, »wir warten, was die Ärzte mittags sagen, dann rede ich mit ihnen. Einverstanden? Als Gegenleistung bist du ausnahmsweise einmal brav und machst, was man dir sagt. Ich fahre nur kurz nach Hause. Mittags bin ich wieder bei dir, in Ordnung?«

»Du musst nicht wieder herkommen«, fing sie an. Sein Blick brachte sie zum Schweigen.

Er küsste sie auf die Schläfe – brüderlich, liebevoll.

»Danke«, flüsterte sie.

»Vergiss nicht, du gehorchst, das ist der Deal.«

Er ging.

Nur langsam verging der Morgen in dem fremden Krankenhaus. Freundliche Schwestern kümmerten sich um sie. Sie bekam Frühstück, wurde an eine Infusion angeschlossen. »Für den Kopf«, sagte die Schwester. Lisa bemerkte, dass man ihr einen Venenkatheter gelegt hatte.

Dann kam die Visite.

»Ich bin Miguel Sanchez«, wandte sich der Chef der Gruppe an Lisa, »du hast eine Gehirnerschütterung und eine stärkere Zerrung, sonst Gott sei Dank nichts. Aber das hat dir Juan ja bereits gesagt. Ich soll dir ausrichten, dass er etwas später kommt. Den Rest kläre ich mit ihm ab.«

»Wann kann ich nach Hause? Bitte, Doktor, ich möchte nach Hause.«

»Miguel. Ich bespreche alles Weitere mit Juan. Vorerst einmal sollst du bitte liegen bleiben und dich ausruhen. Du bekommst heute noch zwei weitere Infusionen.«

Weg war er. Und der Tross mit ihm.

Lisa unterdrückte den aufsteigenden Groll. »Was heißt, er wird alles mit Juan besprechen? Ich bin die Patientin«, dachte sie. Gleich darauf zwang sie sich zur Ruhe.

Alle waren unglaublich um sie bemüht. Sollte er doch alles mit Juan besprechen. Keinesfalls würde sie auch nur eine Minute länger in diesem Krankenhaus bleiben. Das konnte ihr niemand verbieten.

Es war beinahe drei Uhr nachmittags, als Juan endlich kam.

Unruhig hatte Lisa schon die ganze Zeit über auf die Uhr geblickt.

»Endlich«, entfuhr es ihr.

Er beugte sich über sie.

»Das höre ich gerne, dass du mich so herbeisehnst.« Er lächelte. »Wie fühlst du dich?«

»Gut, ich will nach Hause. Herumliegen kann ich dort auch.«

»Ich habe schon gehört. Du kommandierst also wieder einmal mit der ganzen Welt herum. Schon gut, schon gut«, grinste er, als sie auffahren wollte. »Ich habe gerade mit Miguel gesprochen, dem Oberarzt, wie du inzwischen vielleicht mitbekommen hast. Wenn du machst, was man dir sagt, nehme ich dich mit. In einer Woche sollen wir zur Kontrolle wiederkommen. Versprichst du, dass du dich an die Anordnungen hältst?«

»Juan, danke.« Spontan warf Lisa die Arme um seinen Hals, spürte, wie er sie an sich drückte. Verlegen rückte sie von ihm ab. »Wann fahren wir?«

»Ich muss noch den Papierkram erledigen, außerdem hole ich deine Medikamente. Marika hat dir frische Sachen eingepackt. Du kannst dich inzwischen anziehen. Ich schicke die Schwester. Und …«, er blieb in der Mitte des Raumes stehen, »Regel Nummer eins. Du darfst den Fuß auf keinen Fall belasten. Außerdem hast du eine Gehirnerschütterung, auch wenn du im Moment nichts davon spürst. Also hüpfst du hier nicht ohne Hilfe in der Gegend herum. Ist das klar?«

»Jawohl, Herr Doktor.« Lisa war zu glücklich, um zu widersprechen. Sie durfte nach Hause, Juan nahm sie mit. Also würde sie in ihrem Bett liegen bleiben. Hauptsache, sie war erst einmal dort.

Sie war Juan unglaublich zu Dank verpflichtet. Was hatte er nicht alles für sie getan. Verlegen dachte sie an die lange Nacht, die er wachend bei ihr geblieben war – und Marika, und Antonio. Sie wusste gar nicht, wo sie anfangen sollte.

Ja, gestand sie sich ein, sie hatte Glück gehabt. Wenn … sie wagte nicht, den Gedanken weiterzudenken, was passiert wäre, wenn die Freunde sie nicht gefunden hätten.

Wenn Caja nicht zu Marika gelaufen wäre.

Immer noch konnte sie es nicht fassen. Waren Hunde wirklich so intelligent?

»Woher wusste Caja, was sie machen muss?«, fragte Lisa, als sie neben Juan im Auto saß.

»Ich weiß es nicht. Diese Rasse wird natürlich sehr gerne für Rettungseinsätze genommen. Es gibt jede Menge Kurse dafür – auch für Leute, die darin lediglich ein schönes Hobby sehen. Schon möglich, dass ihre Vorbesitzer solche Kurse absolviert haben. Ich würde sogar sagen, es ist wahrscheinlich. Du hättest Caja sehen sollen. Sie hat genauso agiert, wie man es diesen Hunden beibringt. Den ganzen Weg ist sie auf ihrer eigenen Fährte zurückgelaufen.«

»Ich habe Glück gehabt«, stellte Lisa fest.

»Ja, hast du. Hör zu, ich wollte dich eigentlich nicht zur Rede stellen. Ehrlich gesagt, bin ich viel zu froh über den Ausgang deines Abenteuers. Aber du warst unglaublich leichtsinnig.«

Lisa begehrte auf. »Ich bin doch nur gewandert. Das machen Hunderte, nein Tausende von Menschen. Der Rest war einfach Pech. Wenn ich mit dem Handy hätte telefonieren können, wäre alles nicht so schlimm gekommen.«

»Du musst hier in der Gegend aber mit Funklöchern rechnen. Natürlich kann dir niemand verbieten, alleine durch die Gegend zu streifen. Vielleicht denkst du das nächste Mal daran, Bescheid zu geben, wenn du so einen einsamen Weg gehen willst. Damit man weiß, wo du bist. Und wenn es so spät wird, solltest du den Rückweg auf keinen Fall mehr antreten.«

Er warf ihr einen schnellen Blick zu und hakte nach. »Versprichst du mir das?«

»Ich verspreche es.«

»Lisa gibt nach! Wer hat das jemals gehört. Jetzt weiß ich, dass du wirklich krank bist«, zog er sie auf.

Sie musste lachen. »Du hast recht, ich bin schließlich auf den Kopf gefallen.«

Als sie sich dem Haus näherten, bog Juan vom Weg ab und fuhr zu seiner eigenen Finca hinauf.

»Musst du noch in die Klinik? Habe ich euren Arbeitstag einmal mehr gänzlich durcheinandergebracht?«, fragte sie schuldbewusst.

»Nein, Antonio hat alles im Griff. Heute Abend bleibe ich bei dir. Damit du nicht gleich wieder etwas anstellst.«

Er parkte vor dem Haus, kam um den Wagen herum, half ihr heraus.

»Was machen wir hier?«

»Na, was wohl. Du bleibst bei mir. Damit ich dich versorgen kann. Oder hast du geglaubt, dass ich dich alleine zu

Hause lasse? Lisa, du hast eine Gehirnerschütterung und musst absolute Bettruhe einhalten. Außerdem brauchst du immer noch Infusionen. Sie haben dich aus dem Krankenhaus nur herausgelassen, weil ich mich verbürgt habe, deine Behandlung zu übernehmen, und weil ich Miguel verdammt gut kenne.«

»Willst *du* mir jetzt die Infusionen geben?«, fragte sie fassungslos.

Er stellte sie auf den Boden. Sah sie an.

»Das wäre wohl kein fachliches, sondern höchstens ein rechtliches Problem. Doch wie du weißt, habe ich die erforderliche Berechtigung dazu.«

»Ich wollte nicht sagen, dass …« Sie kam ins Stottern, wusste nicht weiter, wurde noch verlegener. »Ich wollte dir keinesfalls noch mehr Arbeit machen. Es tut mir leid. Ich habe das nicht bedacht.«

Er zwang sie, ihn anzusehen.

»Lisa, hör auf damit. Ich kümmere mich gerne um dich. Also sei bitte so nett und widersprich mir nicht andauernd. Wärst du nicht auch für mich da, wenn ich dich brauchen würde?«

»Natürlich wäre ich das«, antwortete sie spontan.

»Siehst du. Also sei friedlich, zieh dich um, leg dich ins Bett. Und benütz die Krücken, wenn du ins Bad gehst. Du darfst nicht auftreten, und du musst liegen bleiben. Alles klar?«

Sie durchquerten die Halle, die heute ganz anders aussah als bei der Weihnachtsfeier. Dunkel war sie und wirkte völlig unbewohnt.

Juan wandte sich nach links, ging den kleinen Gang entlang an mehreren Türen vorbei, bis er eine davon mit dem Ellbogen aufstieß.

Sie betraten einen warmen, hell erleuchteten Raum. In der Mitte stand eine gemütliche Polstergarnitur. Auf der einen Seite war eine moderne Küchenzeile. Gegenüber befand sich der Eingang in ein Schlafzimmer, auf das Juan nun zusteuerte.

»Du nimmst mein Zimmer, da ist das Bad gleich angeschlossen. Ich bin nebenan im Gästezimmer. Die Türen lassen wir offen. Wenn du etwas brauchst, musst du nur rufen. Marika war so nett und hat deine Sachen herübergebracht. Es müsste alles da sein, was du benötigst. Sieh zu, dass du ins Bett kommst. Ich komme gleich wieder.«

Er zog die Tür hinter sich zu.

Wie in Trance humpelte sie ins Bad, alles lag griffbereit.

Was dachte Marika – fand sie es etwa normal, wenn sie sich hier von Juan betreuen ließ?

Wieso kam ihr selbst alles nur so seltsam vor?

Sie schlüpfte in ihren Schlafanzug.

Egal, sie würde aufhören, darüber nachzudenken, was richtig und was falsch war.

»Ich kann es immer noch nicht selbstverständlich finden, dass ihr alle so wahnsinnig nett zu mir seid«, fing sie an, als Juan zurückkam.

Sie sah, wie er die Stirn runzelte, und sprach schnell weiter.

»Aber wenn ich mir vorstelle, dass ich ohne dich – ohne euch – jetzt bestenfalls alleine im Krankenhaus wäre, verspreche ich dir, von nun an alles vollkommen in Ordnung zu finden.«

Er lächelte. »Endlich wirst du vernünftig. Manche müssen erst auf den Kopf fallen, bevor sie normal werden.«

»Du bist dermaßen unverschämt. Wenn ich könnte, würde ich dich verprügeln.«

»Wenn du gesund wärst, hätte ich mich niemals getraut, das zu sagen«, stellte er trocken fest.

Wortlos sah sie ihm zu, wie er die Infusionsflasche vorbereitete und anschließend die Nadel setzte.

* * *

Niemals hätte sie vermutet, dass Kranksein so entspannend sein konnte. Sie wurde rundum verwöhnt.

Wenn sie allerdings daran dachte, wie sehr Juan seinen gewohnten Tagesablauf ändern musste, um dermaßen viel Zeit für sie zu haben, und was das für Antonio bedeutete, bekam sie Gewissensbisse.

Außer ihr selbst schien sich niemand Gedanken darüber zu machen.

Juan ließ Lisa selten länger als vier Stunden alleine, doch selbst diese Zeiten waren von ihm genauestens vorbereitet. Kaum, dass er sie verließ, stellten sich Besucher ein.

Marika kam täglich. Auch Maria-Jose, Margalida und Cati besuchten sie. Eines Tages sah sogar Francisca bei ihr vorbei.

»Es tut mir leid. Ich bringe gerade jeden Zeitplan durcheinander«, sagte Lisa, »und Antonio muss es ausbaden.«

»Schadet überhaupt nicht«, erwiderte Francisca völlig ungerührt, »so komme ich wenigstens in Ruhe dazu, jene Dinge zu erledigen, die sonst ständig liegen bleiben.«

Am schönsten waren die Stunden, die sie mit Juan verbrachte.

Sie hatten sich so viel zu erzählen. Es gab nichts, worüber sie nicht miteinander sprechen konnten. Nur zwei Themen klammerten sie aus – Lisas Tätigkeit in Deutschland und Juans Eltern.

Nach einigen Tagen erlaubte Juan ihr, am Abend bei ihm im Wohnzimmer zu sitzen und fernzusehen.

Noch nie war Lisa auf diese Weise mit einem Mann zusammen gewesen, hatte mit ihm den Alltag geteilt. Alles war so vertraut, genauso wie sie sich ein Zusammenleben immer gewünscht hatte.

Sie gab es auf, über die Art ihrer Beziehung nachzugrübeln, zu überlegen, was Juan für sie empfand.

Sie genoss jede Minute mit ihm. Wenn er bei ihr war, war

sie glücklich. War er fort, wartete sie ungeduldig auf seine Rückkehr.

Die Woche verging. Lisas Fuß war immer noch geschwollen, aber es tat längst nicht mehr so weh. Auch Infusionen brauchte sie keine mehr. Lediglich die bunte Mischung aus verschiedenen Pillen musste sie noch einnehmen.

Pünktlich kam Juan nach Hause, um mit Lisa zum vereinbarten Kontrolltermin zu fahren.

Schweigend stellte er die Tüten mit ihren Sachen in den Jeep.

Es bereitete Lisa inzwischen kein Problem mehr, sich mit den Krücken fortzubewegen.

Dennoch hob Juan sie gewohnheitsmäßig in den Wagen, und sie ließ es sich schweigend gefallen. Seine Nähe tat ihr so gut.

Sie sprachen nicht viel, während er den Wagen über die holprigen Wege hinaus auf die Landstraße lenkte.

Viel zu schnell waren sie am Ziel.

»Kommst du mit hinein, ich hätte dich bei der Besprechung gerne dabei?«

Er nickte.

Dann wurde Lisas Name aufgerufen.

KAPITEL 13

Es war Abend, als sie das Spital verließen. Man hatte Lisa nochmals gründlich untersucht. Danach saßen sie bei Doktor Sanchez. Lisa hörte zu, wie die Männer über irgendein medizinisches Problem diskutierten. Gemeinsam warteten sie auf die Untersuchungsergebnisse.

Dann war sie auch offiziell entlassen, nicht ohne Ermahnung, den Fuß noch einige Zeit zu schonen.

Sie machten sich auf den Heimweg. Es war eine kalte, sternenklare Nacht. Die langen Äste der Feigenbäume warfen bizarre Schatten, wunderschön schimmerten die silbrigen Blätter der Olivenbäume im sanften Licht des Mondes.

Doch die Schönheit der Landschaft konnte Lisa diesmal nicht begeistern.

Immer noch schwieg Juan, sie selbst saß stumm auf dem Beifahrersitz. Ihre Gefühle wirbelten durcheinander. Die bevorstehende Trennung deprimierte sie.

Sie erreichten das Haus, gingen die Stufen zur Terrasse hinauf. Lisa fiel auf, dass Juan ihr diesmal nicht half. Überhaupt schien er darauf bedacht, sie nicht mehr zu berühren.

Sie sperrte auf. Zusammen betraten sie das Wohnzimmer.

Er ging voraus, schaltete die Klimageräte ein, stellte ihre Sachen auf einen der Stühle und ging in die Küche. »Soll ich dir einen Tee machen?«

»Ich möchte dich nicht unnötig aufhalten, du hast sicherlich noch Wichtigeres zu tun«, antwortete Lisa. Sie blieb in der Mitte des Raumes stehen, ratlos, unsicher, was sie tun sollte.

Was sie wirklich wollte, konnte sie unmöglich sagen.

»Willst du, dass ich gehe?« Juan kam zurück, blieb vor ihr stehen.

Sie schüttelte den Kopf, unfähig, ihre Gefühle noch länger zu verbergen.

Er trat auf sie zu. Sie standen jetzt ganz dicht voreinander, sahen einander an.

Lisa merkte, wie er den Kopf neigte. Sein Gesicht kam immer näher, er berührte ihre Arme.

Sie schloss die Lider, spürte seine Lippen auf den ihren.

Sein Kuss war unendlich sanft und liebevoll. Mit unerträglicher Zärtlichkeit erforschte er ihren Mund, suchend, fragend.

Ihre Lippen öffneten sich unter dem Druck. Sie vergrub ihre Hände in seinem Haar, presste sich an ihn, merkte, wie er sie festhielt, wie seine Hände über ihren Rücken wanderten.

»Juan, oh, Juan.« Hatte sie das nur gedacht oder gesagt?

Er küsste ihren Hals, ihre Schulter, kehrte zu ihren Lippen zurück, leidenschaftlicher jetzt, fordernd, verlangend.

Sie erwiderte seine Küsse mit der gleichen Begierde.

Alle Gefühle, die sie unterdrückt hatte, kamen jetzt hervor.

Lisa klammerte sich an ihn, wollte nicht, dass er jemals aufhörte, sie zu berühren, wollte ihn anfassen, ihn festhalten. Sie spürte, wie er sich zu beherrschen versuchte, ahnte die Leidenschaft, die er nur mühsam zurückhielt, und verlor alle Hemmungen – hörte auf zu denken, gab jede Scheu auf.

Sie wollte nur mehr ihn, wollte mehr und immer mehr.

Sie lag auf dem Bett, merkte, wie ihr Juan den Pullover über den Kopf zog. Sie zitterte, konnte kaum atmen.

Er küsste ihre Brust, ihren Bauch. Ihre Hände spielten mit seinem Haar, tasteten über seine Schultern, seinen Rücken, erforschten seinen Körper, wanderten abwärts. Sie zerrte an den Kleidern, konnte den Stoff zwischen ihnen nicht mehr ertragen, wollte ihn spüren, ihn riechen, ihn schmecken.

»Juan.« Es klang erstickt.

Sie fühlte, wie er sie festhielt, mit sich herumdrehte. Dann waren sie eins, eng verbunden in ihrem gegenseitigen Verlangen.

Alles um sie herum begann sich zu drehen, und in einem letzten Aufbäumen versank die Welt um sie herum.

»Ich liebe dich«, flüsterte Lisa.

Nur langsam fand sie in die Wirklichkeit zurück.

Sie lagen in den zerwühlten Laken, ihre Körper verschlungen ineinander.

Juan knabberte an ihren Fingern. Sein Blick war ruhig.

»Schau mich nicht so an, ich bin völlig aufgelöst.«

»Du bist wunderschön, du bist die schönste Frau, die ich jemals gesehen habe.«

Lisa stockte der Atem. Sie war unfähig, etwas zu erwidern, prägte sich diesen Moment für immer ein.

»Juan«, sie lag halb auf seiner Brust, seine Arme fest um sich, fühlte sich so geborgen, »bleibst du bei mir?«

Sie hörte ihn lachen.

»Warum fragst du, hast du vor, mich nach erfüllter Pflicht in die kalte Nacht hinauszujagen?«

Lachen, merkte sie, konnte so befreiend sein.

»Ich bin so glücklich, ich habe mich so sehr nach dir gesehnt.«

»Dann wollen wir mal sehen, ob ich dich nicht noch glücklicher machen kann.« Neckend wälzte er sich mit ihr herum, küsste sie auf die Nase und gab ihr einen Klaps. »Ich gehe nur schnell unter die Dusche, dann mache ich uns etwas zu essen. Ich erwarte dich im Wohnzimmer.«

Sie saßen vor dem brennenden Kamin, aßen ihre Brote, redeten, lachten.

Es war wie immer, nur noch viel schöner. Lisa saß auf der Bank, eingehüllt in eine Decke, die Beine angezogen. Sie schmiegte sich an Juan. Er hielt sie fest an sich gedrückt, die Hände mit den ihren verschränkt.

* * *

Lange betrachtete Juan die schlafende Lisa. Ihre Wimpern zitterten bei jedem Atemzug, sie schien zu träumen, ihre Hand tastete suchend über die Bettdecke.

Er griff nach ihren Fingern, hielt sie fest. Sie flüsterte etwas, dann wurden ihre Atemzüge ruhiger.

»Ich liebe dich«, hatte sie gesagt, und er war versucht gewesen, das Gleiche zu sagen. Zum ersten Mal in seinem Leben wollte auch er diese Worte zu einer Frau sagen.

Doch wenn er klug war, wartete er erst einmal ab. Frauen neigten dazu, Sex und Romantik zu vermischen. Aber er wollte mehr, viel mehr.

Zu welcher Leidenschaft sie fähig war. Er hatte geahnt, dass sich unter der kühlen Oberfläche ein zutiefst gefühlvoller Mensch verbarg. Aber das Ausmaß ihres Temperaments hatte ihn überrascht.

Lisa. Es gab keine andere für ihn. Sie war alles. Alles, was er gesucht hatte.

Was sie wohl sagen würde, könnte sie seine Gedanken lesen?

Er war noch nie vor einer vermeintlich unlösbaren Aufgabe zurückgeschreckt. Diese hier würde die schwierigste werden. Doch er war entschlossen, den Kampf zu gewinnen.

»Eines Tages wirst du bereit sein, bei mir zu bleiben, für immer«, war sein letzter Gedanke, ehe auch er, Lisa fest im Arm, in einen tiefen Schlaf fiel.

* * *

Als Lisa erwachte, war Juan fort. Sie glaubte noch, die Autotür und das Geräusch des Motors zu hören, vielleicht aber hatte sie nur geträumt.

Er fehlte ihr jetzt schon. So gerne hätte sie ihn noch geküsst.

Beim Gedanken an die letzte Nacht begann sie zu lächeln. Sie streckte sich, rollte sich unter der Bettdecke zusammen und dachte an ihn.

Niemals vorher war es so gewesen. Wie zärtlich ein Mann sein konnte. Und wie leidenschaftlich. Nie hätte sie zu träumen gewagt, solche Gefühle zu erleben. Lag es daran, dass sie noch nie in ihrem Leben wirklich geliebt hatte? »Nein«, dachte sie, »es liegt an dem Mann selbst.«

Wie hatte sie nur jemals daran denken können, mit Lutz ihr Leben zu verbringen. Beinahe hätte sie sich geschüttelt.

»Vergiss das Träumen nicht.« Die Worte von Oma Helene fielen ihr ein. Sie hätte schon viel früher auf sie hören sollen. Was wohl ihre Großmutter zu Juan sagen würde.

Sie musste lachen. Immer schön langsam. Da hatte sie gerade einmal eine Nacht mit ihm verbracht, und schon dachte sie ans Heiraten.

Sie schwang die Beine aus dem Bett und setzte sich auf die Kante.

Was er wohl machen würde, wenn er jetzt ihre Gedanken lesen könnte. Die Vorstellung amüsierte sie.

»Wenn du ihn vertreiben willst, Mädchen, dann sagst du ihm genau das. Nichts verschreckt einen Mann mehr als das Wissen darum, dass eine Frau ihn einfangen will.«

Gut gelaunt ging sie ins Bad. War das wirklich ihr Gesicht, wieso strahlten ihre Augen, warum lächelte sie so?

Sie griff nach der Zahnbürste.

»Juan«, dachte sie, »er ist der faszinierendste Mann, dem ich jemals begegnet bin. Und der wunderschönste.«

Er sah wirklich umwerfend gut aus. Das ebenmäßige Gesicht, die Augen, die so samtweich blicken konnten, der Mund. Sie war süchtig nach seinen Küssen, nach seinen Berührungen. Caja fiel ihr ein – ihre allerersten Begegnung am Tor. Wie er der Hündin den Bauch gekrault hatte. Damals schon waren ihr seine Hände aufgefallen.

Sie dachte an die letzte Nacht, an seine Hände. Wieder spürte sie dieses Kribbeln.

Caja hatte eben einen guten Geschmack.

Ihre süße Caja. Sie musste Marika bitten, die Hündin herüberzubringen.

Was sollte sie Marika sagen? Konnte sie ihr alles erzählen? Oder wäre das Juan nicht recht?

»Er war noch nie mit einer Frau zusammen, offiziell, meine ich.« So ähnlich hatten Marikas Worte gelautet.

Von ihr würde es niemand erfahren. Noch nicht.

Am besten, sie hielt Juan erst einmal an der langen Leine. Mit Geduld würde sie schon an ihr Ziel kommen.

Sie beendete ihr Bad, zog sich schnell an und ging in die Küche.

Ob er an sie dachte? Sollte sie ihn anrufen?

»Hör auf, dich wie ein liebeskranker Teenager aufzuführen. Kein Mann mag es, wenn man ihn mit Telefonaten traktiert!«, ermahnte sie sich.

Summend schüttete sie Wasser auf den Tee, nahm sich einen Keks aus der Dose.

Spazieren gehen durfte sie nicht, und Autofahren war ebenfalls verboten. Also beschloss sie, zu arbeiten.

Sie saß in ihrem Büro und ging die Post durch, die man ihr aus der Gestoria geschickt hatte.

Cati würde sie am nächsten Morgen abholen kommen, hatten sie doch fast denselben Weg. Lisa freute sich auf die Kollegen, merkte, wie sehr sie ihr bereits fehlten.

Sie war völlig überwältigt gewesen angesichts der vielen lieben Wünsche.

Es war gegen Mittag, als Marika endlich kam.

Caja war außer Rand und Band, ihr Frauchen zu sehen, und Lisa merkte einmal mehr, wie sehr sie an dem Tier hing.

Sie vergrub das Gesicht im weichen Fell der Hündin. Wie hatte sie jemals daran denken können, sie fortzugeben?

Schön war es, in alter Vertrautheit mit Marika zu plaudern.

»Ich spare mir die Frage, wie es dir geht. Du siehst richtig erholt aus«, stellte Marika fest, »aber bitte verkneif dir in Zukunft solche Überraschungen. Das halten meine zarten Nerven nicht aus.«

Sie tauschten die letzten Neuigkeiten. Lisa musste ganz genau ihren letzten Kontrolltermin im Spital schildern.

Sie wappnete sich für Fragen bezüglich ihres Aufenthalts in Juans Haus, aber Marika erwähnte die Woche mit keinem einzigen Wort.

Als sie sich trennten, war es beinahe vier Uhr nachmittags.

Warum rief Juan nicht an. Lisa durchsuchte ihr Handy nach einer Nachricht. Vielleicht hatte sie etwas übersehen. Sie war mit dem neuen Modell noch nicht so vertraut. Ihr altes Handy hatte jene verhängnisvolle Nacht im Regen nicht überlebt.

Die Liste war leer. Er hatte sich nicht gemeldet.

Unruhig lief sie im Haus umher. War alles in Ordnung?

Was sollte nicht in Ordnung sein – der Mann war fast fünfunddreißig Jahre alt geworden, ohne von ihr bemuttert zu werden!

Trotzdem konnte sie sich auf nichts mehr konzentrieren.

Nur zäh verstrichen die Minuten, die nächste Viertelstunde kam ihr wie eine Ewigkeit vor.

Gegen ihren Willen wählte sie dann doch seine Nummer. Nichts. Das Telefon war nicht in Betrieb.

Sie versuchte, sich zu beruhigen.

Die Zeit verging. Juan rief nicht zurück.

Caja bekam ihr Nachtmahl. Lisa wollte nichts essen.

Wo war Juan?

Obwohl sie sich dagegen wehrte, befielen sie immer stärkere Zweifel.

Was, wenn er sich absichtlich nicht meldete. Wenn er ihr mit seinem Schweigen zu verstehen gab, dass er die letzte Nacht nicht fortsetzen wollte und sie sich nur etwas eingebildet hatte.

Das war unmöglich, das passte nicht zu ihm. Hätte er sich anders entschieden, würde er es sagen. Juan war kein Feigling.

Lutz fiel ihr wieder ein.

Aber Juan war nicht Lutz, er würde sich niemals so schäbig verhalten.

Je mehr Zeit verstrich, desto unsicherer wurde sie.

Um acht Uhr abends war ihre Stimmung auf dem Nullpunkt angelangt. Es gab keinen Zweifel, Juan würde nicht mehr kommen. Es war aus, noch ehe es angefangen hatte. Alles war nur Einbildung.

Verzweifelt versuchte sie sich zu beherrschen.

Wieso passierte das immer ihr? Was machte sie falsch, warum behandelten alle Männer sie so?

Niedergeschlagen rollte sie sich auf der Couch zusammen und drehte den Fernsehapparat auf.

Es tat so weh, wenn sie nur an ihn dachte.

Beinahe hätte sie das Motorgeräusch überhört. Es war Caja, die aufsprang und zur Tür lief.

Lisa sah, wie er die Treppe heraufkam – zwei Stufen auf einmal nehmend. Die Tür öffnete.

Sie stand in der Mitte des Raumes, war aufgesprungen, starrte ihn an.

Er war bei ihr, schloss sie in die Arme, sah die Tränenspuren auf ihrem Gesicht.

»Was ist los?«, fragte er.

Die ganze Zeit hatte sie sich bemüht, nicht zu weinen, gerade jetzt wollte es ihr nicht gelingen.

»Ich habe gedacht, du kommst nicht mehr.«

Er erkannte die Wahrheit in ihren Augen, vergrub sein Gesicht in ihren Haaren.

»Ich habe mich so nach dir gesehnt. Wie kannst du so etwas glauben?«

»Ich«, schniefte sie, »ich habe gedacht, es ist dir vielleicht zu viel, du willst keine so enge Beziehung.«

Er schob sie ein Stück von sich fort, sodass er ihr Gesicht sehen konnte.

»Lisa, es war ein schrecklicher Tag, einer von jenen, die kein Ende nehmen. Schon in der Früh der erste Notfall. Eine junge Schäferhündin. Wir konnten sie nicht retten, Magendrehung, es war zu spät. Nur weil diese Leute so verantwortungslos sind und so dumm. Wären sie gestern gekommen, hätten wir das Tier durchgebracht. Natürlich kam der gesamte Zeitplan durcheinander. Alles ging schief. Antonio hat sich zu allem Überfluss auch noch verletzt. Als ich dachte, wir hätten es endlich überstanden, passierte der Unfall, drüben auf der Landstraße. Ein Lastwagen ist gegen eine Kutsche gefahren. Das Pferd war der Schwächere, wir konnten es nur mehr einschläfern. Lisa, ich weiß, es war mein Fehler. Ich hätte dich anrufen müssen. Zuerst habe ich keine Minute Zeit gefunden, und dann war ich nie allein. Ich wollte dir so vieles sagen, aber nicht am Telefon.«

Sie starrte ihn an. Langsam begriff sie. Mit dem Erkennen kehrte das Strahlen in ihre Augen zurück.

»Ich habe dich so entsetzlich vermisst.«

Er hielt sie fest. So standen sie eine ganze Weile.

Es war Caja, die sie unterbrach. Winselnd stupste sie die beiden mit der Schnauze.

Juan bückte sich. »Ja, meine Schöne, ist ja gut, ich freue mich auch, dich zu sehen.« Er sah Lisa an.

»Hör mir bitte genau zu. Wir beide haben eine Beziehung. Für mich bedeutet das Vertrauen – und Verlässlichkeit. Wenn einer von uns beiden etwas ändern will, werden wir dieses Problem gemeinsam lösen. Keiner schleicht sich hier einfach weg. Und halt mich nie wieder für so einen charakterlosen Schuft.«

Lisa wusste selbst nicht, warum sie schon wieder weinte. Sie war einfach nur glücklich.

Er zog sie an sich, wischte ihre Tränen fort. In diesem Augenblick wusste sie es. Er war der Richtige. Sie wollte ihn für den Rest ihres Lebens.

* * *

Viel später lagen sie eng umschlungen auf dem Bett, erzählten einander von ihren Erlebnissen, sprachen über alles, was sie bewegte.

»Wann musst du morgen fort?«, fragte Lisa irgendwann.

»Ziemlich früh, warum?«

»Weil Cati mich abholen kommt. Sie nimmt mich in die Gestoria mit.«

»Ich muss leider in die andere Richtung, sonst hätte ich dich hingebracht. Aber vielleicht kannst du am Abend mit mir fahren, je nachdem, wie lange es bei mir dauert.«

»Mach dir keinen Stress, für Cati ist es kaum ein Umweg, und nächste Woche darf ich hoffentlich wieder selbst fahren.«

»Du machst also weiter in der Gestoria.«

Täuschte sie sich, oder klang Juans Stimme auf einmal angespannt.

»Natürlich, das lasse ich mir auf keinen Fall mehr nehmen. Die Arbeit macht mir unglaublich viel Freude, und Jaime ist großartig.«

»Er ist ein hervorragender Jurist. Und menschlich sowieso einzigartig.«

»Ich habe mir immer so einen Vater gewünscht.« Überrascht von dem, was sie gesagt hatte, hielt Lisa inne.

»Er hat dich sehr gern, weißt du das?«, fragte Juan.

»Ja, ich weiß, ich ihn auch.«

* * *

Nach und nach normalisierte sich Lisas Tagesablauf. Auch die Zusammenkünfte mit den Freundinnen nahm sie wieder auf. Ihre Tage waren ausgefüllt. Die Abende und Nächte mit Juan aber waren das Schönste, was sie jemals erlebt hatte.

Wie hatte sie es bisher ohne ihn aushalten können? Was sollte sie jemals ohne ihn machen?

Es fiel ihr schwer, mit niemandem über ihre Liebesbeziehung zu sprechen; sie war aber überzeugt, dass Juan es so wollte.

Andernfalls wäre sie längst von einem ihrer Freunde darauf angesprochen worden. Schließlich lebten sie in einer Kleinstadt.

Wenn also noch nichts durchgesickert war, musste Juan sich absolut bedeckt halten. Offensichtlich wusste nicht einmal Antonio Bescheid, und ihm vertraute Juan sonst alles an.

Warum nur? Fürchtete er die Reaktion seiner Familie?

Sie war Deutsche, wie Juans Mutter auch. Konnte darin ein Problem liegen? Der Großvater sah in Juan seinen Erben und Nachfolger. Wünschte sich die Familie eine mallorquinische Frau?

Maria-Jose fiel ihr ein. Sie durfte Juan seinerzeit nicht einmal in Deutschland besuchen. Auch das Wort »Katastrophe« war gefallen.

Hielt er die Beziehung deshalb so geheim? Oder war sie nur zu ungeduldig? Vielleicht war alles viel weniger kompliziert, als sie dachte.

Vertrauen und Verlässlichkeit wollte Juan. »Halt mich nie wieder für so einen charakterlosen Schuft«, hatte er gesagt.

Sie musste mit dem Grübeln aufhören. Sie vertraute ihm bedingungslos. Wo also lag das Problem?

Weil sie so wahnsinnig stolz auf ihn war und es am liebsten allen erzählen wollte, erkannte sie.

Sie war aber kein Kind mehr. Als Anwältin wusste sie mit vertraulichen Informationen umzugehen.

»Genieß und schweig«, sagte sie sich, »und wart einfach ab.«

Das war eigentlich gar nicht schwierig, merkte sie. Denn so bedeckt sich Juan auf der einen Seite gab, so ungeniert verhielt er sich auf der anderen.

Sein Wagen stand inzwischen jede Nacht vor Lisas Haus. Was, wenn Marika unangemeldet zur Tür hereinkäme, wie so oft? Nur, dass sie im Moment wohl zu viel Arbeit hatte.

Dennoch trafen die beiden eines Morgens genau vor Lisas Haustür zusammen.

Juan lief an Marika vorbei zu seinem Wagen. Eine kurze Umarmung, wie immer, ein Winken noch, und schon war er weg.

Was würde Marika jetzt sagen? Ob sie einen Verdacht hegte?

Diese schien überhaupt keine Notiz davon zu nehmen, begrüßte Lisa wie immer und erwähnte Juan mit keinem Wort.

* * *

In dieser Woche wollten die Freundinnen nach langer Zeit wieder einen Abend zusammen verbringen.

Zögernd sprach Lisa Juan darauf an. Unsicher, wie er darüber dachte.

»Das trifft sich ausgezeichnet«, antwortete er, »ich wollte schon seit Tagen mit Antonio etwas trinken gehen. In der letzten Zeit habe ich ihn wohl ziemlich vernachlässigt.« Er zwinkerte ihr zu. »Ich würde dann aber gerne bei mir schlafen. Ist dir das recht?«

Lisa schluckte. Natürlich war es ihr nicht recht. Schon die Vorstellung, eine ganze Nacht ohne ihn verbringen zu müssen, deprimierte sie. Aber vermutlich war es so gescheiter. Mit gesenktem Kopf nickte sie und versuchte möglichst fröhlich zu sagen: »Klar, du hast es dann auch um einiges näher.«

»Das ist es nicht, aber wenn ich Bereitschaft habe, schlafe ich lieber bei mir. Im Notfall ist dort alles, was ich brauche, gleich zur Hand, das spart unnötige Zeit. Ich wollte dich schon länger fragen, ob du etwas dagegen hast, einige Sachen hinüberzubringen, alles, was du brauchst, um bei mir zu übernachten. Außerdem vergesse ich ständig, dir den Schlüssel zu geben.«

Er fingerte in der Hosentasche herum und drückte Lisa einen Schlüsselbund in die Hand.

Sie starrte auf die Schlüssel und konnte kein Wort herausbringen.

»Du willst … heißt das, ich soll morgen – ich meine nachher – noch zu dir kommen?«

»Was *denn* bitte? Du hast gesagt, du willst dich mit deinen Freundinnen treffen. Es war keine Rede davon, dass du nicht nach Hause kommst.«

Sie konnte nichts sagen. »Nach Hause«, er hatte wirklich »nach Hause« gesagt und ihr seine Schlüssel gegeben. Sie sollte sich bei ihm einrichten.

»Juan«, sie musste ihn umarmen, »ich dachte, ich sehe dich morgen den ganzen Tag nicht.«

Er hielt sie fest. »Ich habe schon mehrmals bemerkt, dass du ein Dummkopf bist. Aber ich … ich finde dich süß.«

* * *

Gleich am nächsten Tag machte sie sich auf den Weg zu Juans Haus.

Es war ein komisches Gefühl, das Gebäude allein zu betreten. Mit lautem Gebell stürmten die Hunde auf sie zu. Kurz zögerte sie, dann stieg sie aus dem Wagen und wurde prompt überschwänglich begrüßt.

»Ihr seid vielleicht eine Wachmannschaft!«

Lisa verteilte Streicheleinheiten, so gut sie nur konnte.

Beobachtet von vier Paar Hundeaugen, ging sie zum Haus hinauf, sperrte auf und betrat den großen Raum.

Schnell ging sie weiter, in Richtung der Einliegerwohnung, in der sie nach dem Unfall gewohnt hatte. Sie öffnete die Tür und fühlte sich sofort wieder geborgen.

Das hier war Juans Reich, hier lebte er, hier war er zu Hause.

Sie öffnete den großen Schrank im Schlafzimmer. Seine Sachen waren bereits zur Seite geräumt, damit sie genügend Platz hatte, bemerkte sie. Neugierig geworden, ging sie zurück und betrat den Raum, der Juan offensichtlich als Büro diente – ein Schreibtisch, ein Computer, eine schmale Sitzbank. Überall ärztliche Gerätschaften, Verbandszeug, Spritzen, Behälter mit Desinfektionsmittel, Fachzeitschriften und ein großer Schrank mit Medikamenten, dessen Schlüssel abgezogen war. Direkt neben seinem Schreibtisch hing ihr Weihnachtsgeschenk, der alte Stich, wie sie gerührt feststellte. Gleich daneben war das Gästezimmer, in dem er während ihrer Anwesenheit geschlafen hatte.

Was befand sich im ersten Stock? Sollte sie hinaufsehen? Sie zögerte. Würde es Juan stören, wenn sie in seiner Abwesenheit hier herumging?

Sie durchquerte die Halle, ging in Richtung der Küche. Im Vorbeigehen öffnete sie neugierig einige der Türen – eine leere Speisekammer, ein Wirtschaftsraum, ein kleines Esszimmer, dessen Möbel mit weißen Tüchern zugedeckt waren. Sie betrat die Wohnküche, die am Weihnachtsabend so gemütlich und voller Gerüche gewesen war. Jetzt lag sie kühl und unbenutzt vor ihr.

Was befand sich im oberen Stock? Lisa konnte ihre Neugierde nicht mehr zügeln und stieg die Stufen hinauf.

Sie kam in einen weitläufigen Gang. Ein weicher Teppichläufer dämpfte ihre Schritte. Auf dem Absatz stand eine glänzende Kommode, über der mehrere alte Bilder hingen. Die Stiche, von denen Juan gesprochen hatte.

Gleich hinter der ersten Tür entdeckte sie ein Schlafzimmer. Wunderschöne alte Möbel standen darin, ein Schrank mit Schnitzereien, eine kleine Anrichte mit einem Spiegel, ein Doppelbett, dessen Matratzen zum Lüften aufgestellt waren. Teppiche bedeckten den Terrazzoboden, ein Messingleuchter hing von der hohen Balkendecke. Durch die halb offene Tapetentür sah man in ein entzückendes Badezimmer.

Türe für Türe machte Lisa ihre Erkundungsreise durch den oberen Stock des Hauses. Fünf Schlafzimmer und drei Badezimmer zählte sie. Das mittlere Schlafzimmer, das größte von allen, verfügte ganz offensichtlich über einen direkten Zugang auf die Terrasse. Nun doch ein wenig verunsichert, getraute sie sich nicht, die Lamellentüren zu öffnen und hinauszutreten. Die unbewohnten, immer noch wunderschön eingerichteten Räume beeindruckten sie. Offensichtlich benutzte Juan außer seinem kleinen Reich im Erdgeschoss absolut nichts in dem prächtigen Haus.

»Lisa, wo steckst du, bist du oben?«

Sie zuckte zusammen. Sie hätte nicht heraufkommen sollen. Warum bloß hatte sie nicht vorher gefragt?

Sie hörte, wie Juan schnell die Treppe heraufkam. »Wo bist du?«

Sie trat aus dem Schlafzimmer, sah ihm schuldbewusst

entgegen. »Es tut mir leid, ich hätte dich fragen sollen, ich weiß selbst nicht, was ich mir dabei gedacht habe.«

Er umarmte sie. »Red keinen Unfug. Natürlich kannst du dir ansehen, was du willst. Warst du schon draußen auf der Terrasse?«

Ohne eine Antwort abzuwarten, ging er mit ihr zurück, sperrte die Glastür auf, öffnete die Läden und zog Lisa hinaus.

»Ist das aber schön.« Überwältigt von dem Ausblick, trat Lisa an das Geländer. Linker Hand sah sie den großen bewaldeten Hügel mit dem uralten Talaiot[21]. Ordentlich durch Trockenmauern begrenzt, reihten sich die Fincagrundstücke aneinander. Schafe weideten zwischen den unzähligen Mandel- und Johannisbrotbäumen. Die lange Einfahrt säumte ein Spalier aus Orangenbäumen. Neben dem Haus standen die drei Palmen, die ihm den Namen gegeben hatten. Gekrönt wurde das Bild von dem einzigartigen Blick auf das unendlich weite Meer und die gesamte Küste.

»Gefällt es dir?« Juan stand dicht neben ihr, seine Hand lag auf ihrem Arm.

»Es ist so unbeschreiblich schön. Der Blick von meiner eigenen Terrasse ist schon einmalig. Aber das hier ist überwältigend. Wenn das mein Haus wäre – ich glaube, ich würde den ganzen Tag hier oben stehen und nur herumschauen.«

»Kannst du ja jetzt machen«, sagte er leichthin.

»O nein«, sie schüttelte den Kopf, »wenn ich erst damit anfange, komme ich zu nichts anderem mehr. Aber wenn du wirklich nichts dagegen hast, werde ich ab und zu hier heraufkommen.«

»Lisa, noch einmal, du musst mich nicht fragen. Du kannst hier machen, was du willst, ich freue mich, wenn du hier bist.«

»Weißt du, ich möchte dir auf keinen Fall irgendwie lästig sein. Aber ich gestehe, ich war neugierig.«

Er lachte.

»Wie alt ist das Haus eigentlich?«

»Ungefähr hundertvierzig Jahre, mein Ururgroßvater hat es um die letzte Jahrhundertwende gekauft.«

»Er muss eine ziemlich große Familie gehabt haben, bei den vielen Schlafzimmern, meine ich«, sagte Lisa.

Täuschte sie sich, oder zog er sich von ihr zurück?

Seine Stimme klang knapp. »Das Haus hat anders ausgesehen. Früher haben mehrere Familien zusammengewohnt. Der Umbau hier geht auf das Konto meiner Mutter.« Noch ehe Lisa weiterfragen konnte, zog er sie von der Brüstung fort und ging zurück ins Erdgeschoss, sodass ihr nichts anderes übrigblieb, als ihm zu folgen.

* * *

Schön war es, wieder ausführlich mit den Freundinnen zu tratschen. Wie immer, wenn sie zusammen waren, verflog die Zeit im Nu. Lisas Unfall war natürlich ein zentrales Thema. Ganz genau wollte Emely alles hören, immer wieder fragte sie nach Einzelheiten.

»Wenn ich mir überlege, was du durchgemacht hast – dafür siehst du unverschämt gut aus«, stellte Emely fest.

Irrte sie sich, oder sah die Freundin sie prüfend an? Lisa versuchte, möglichst unbefangen zu antworten: »Wenn das eine Aufforderung sein soll, endlich wieder in den Salon zu kommen, dann ist sie angekommen. Gleich morgen vereinbaren wir einen Termin, ja?«

»Prima, du bist mir wirklich abgegangen. Aber du warst schließlich anderweitig beschäftigt, also werde ich dich für diesmal entschuldigen.«

Lisa hielt die Luft an.

»Ich weiß, dass du nicht Auto fahren durftest«, beendete Emely den Satz.

»Sie wissen es wirklich nicht, sonst hätten sie jetzt etwas gesagt«, dachte Lisa. Was wohl die Freundinnen zu ihrer Beziehung mit Juan sagen würden? Es wäre so schön, es ihnen zu sagen. Beinahe hatte sie ein schlechtes Gewissen wegen ihrer Geheimniskrämerei.

»Wie war es eigentlich bei Juan? Ist er als privater Hausarzt auch so gut wie als Tierarzt?«, fragte Emely in diesem Moment.

Fast wäre sie zusammengezuckt. »Immer, wenn man sich sicher fühlt«, dachte sie und sagte eine Spur zu schnell: »Er war unwahrscheinlich nett zu mir. Ich wüsste wirklich nicht, welcher meiner Bekannten in Deutschland mich so betreut hätte.«

»Ich wollte dich so gerne besuchen, schon aus Neugierde, aber die Woche war der reinste Horror. Gottlob hat mich Marika mit allen Nachrichten versorgt.«

»Wisst ihr, dass in vierzehn Tagen Ostern ist?«, meldete sich diese zu Wort.

»Ja, es liegt heuer sehr früh, am 4. April ist schon Ostersonntag. Was macht ihr beide eigentlich?«, fragte Emely und fuhr, ohne eine Antwort abzuwarten, fort: »Nachdem wir am Ostersonntag mit niemandem aus der Clique rechnen können, würde ich vorschlagen, wir setzen uns bei mir zusammen.«

»Wieso«, fragte Lisa, »wo sind denn alle?« Dabei dachte sie an Juan.

»Ostersonntag ist heilig, da treffen sich die kompletten Großfamilien. Was ist, kommt ihr zu mir? Ich bin zwar keine so tolle Köchin, aber einen schönen Osterschinken besorgen, das bringe ich allemal hin. Nachher können wir ans Meer gehen, zu der kleinen Bucht hinunter.«

Ob Juan zu seinen Großeltern gehen würde, überlegte Lisa, oder waren alle bei Maria-Joses Eltern eingeladen? Wie kompliziert alles war!

»Ich komme sehr gerne«, hörte sie sich sagen.

»Ich natürlich auch«, pflichtete Marika bei und wandte

sich an Lisa: »Hör einmal, ich möchte wirklich nicht indiskret sein für den Fall, dass du nicht darüber reden willst.«

Lisa hielt die Luft an. Was sollte sie der Freundin sagen – anlügen würde sie sie bestimmt nicht.

»Was ist eigentlich damals passiert, mit deinen Eltern, meine ich. Du warst so fürchterlich bedrückt und hast uns nicht einmal erlaubt, dich ein wenig zu trösten.« Marika sah sie an.

Kurz zog Lisa in Erwägung, die Frage abzuwehren, dann erwiderte sie Marikas Blick.

»Ihr habt recht. Ich hätte mit euch reden sollen, aber ich konnte nicht. Ich war unfähig, mich mitzuteilen. Es war wie ein Albtraum.«

»Du musst auch jetzt nicht darüber sprechen, wenn du nicht willst«, kam es vorsichtig von Emely.

»Doch, ich will. Im Grunde wollte ich es euch schon lange erzählen. Aber zuerst war ich so sehr damit beschäftigt, meine Wunden zu lecken, dann kam mein kleiner Ausrutscher dazwischen«, setzte sie mit einem schiefen Lächeln hinzu, ehe sie weitersprach. »Meine Mutter hat mir einen Brief geschrieben, in dem sie mir mitteilte, dass sie mich gewissermaßen aus der Kanzlei hinausdrängt …«

Es fiel ihr gar nicht schwer, darüber zu sprechen, merkte sie. Wie schon nach dem Gespräch mit Jaime, stellte sie auch jetzt fest, wie befreiend es war, alles zu erzählen.

Obwohl sich die Freundinnen bemühten, keine abfälligen Äußerungen zu machen, konnten sie ihre Empörung nicht ganz verbergen.

Es tat so gut! Emelys Augen blitzten vor Wut, wenn Lisa nur den Namen »Lutz« erwähnte, und Marika stieß ein leises »zum Teufel mit dieser Kanaille« hervor.

Die Loyalität der beiden war wie Balsam. Sie spürte, dass sich ihre Bitterkeit immer mehr löste.

»Was willst du jetzt unternehmen«, Marika klang ungewohnt ernst, »das wirst du dir doch nicht gefallen lassen?«

»Zunächst war ich sicher, dass ich gar keine Chance habe.« Abwehrend hob sie die Hand, als Marika auffahren wollte. »Nein, lass nur. Ich war so daran gewöhnt, immer alles zu akzeptieren, was man von mir verlangte. Doch damit ist ein für alle Mal Schluss. Ich habe lange mit Jaime über die Sache gesprochen. Schon seine Sichtweise der Dinge war für mich ausgesprochen hilfreich. Eure Reaktion zeigt mir einmal mehr, dass ich mich wehren muss. Ich brauche nur noch ein wenig Zeit, dann werde ich mit meiner Mutter reden. Ich lasse mich diesmal nicht so einfach abschieben, schon aus Selbstachtung nicht. Aber«, sie nahm einen großen Schluck aus ihrem Glas, »alte Gewohnheiten legt man nicht so schnell ab. Habt also noch ein wenig Geduld mit mir.«

Lisa lächelte.

»Na denn. Wie bei den drei Musketieren. Einer für alle, alle für einen«, sagte Marika und griff nach Lisas Hand.

»Ich auch«, pflichtete Emely bei und legte ihre Hand obenauf.

»Ihr seid einfach wunderbar«, war alles, was Lisa herausbrachte.

»Sind wir nicht. Du bist wunderbar. Es ist schön, dich hierzuhaben. Du bist bei diesem Kampf nicht allein. Wann immer wir etwas tun können, gib Bescheid«, sagte Marika, und Emely nickte.

KAPITEL 14

Schritt für Schritt zog der Frühling ins Land. Zwar wehte in Meeresnähe noch ein kühler Wind, aber im Hinterland war die Luft mild, und die Sonnenstrahlen wärmten kräftig.

Für Lisa schien jeden Tag die Sonne. Immer stärker verliebte sie sich in Juan. Längst war ihr bewusst, dass sie sich niemals wieder von ihm trennen wollte.

Er war so liebevoll, wie sie es noch nie erlebt hatte. Ihre Tage waren angefüllt mit seiner Gegenwart. Immer dachte er daran, sie kurz anzurufen oder eine Nachricht zu schicken. Sie aber sehnte sich bereits nach ihm, kaum dass sein Wagen aus dem Tor rollte.

In der Nacht, wenn sie seinen Atemzügen lauschte, wusste sie: Er war ihr Glück. So gerne hätte sie dies Glück mit den Freundinnen geteilt, ihre Beziehung offen der ganzen Welt gezeigt.

Aber Juan verdiente, dass sie sich geduldete, bis auch er bereit war.

Immer enger schloss sie sich in dieser Zeit an Jaime an. Der ältere Mann, den sie inzwischen nicht nur zutiefst respektierte, sondern auch bewunderte, wurde zunehmend ihr Ratgeber und ihre Stütze.

Manchmal verspürte sie beinahe ein schlechtes Gewissen seiner Familie gegenüber, bis sie eines Tages mit Catalina, seiner Tochter, zusammentraf.

Lisa wollte sich etwas Neues zum Anziehen kaufen und war mehr aus Zufall in Catalinas Boutique gelandet.

»Willst du einen Kaffee?«, fragte diese.

Lisa wählte schnell entschlossen zwei hübsche Shirts aus und suchte dann nach einer passenden Hose. »Ja, gerne. Ich probiere diese hier, okay?«

»Die könnte dir passen. Zieh auch noch die hellblaue an.«

Danach saßen sie eine Weile zusammen. Natürlich war wieder einmal Lisas Unfall das Hauptthema. Geschickt lenkte sie das Gespräch auf Jaime und die Reha, die er gerade machte.

»Du hast gar keine Ahnung«, sagte Catalina plötzlich, »wie froh wir alle für Papa sind, dass er dich hat.«

Lisa musste etwas verdutzt dreingesehen haben, denn mit einem kurzen Auflachen fuhr Catalina fort: »Wirklich, du bist ein Segen für unsere gesamte Familie. Seit es dich gibt, ist Papa richtig aufgeblüht. Weder Rafa noch ich interessieren uns für die Gestoria. Das war die ganzen Jahre über ein Problem. Natürlich ist Papa viel zu verständnisvoll. Er würde uns niemals zu etwas zwingen. Aber für uns war es belastend, zu sehen, wie sehr ihn das bedrückte. Die Gestoria ist sein Lebenswerk. Dennoch hatte er in letzter Zeit überhaupt keine Freude mehr damit. Plötzlich ist alles anders. Er ist endlich wieder zufrieden. Mit dir redet er ununterbrochen – und offensichtlich interessiert es dich auch. Versteh mich nicht falsch. Von uns kann niemand diese Geschichten mehr hören. Ich weiß, das ist ungerecht, aber Papa ist es auch egal, welche Farbkombination gerade tonangebend ist. Du hängst förmlich an seinen Lippen, wenn er stundenlang doziert.«

Lisa konnte sie nur anstarren. War das möglich? Da überlegte sie die ganze Zeit, ob man es ihr übel nahm, wenn sie Jaime so viel beanspruchte, und jetzt das.

»Ich kann ihm nicht genug zuhören«, antwortete sie, »ich liebe diesen Beruf, und mit Jaime ist alles so neu, beinahe aufregend. Ich kann so viel von ihm lernen. Er ist ein brillanter Jurist, hat ein unglaublich tiefes Wissen.«

Catalina lachte. »Du sprichst sogar wie er. Niemals werden wir diese Begeisterung für irgendwelche Akten verstehen. Ich bitte dich, Lisa, wann immer du Zeit für Papa hast, machst du nicht nur ihm, sondern uns allen die größte Freude. Falls du dich, was wir wirklich hoffen, entschließen könntest, in die Gestoria einzusteigen, würdest du uns alle glücklich machen.«

Stumm hörte Lisa zu. Wie war es möglich, dass sie hier bekam, was sie sich immer gewünscht hatte. Sicher, die Arbeit in der Gestoria unterschied sich gewaltig von ihrer bisherigen Tätigkeit. Andererseits war sie wesentlich abwechslungsreicher. Ständig hatte man mit Menschen zu tun, kannte ihre Wünsche, ihre Sorgen. Der Kontakt war viel enger, als sie es sonst gewohnt war.

Nachdenklich machte sie sich auf den Heimweg. Immer ernsthafter dachte sie darüber nach, wie weit sie sich mit dieser Tätigkeit identifizieren könnte. Bereits jetzt fuhr sie an drei bis vier Tagen pro Woche in die Gestoria, und wenn sie einmal nicht dort war, fehlte ihr etwas.

* * *

In der Karwoche füllten sich die Uferpromenaden mit Menschen, und die Insel erwachte aus dem Winterschlaf. Zahlreiche Touristen reisten an, die Souvenirläden öffneten ihre Pforten.

Nie zuvor hatte Lisa Ostern so intensiv erlebt wie in diesem Jahr. In Düsseldorf nahm kaum jemand Notiz von diesem Fest, zu sehr überlagerte der Alltagsstress alles. Selbst die alljährlichen Ostersonntag-Einladungen hatten meist einen geschäftlichen Hintergrund.

Ganz anders erlebte sie die Karwoche jetzt.

So unbeirrt das Leben vor Weihnachten seinen gewohnten Gang nahm, so still wurde es zu Ostern. Spätestens ab Gründonnerstag ruhte jede Arbeit. Selbst die großen Supermärkte waren weitestgehend geschlossen.

Lisa merkte, dass sie sich in Mallorca zunehmend heimisch fühlte. Natürlich spielte Juan dabei eine wesentliche Rolle. Aber nicht nur.

Längst hatte sie sich in einen Internet-Lehrgang eingeschrieben, um das erforderliche Fachvokabular zu pauken. Auch die Ausbildungskriterien zum Gestor hatte sie nachgelesen.

War es möglich, in beiden Ländern zu arbeiten, hin und her zu pendeln? Wie würde sich so ein Lebensstil auf ihre Beziehung zu Juan auswirken. Wollte sie so ein unstetes Leben überhaupt? Träumte sie nicht vielmehr davon, immer mit ihm zusammen zu sein, alles mit ihm zu teilen? War sie denn bereit, ihr Leben in Deutschland aufzugeben und für immer in Mallorca zu bleiben?

Und wie dachte Juan darüber?

Immer öfter grübelte Lisa darüber nach. Sollte sie ihn fragen? Würde er sich nicht unter Druck gesetzt fühlen, zu einer Entscheidung gedrängt, für die er noch nicht bereit war?

Sie musste lernen, die Dinge zu trennen.

Sie durfte von ihrem Partner nicht mehr erwarten, als dieser zu geben imstande war.

Hatte sie sich nicht vorgenommen, geduldig zu sein?

Wozu etwas überhasten?

Er hatte sie sehr gern, davon war sie überzeugt.

»Als Mann muss er unglaublich schwierig sein, er ist beziehungsunfähig.« Marikas Warnung fiel ihr ein, und sie musste lächeln.

Juan war weder schwierig noch beziehungsunfähig, ganz im Gegenteil. Er war wunderbar. Er sah sich nur nicht als Ehemann.

Lisa hielt in ihren Überlegungen inne. Hatte sie das wirklich gedacht? Wollte sie Juan etwa heiraten?

Die Vorstellung verwirrte sie.

Es dauerte eine Weile, bevor sie wieder ruhig denken konnte.

Geduld war auch hier der Schlüssel zum Erfolg. Wenn sie die Dinge überstürzte, würde sie alles kaputtmachen.

Also sollte sie besser damit anfangen, ihre eigene berufliche Zukunft zu ordnen.

Zunächst müsste sie sich endlich mit ihrer Mutter auseinandersetzen. Es war höchste Zeit, Stellung zu beziehen.

Danach würde man weitersehen.

Entschlossen griff sie zum Hörer, wählte die vertraute Nummer der Kanzlei und ließ sich mit ihrem Vater verbinden.

* * *

Am Ostersonntag stand Lisa zeitig auf. Juan hatte über die gesamten Feiertage den Bereitschaftsdienst übernommen und war schon unterwegs.

»Schließlich bin ich Antonio noch etwas schuldig. So kann er Ostern wenigstens ein wenig mit Francisca genießen, bevor die Arbeit im Hotel losgeht«, sagte er zu Lisa, »und du bist ohnehin bestens untergebracht.«

Irrte sie sich, oder hatte er angespannt gewirkt, als sie ihm mitteilte, Ostersonntag mit ihren Freundinnen verbringen zu wollen?

»Gehst du zu deinen Großeltern?«, fragte Lisa möglichst beiläufig.

»Wir sind heuer bei Maria-Joses Eltern«, war seine eher knappe Antwort, »ich werde sicherlich zwischendurch vorbeifahren.«

Gemeinsam mit Marika besuchte Lisa die Ostermesse. Sie wollten sich vor der Kirche mit Emely treffen.

Lisa freute sich darauf. In Deutschland war sie nie in die

Kirche gegangen, sie hatte kein Verlangen danach gespürt. Hier war das anders. Sie genoss die festlich gekleideten Menschen, freute sich, wenn sie ein bekanntes Gesicht sah.

Gemeinsam saßen sie in der riesigen Kirche, waren Teil dieser Gemeinschaft. Es war vertraut und feierlich zugleich.

»Richtig österlich, nicht?«, flüsterte Emely.

Lisa konnte nur zustimmend nicken.

»Unser größtes Fest, und in Deutschland geht es ziemlich spurlos an einem vorbei. Weihnachten hat da einen viel höheren Stellenwert«, sagte Lisa, als sie danach vor der Kirche standen.

»Fällt mir auch jedes Jahr auf«, pflichtete Marika ihr bei, »schon, dass ab Gründonnerstag Ruhe herrscht, ist wirklich ein Unterschied. Hier denke ich tatsächlich jedes Jahr am Karfreitag an den Tod von Christus am Kreuz. Wäre mir in Deutschland nie eingefallen.«

Dann sah sie ihn.

Juan stand ein wenig abseits, umringt von mehreren Personen, mit denen er sich offensichtlich gerade unterhielt. Er sah zu ihr herüber.

Spontan wollte Lisa zu ihm laufen, schon breitete sich das Lächeln auf ihrem Gesicht aus, als ihr gerade noch einfiel, dass er nicht allein war.

Wer waren die ganzen Leute, bei denen er stand? Seinen Großvater kannte sie bereits. Sie begrüßten einander jedes Mal, wenn er mit dem Traktor vorbeifuhr. Dann war die Frau daneben vermutlich Juans Großmutter. Und wer waren die anderen? Lisa blieb unschlüssig stehen. Sollte sie hinübergehen oder nicht. Wenn er sie bekanntmachen wollte, würde er es ihr doch zu verstehen geben, oder?

Zögernd hob sie die Hand, winkte ihm zu, wie sie es früher auch getan hatte. Zurückhaltend erwiderte er ihren Gruß.

Aufmerksam geworden, drehte sich Emely um.

»Da ist ja Juan. Kommt mit, Maria-Jose ist auch dort.«

Ohne ihre Antwort abzuwarten, steuerte sie auf die gegenüberliegende Straßenseite zu und zog Lisa mit sich.

Mit gesenktem Kopf stand sie hinter den Freundinnen, ließ die Begrüßung über sich ergehen.

Wie immer umarmte sie Maria-Jose herzlich. Dann hörte sie, wie Juan ihren Namen nannte: »Lisa, das ist meine Großmutter, meinen Großvater kennst du ja schon. Das hier sind Maria-Joses Eltern und ihre beiden Schwestern.«

Mechanisch schüttelte sie Hände, antwortete auf Fragen, lächelte, wünschte frohe Feiertage.

Alle waren so freundlich. Maria-Joses Mutter wollte wissen, ob sie sich schon von dem Unfall erholt hatte, und Juans Großmutter erkundigte sich nach Lisas Eltern.

Maria-Jose hatte sie untergehakt. Lisa spürte Juans Blick, traute sich nicht, die Augen zu heben.

»Was macht ihr, kommt ihr mit zu uns?«, wollte Maria-Jose wissen.

»Vielen Dank, aber wir haben uns bei Emely verabredet«, antwortete Lisa. Es klang steif.

»Das ist schade. Dann müsst ihr ein anderes Mal kommen. Jetzt, wo es endlich wieder warm wird. Wollen wir eine Paella machen, bei uns auf der Finca? Vielleicht nächste oder übernächste Woche? Was haltet ihr davon. Juan, du hast doch auch wieder Zeit?«

Lisa hörte seine ausweichende Antwort, stand selbst wie auf Nadeln.

»Aber gerne«, rief Marika, »ich habe das Paellaessen vom letzten Jahr noch in Erinnerung, es war ein wunderschöner Sonntag bei euch.«

»Gut, abgemacht. Marika, wir organisieren das. Ich freue mich schon.«

Dann ging alles sehr schnell. Die Älteren mahnten zum Aufbruch, Juan begleitete seine Großeltern zum Auto, und

Maria-Jose lief nach einer eiligen Verabschiedung ihren Eltern hinterher.

* * *

Natürlich war es schön, mit den Freundinnen zusammen zu sein. Emely hatte einen herrlichen Osterschinken besorgt, es gab gefärbte Eier und für jeden ein Osterhäschen.

Trotzdem war Lisa nicht bei der Sache. Immer wieder dachte sie an die Begegnung mit Juans Familie vor der Kirche. Ob sie tatsächlich gegen ihre Beziehung wären?

Wie nett sie waren. War die Einladung ernst gemeint?

Aber hätte Juan sie nicht mitgenommen, wenn es der Familie recht wäre. Oder zumindest gefragt?

War er derjenige, der den Kontakt nicht wollte? Wie zurückhaltend er war, fast unnahbar. Völlig anders, als er sich sonst benahm.

Oder überschätzte sie die Worte der Familie? Gehörte das hier zur Konversation?

Was Juans Großmutter wohl sagen würde, wüsste sie, dass ihr Enkel inzwischen jede Nacht mit ihr verbrachte.

»Hallo! Hola, Lisa«, Marika fuchtelte vor ihrem Gesicht herum, »bist du eingeschlafen? Du kannst doch nicht einfach so vor dich hin träumen. Woran denkst du gerade so wahnsinnig konzentriert.«

Lisa versuchte zu lächeln. »Ich habe an nichts Besonderes gedacht«, stotterte sie, »außer, wie ganz anders Ostern hier ist, ich meine verglichen mit Deutschland oder so«, sie wusste nicht weiter, und mehr aus Verlegenheit griff sie nach ihrer Kaffeetasse.

Marika stieß Emely an. »Und ich habe gedacht, du hast den Osterhasen gesehen.« Beide lachten.

Es wurde ein wunderbarer Nachmittag.

Gemeinsam gingen sie an die Klippen, durchquerten das Naturschutzgebiet und kletterten zu der verträumten Bucht mit dem türkisblauen Wasser hinab. Dort saßen sie am Rand der Böschung auf den sonnenwarmen Steinen und plauderten.

»Ich muss euch etwas sagen«, begann Lisa.

»Erzähl, was gibt's?« Die Köpfe der beiden schossen gleichzeitig in die Höhe.

»Alles hat mit dem Unfall von Jaime und der Arbeit in seiner Gestoria angefangen. Er ist so großartig, ich weiß gar nicht, wann ich jemals so viel Freude mit meiner Arbeit gehabt habe. Jedenfalls hat mir Jaime angeboten, als seine Partnerin in die Gestoria einzusteigen. Ich hielt das für nicht durchführbar. Inzwischen bin ich nicht mehr sicher. Was ich sagen will, ist – ich überlege, ob ich nicht für immer hierbleiben soll. Es ist ziemlich verwirrend für mich. Manchmal bin ich ganz sicher, andererseits fürchte ich, einen Fehler zu machen. Das Problem ist, dass ich im Moment nicht weiß, wohin ich gehöre. Außerdem ist da noch diese Kanzleifusion in Deutschland. Ich weiß, ich muss mich entscheiden. Jaime hat mir dabei schon sehr geholfen. Er war es auch, der mir geraten hat, meine Wünsche und Vorstellungen klar zu formulieren. Und wisst ihr was? Letzte Woche habe ich meinen Vater angerufen.«

»Wow«, meinte Emely, »ganz schön viel Neuigkeiten für einen Nachmittag. Und wieso hast du uns bisher nichts gesagt?«

»Ich war mir nicht sicher. Ich meine, das bin ich jetzt auch nicht. Aber immer mehr spüre ich, dass ich hier nicht wieder fortwill.«

»Du bleibst hier!« Marika strahlte vor Freude.

»Zumindest ziehe ich es ernsthaft in Erwägung. Da ist noch so viel zu regeln, so viel zu bedenken. Aber immer mehr glaube ich, dass es für mich die richtige Entscheidung ist. Ich glaube, ich bin endlich angekommen.«

»Das ist die beste Nachricht seit der Erfindung des Rades.

Lisa, du weißt gar nicht, was ich für eine Freude habe«, schniefte Emely und umarmte sie.

»Jetzt verlängert sie wirklich«, stellte Marika fest. »Schade, dass Hans uns nicht hören kann, es würde ihn unglaublich freuen.«

Noch lange saßen sie in der Bucht, redeten und lachten durcheinander.

»Das bleibt vorerst unter uns. Ich möchte nicht, dass Jaime über Umwege etwas davon erfährt. Ich werde zu gegebener Zeit mit ihm reden«, sagte Lisa.

»Klar, von mir hört keiner etwas«, antwortete Emely.

»Von mir sowieso nicht«, pflichtete ihr Marika bei.

Langsam wurde es kühler, die Sonne stand schon tief, und ihre goldenen Strahlen tauchten die Landschaft in ein wunderschönes Licht.

Einträchtig gingen sie zu Emelys Wohnung in dem kleinen Fischerhaus an der Uferpromenade zurück.

Von der Terrasse aus beobachteten sie, wie die Sonne als feuerroter Ball im Meer versank.

Danach saßen sie ungewöhnlich still um den Esstisch herum und hingen ihren Gedanken nach. Sie mussten nichts reden, um einander nahe zu sein.

Es war schon dunkel, als sich Lisa mit Marika zusammen auf den Heimweg machte. Sie brachte die Freundin bis zu deren Haus. So gerne sie mit ihr auch zusammen war, spürte Lisa doch, wie ihre Sehnsucht nach Juan immer größer wurde.

Kurz fuhr sie noch bei ihrem eigenen Haus vorbei, um Caja abzuholen, dann machte sie sich auf den Weg zu ihm.

Sie begrüßte die Hunde und ließ Caja aus dem Auto springen. Längst schon war ihr jedes der Tiere ans Herz gewachsen. Die Hunde rannten davon, und Lisa betrat das Haus.

Verwundert stellte sie fest, dass noch kein Licht brannte. Beinahe abweisend lag das Gebäude vor ihr.

Wieso war Juan nicht da? Hatte es noch einen Notfall gegeben? Warum hatte sie keine Nachricht erhalten? Seit jenem allerersten Morgen achtete er stets darauf, ihr Bescheid zu geben.

Sie beschloss, die Hunde zu füttern, und ging zur Garage, wo sich das Futter befand.

Wieder im Haus zurück, hörte sie ihr Handy summen. Hastig entzifferte sie die Nachricht.

Bin bei Antonio, haben getrunken, werde hier übernachten. Bitte füttere die Hunde. Schlaf gut, bis morgen, J.

Immer wieder las sie die Nachricht. Natürlich war sie enttäuscht – versuchte sich einzureden, dass es ganz natürlich war, wenn er bei Antonio schlief.

Was hieß »haben getrunken«?

Juan trank nichts, wenn er mit dem Wagen unterwegs war, schon gar nicht, wenn er Dienst hatte.

Das konnte also nicht der Grund sein. Warum schrieb er es dann? Sie spürte so etwas wie Eifersucht und kämpfte das Gefühl sofort nieder.

Juan war nicht Lutz, sagte sie sich.

Lächerlich, sich dermaßen aufzuführen. Nur weil er bei seinem Freund war. Aber es passte nicht zu ihm. Und sie hätte ihn so gern bei sich gehabt.

Sie drehte den Fernsehapparat auf, lustlos wechselte sie die Programme. Nichts interessierte sie.

Planlos wanderte sie im Haus umher. Immer wieder zog es sie in Juans Büro – sein Schreibtisch, seine Sachen, sein Reich. Frustriert nahm sie eine Decke und ging hinaus auf die Terrasse, setzte sich in einen der Stühle und betrachtete die Landschaft.

Wie ruhig es war. Wie immer glänzte das Meer in der Ferne, im weißen Licht des Mondes schien die Landschaft geradezu lebendig. Langsam wurde sie ruhiger.

War es nicht schön hier? Warum machte sie sich immer selbst fertig? Juan war nur bei seinem Freund und sie eben einen Abend allein. Morgen würde er ihr alles erzählen. Vertrauen und Verlässlichkeit – hatte sie nicht selbst darauf bestanden? Es war höchste Zeit, wieder zu vertrauen.

Einigermaßen getröstet ging sie ins Schlafzimmer und fiel bald in einen traumlosen Schlaf.

* * *

Es wurde zehn Uhr vormittags, ehe er kam. Fast wäre Lisa in die altgewohnte Unruhe zurückverfallen.

Zu froh, ihn endlich bei sich zu haben, lief sie ihm entgegen.

»Ich habe dich vermisst«, murmelte sie.

»Tut mir leid, ich hatte zu viel getrunken. Gott sei Dank blieben alle gesund, sonst hätte es ein Problem gegeben. Wie war es bei dir, schön?«

»Wir haben so viel geredet. Ich bin erst nach acht Uhr heimgekommen.«

»Hast du Lust, einen Ausflug zu machen?«, fragte er unvermittelt.

»O ja, gern. Wohin?«

»Ich muss nach Llucmajor. Ein alter Bekannter und guter Kunde. Er betreibt eine Pferderanch. Ich muss wieder einmal nach dem Rechten sehen – heute wäre ein perfekter Tag dafür.«

Noch nie hatte er sie zu einem Kunden mitgenommen. Lisa versuchte, ihre Aufregung zu verbergen.

»Ich komme sehr gerne mit. Ich liebe Pferde.«

Sie genoss die Fahrt in vollen Zügen – die schon so vertraute Landschaft, der blaue Himmel, die Berge in der Ferne.

Es war so schön, ihn zu begleiten.

Sie fuhren die Umfahrungsstraße von Manacor, bogen in

Richtung Felanitx ab und nahmen von dort aus den Weg nach Süden.

Juan lenkte den Wagen in einen Seitenweg, sie holperten über unbefestigten Boden und kamen zu einer breiten Einfahrt.

Lisa sah grasende Pferde, Koppeln, eingezäunte Laufställe und einen Abreitplatz. Dahinter erstreckten sich mehrere Gebäude – die Stallungen.

Juan stellte den Wagen neben einem niedrigen Haus ab und drehte sich zu ihr um. »Du gehst auf keinen Fall zu den Pferden hinein, ist das klar?«

Sie sah ihn verwundert an. »Sind die gefährlich?«

»Lisa, bitte, ich will das nicht diskutieren. Du bleibst draußen. Okay?«

»Ja, ist in Ordnung, du musst mich nicht anmotzen.«

»Tut mir leid, das wollte ich nicht. Ich will nur, dass du tust, was ich sage.« Er stieg aus.

Vom Haus her kam ein Mann auf sie zu. Lisa schätzte ihn auf Ende vierzig. Er war groß und kräftig. Die grauen Haare reichten bis auf seinen Rücken, waren dort zu einem Pferdeschwanz zusammengefasst. Die beiden Männer begrüßten einander mit offensichtlicher Zuneigung.

»Ja, wen haben wir denn da? Wo hast du diese Schönheit aufgetrieben, du alter Schwerenöter?«, hörte Lisa den Grauhaarigen sagen.

»Meine neue Assistentin«, grinste Juan. »Lisa, das ist mein alter Kumpel Moritz. Das ist Lisa. Sie ist Anwältin.«

Moritz musterte sie ungeniert.

»So jung und so schön und schon Anwältin? Wie geht das?« Sein Blick wanderte über ihren Körper abwärts bis zu ihren Beinen.

»So alt und immer noch so ein Schleimer?«, konterte Lisa und sah, wie Juan schmunzelte.

Moritz hielt kurz inne, brach dann in ein dröhnendes

Gelächter aus. »Alle Achtung. Die ist richtig. Gratuliere, mein Freund.«

Er klopfte Juan auf die Schulter, es klang wie ein Prankenhieb. »Also dann, lass uns an die Arbeit gehen.«

In den nächsten zwei Stunden wusste Lisa nicht, ob sie besorgt oder einfach nur begeistert sein sollte.

Ein Tier nach dem anderen wurde untersucht. Manche waren gutmütig, ließen sich anstandslos berühren. Andere wirkten nervös – einige sogar richtig wild, beinahe gefährlich.

Als sich Juan neben den tanzenden Hufen bückte, sie anhob, dazwischenstand, wenn die Tiere auskeilten, musste sie sich zwingen, nicht laut aufzuschreien.

Dennoch war es faszinierend, ihm bei der Arbeit zuzusehen.

Mit welcher Sicherheit er die Pferde anfasste, die sich unter seinen Händen sofort beruhigten.

Später saßen sie in dem kleinen Haus, das Moritz offenbar als Büro diente, und tranken Kaffee.

»Juan ist der absolut Beste«, wandte Moritz sich an Lisa. »Ich bin schon lange im Geschäft und habe Dutzende Tierklempner gesehen, gute und schlechte. Aber keiner kommt an Juan heran. Was ist?« Er drehte sich zu Juan. »Wann bekommt ihr endlich einen eigenen OP? Ehe dieser Stümper hier noch mehr Tiere versaut?«

»An mir liegt es nicht«, hörte sie Juan antworten, »aber diese Summe ist keine Kleinigkeit.«

»Ich weiß, das liebe Geld. Trotzdem. Ich wäre nicht der Einzige, der nur zu dir kommen würde.«

* * *

»Wie machst du das, dass sie dich nicht treten? Ich habe gar nicht hinsehen können vor lauter Angst.« Lisa konnte sich nicht mehr zurückhalten, sprudelte über, als sie endlich allein im Wagen saßen. Sie fuhren über den staubigen Weg zurück, bogen dann in die asphaltierte Straße ein.

»Berufsrisiko. Mach dir keine Sorgen, ich passe schon auf. Aber es gefällt mir, wenn du Angst um mich hast.«

»Sei nicht so eingebildet«, konterte sie, fügte dann aber ernst hinzu: »Natürlich habe ich Angst um dich.«

Er sah kurz zu ihr hinüber. Sie bemerkte das Aufblitzen in seinen Augen. Dann konzentrierte er sich wieder auf die Straße.

»Was meinte er mit dem OP, und wer ist ein Stümper?«, fragte sie.

»Es gibt einen Kollegen, dem gehört der einzige Operationssaal für Pferde in der Gegend. Er hält sich für den Größten, hat aber nicht wirklich viel Ahnung. Früher durften wir auch bei ihm operieren. Vermutlich hat er dann bemerkt, dass seine eigenen Leistungen höchstens bescheiden sind. Jedenfalls lässt er uns seinen OP nicht mehr benutzen.« Er machte eine Pause. Lisa bemerkte, wie die Knöchel seiner Hand, die das Lenkrad hielt, stärker hervortraten.

»Vor Weihnachten hat er einen Traber operiert, ein Routineeingriff eigentlich. Er hat es versaut. Die Stute wird nie wieder ein Rennen laufen. Normalerweise ein Todesurteil. Zum Glück hat Moritz sie genommen. Inzwischen haben wir sie wieder aufgebaut. Jetzt geht sie im Reitbetrieb, ist ein tolles Pferd für Kinder. Antonio und ich haben schon mehrmals überlegt, uns einen eigenen OP zuzulegen. Doch das kostet eine Menge Geld. Unser Betrieb trägt so eine hohe Investition nicht, und ein Kredit kommt nicht infrage.«

Nachdenklich blickte Lisa aus dem Fenster. Einmal mehr begriff sie, wie sehr Juan an seinem Beruf hing.

Sie dachte daran, wie er den Pferden über die Nüstern strich, die Beine abtastete, die Augen untersuchte.

Sie musste den Kopf drehen und ihn ansehen. Sie war so stolz auf ihn! Wie hatte Moritz gesagt? »Er ist der Beste.«

Er war der Beste – aber nicht nur für die Tiere. Auch für sie selbst.

* * *

Nach einem langen Arbeitstag kehrte Lisa voller Vorfreude auf den Abend zur Finca zurück.

Wieso stand ein Auto vor ihrem Gartentor?

Sie fuhr langsamer und näherte sich dem schwarzen Geländewagen, in dessen Heckscheibe man deutlich das Schild einer Leihwagenfirma sehen konnte.

Wer war das? Ob sich jemand verfahren hatte? Wer sollte sie hier besuchen?

Sie ließ den Wagen ausrollen, legte den ersten Gang ein und zog die Handbremse. Dann stieg sie aus.

Die Tür des Wagens öffnete sich.

»Lutz.« Sie stand wie festgewachsen. »Was machst du hier?«

»Liebling, schön, dich zu sehen.«

Strahlend kam er auf sie zu, nahm sie bei den Armen, wollte sie an sich ziehen.

Lisa versteifte sich. »Lass das. Was willst du hier?«

Er lachte. »Na was wohl, ich hatte Sehnsucht. Seit einem halben Jahr haben wir dich nicht mehr zu Gesicht bekommen. Ich muss sagen, du siehst hervorragend aus. Hast du zugenommen? Steht dir.«

Sein selbstgefälliges Lächeln, die Sicherheit, seine Arroganz – Lisa merkte, wie sie immer ärgerlicher wurde.

»Wenn du diesen weiten Weg gemacht hast, um zu sehen, wie es mir geht – voilà, es geht mir gut. Und du kannst wieder nach Hause fahren.«

Weit davon entfernt, beleidigt zu sein, lachte er sie an.

»Zugegeben, das war einer der Gründe. Der andere ist – ich habe Neuigkeiten. Es gibt eine Menge interessanter Nachrichten bezüglich der Fusion. Das konnte ich unmöglich mit dir am Telefon besprechen. Schließlich sind wir alte Freunde. Außerdem war ich neugierig, wie du dich hier eingerichtet hast. Lass uns hineingehen. Ich bin sehr gespannt auf alles.«

Was sollte sie machen? Ihn fortschicken? Zugeben, dass er sie immer noch nervös machte, wenn auch aus gänzlich anderen Gründen als früher? Demnächst wären sie auch noch Geschäftspartner. Höchste Zeit, dass sie ihm selbstbewusster entgegentrat. Sie würde sich nicht lächerlich machen, indem sie mit ihm herumschrie.

»Also bitte, komm herein. Nur damit wir uns richtig verstehen: Was zwischen uns war, ist vorbei. Wenn ich hier mit dir rede, dann rein geschäftlich.«

»Selbstverständlich, Frau Anwältin. Aber ich darf meiner zukünftigen Partnerin schon noch sagen, dass sie fantastisch aussieht.« Ehe sie es verhindern konnte, ergriff er ihre Hand und zog sie an die Lippen. Dabei warf er ihr einen tiefen Blick zu.

Schnell entzog sie ihm ihre Finger. Dann schob sie das Gartentor auf, damit er hineinfahren konnte.

Natürlich bestand er darauf, sich das gesamte Haus anzusehen.

»Ich darf doch bei dir übernachten?«, fragte er, als sie im Gästezimmer standen. Bevor sie ablehnen konnte, sprach er weiter: »Ich fliege morgen Nachmittag zurück. Wenn ich jetzt noch nach einem Hotel Ausschau halten soll, verlieren wir viel zu viel wertvolle Zeit.«

Was hätte sie machen sollen? Sie wollte den Abend nicht mit Lutz verbringen, sah aber ein, dass sie sich wohl oder übel anhören musste, was er zu sagen hatte.

* * *

Juan sah sie auf der Terrasse sitzen. Wer war der Besucher? Ein Blick auf den glänzenden Wagen verriet ihm, dass er von einer Leihfirma stammte.

Lisa kam ihm entgegen. Warum wirkte sie so verkrampft, beinahe schuldbewusst? Wer war der geschniegelte Kerl neben ihr?

»Juan, ich habe Besuch aus Deutschland bekommen«, sagte sie. Er registrierte, dass sie ihn nicht wie sonst küsste, sie fasste ihn überhaupt nicht an.

Er vergrub die Hände in den Hosentaschen.

»Das ist Rechtsanwalt Lutz van Ast, unser zukünftiger Partner in der Firma, Doktor Juan Sera, Cajas Tierarzt«, stellte Lisa vor.

Die beiden Männer reichten einander die Hände.

»Juan, möchtest du auch einen Kaffee?«

Er lehnte ab.

Wie fahrig sie war.

Dieser unsympathische Typ war also ihr Ex.

Kaum vorstellbar. Ganz offensichtlich war sie irgendwann in ihn verliebt gewesen. Also musste er ihrem Geschmack entsprechen.

»Juan, bitte«, Lisa sprach schnell weiter, »ich weiß, das hier bringt unseren gesamten Zeitplan durcheinander. Aber Lutz hat Nachrichten für mich aus der Firma. Ich muss mit ihm darüber sprechen. Er fliegt schon morgen nach Deutschland zurück.« Ihre Stimme klang gehetzt.

Am liebsten hätte er sie geschüttelt.

»Wir gehen zusammen etwas essen. Lutz wird bei mir übernachten. Bitte, Juan, versteh, dass ich heute keine Zeit habe. Ich rufe dich morgen an.«

* * *

Ohne nachzudenken, fuhr er automatisch den Weg zurück bis zu seinem Haus. In ihm tobte ein geradezu ohnmächtiger Zorn. Am liebsten hätte er kehrtgemacht und diesen Kerl aus ihrem Haus geworfen.

Was bildete sie sich ein? War es so schwierig, sich endlich einmal zu ihm zu bekennen? Genierte sie sich für ihn? Vor wem? Vor diesem Idioten?

»Das ist Cajas Tierarzt.« Das hatte sie allen Ernstes gesagt. Wo war ihre Loyalität?

Konnte sie nicht ein einziges Mal nur zugeben, dass er ihr Freund war, dass sie zusammenlebten?

»Ich liebe dich.« Wie oft schon hatte sie ihm das gesagt. Und er wollte es so gerne glauben.

Dann machte sie bei der kleinsten Kleinigkeit einen solchen Rückzieher.

Er hatte nicht gedacht, dass ihn irgendjemand dermaßen verletzen konnte, wie Lisa das soeben getan hatte.

KAPITEL 15

»Warum bist du hier?« Sie waren in dem bezaubernden italienischen Lokal eingekehrt, in dem Lisa schon des Öfteren eine Pizza gegessen hatte.

»Wegen dir natürlich.« Lutz versuchte, ihre Finger zu umfassen. Doch sie war schneller und entzog sie ihm.

Sie saßen in dem romantischen Innenhof. Kerzen brannten auf den Tischen, überall standen Terrakottatöpfe mit großblättrigen Grünpflanzen. Ein kleiner Zitronenbaum versuchte seine Äste dem Licht entgegenzustrecken. Mehrere Heizlampen sorgten für eine angenehme Temperatur.

Lisa betrachtete die Kohlenstoffblasen in ihrem Mineralwasser. Sie war inzwischen genügend entspannt, um auf das Gespräch neugierig zu sein.

»Er ist nervös«, dachte sie, »irgendetwas will er von mir, aber was?«

Laut sagte sie: »Hör zu. Lass uns offen miteinander sprechen. Ich kann nicht sagen, dass ich diese Fusion angestrebt habe oder gutheiße. Aber egal – sie wird Realität. Du weißt viel besser noch als ich, wie die zukünftigen Strukturen aussehen werden und wer über wie viel Einfluss verfügen wird. Vater interessiert sich nicht dafür. Er wird den wissenschaftlichen Teil und die Rechtskurse leiten, wie bisher auch. Wenn also Mutter und du euch einig seid – über neue Strategien oder was immer ihr plant –, werde ich mit meinem Stimmanteil nichts dagegen unternehmen können. Ich will es auch gar nicht.

Weder werde ich im Rahmen deiner Abteilung irgendeine Funktion bekleiden, noch strebe ich überhaupt in Zukunft bei euch eine Karriere an.«

»Lisa«, antwortete er. Wieder griff er nach ihrer Hand, diesmal war sie nicht schnell genug. »Ich habe gelogen, ich bin nicht wegen der Firma hier. Ich weiß«, er führte ihre Hand an seine Lippen, »ich war dir nicht der Partner, der ich hätte sein sollen. Du ahnst nicht, wie oft ich das schon bereut habe. Was ich getan habe, war der größte Fehler meines Lebens. Ich werde alles tun, damit du mir verzeihst. Lisa, ich will dich zurückhaben.«

Hätte er gesagt, er würde eine Zweigstelle auf dem Mond eröffnen, sie hätte nicht überraschter sein können.

Ein älteres Paar am Nebentisch sah auffallend oft zu ihnen herüber. Lisa konnte sich nicht erinnern, die Leute schon einmal gesehen zu haben.

Endlich gelang es ihr, ihre Hand zu befreien.

»Du wirkst überrascht«, sagte er.

»Um ehrlich zu sein, ja. Du hast mir damals unglaublich wehgetan. Aber das ist vorbei.«

Sie schob die Pasta auf ihrem Teller von einer Seite auf die andere. »Vielleicht sollte alles so kommen, jedenfalls hat es mich verändert. Gott sei Dank«, sie hob abwehrend die Hand, als er sie unterbrechen wollte, »bin ich dadurch endlich erwachsen geworden. Ich habe einen anderen Blickwinkel bekommen und werde nicht mehr in mein altes Leben zurückkehren. Die Menschen in Mallorca haben eine ganz andere Lebensweise, andere Prioritäten. Ich will nicht behaupten, dass bei uns alles schlechter ist. Aber der Lebensrhythmus, die Sichtweise der Dinge hier gefallen mir ausnehmend gut, und ich glaube, diese Art Leben passt auch besser zu mir. Für uns beide ist in meiner Lebensplanung kein Platz vorhanden, außerdem könnte ich dir nie wieder vertrauen.«

»Lisa, ich bitte dich! Du kannst mir doch nicht erklären, dass du mit diesen Bauern leben willst. Eine so blendende Juristin. Vor dir liegt eine glänzende Karriere!«

Irrte sie sich, oder lag etwas Lauerndes in seinem Blick?

Sie versuchte zu lachen. »In unserer künftigen Großkanzlei sind bereits zwei absolute Topjuristen. Ich spiele sicherlich nicht das fünfte Rad am Wagen. Abgesehen davon, dass es mir bei ›diesen Bauern‹, wie du dich ausdrückst, besser gefällt. Selbst wenn du es nicht wahrhaben willst: Auch hier gibt es Topjuristen, die es mühelos mit dir oder meiner Mutter aufnehmen können.«

»Ich wollte deine Freunde nicht beleidigen«, lenkte er ein, »du trägst dich allen Ernstes mit dem Gedanken, für immer hier zu leben?«

Er versuchte den Blick abzuwenden, Lisa jedoch war das Aufleuchten in seinen Augen nicht entgangen.

»Und wenn doch?«, fragte sie direkt.

Wieder sah er sie nicht an. Er dämpfte die Stimme, als er antwortete: »Es würde mir das Herz brechen, ehrlich, Lisa. Auch wenn du jetzt noch nicht bereit bist, mit mir zurückzukommen: Ich werde um dich kämpfen und dich davon überzeugen, wie ehrlich ich es meine.«

Nachdenklich lehnte sie sich in ihrem Stuhl zurück, eine Geste, die er prompt missverstand. Wieder angelte er nach ihrer Hand, die sie ihm widerstandslos überließ.

»Irgendetwas plant er, irgendetwas will er von mir«, schoss es ihr durch den Kopf. Doch was? Er kam nicht einfach ohne Grund hierher. Bisher war ihm ihr Befinden völlig egal gewesen. Wieso jetzt? Warum legte er sich dermaßen ins Zeug?

Der Gedanke ließ sie nicht mehr los. Es interessierte sie, herauszufinden, was er genau im Schilde führte.

Sie ließ ihn reden und widmete sich ihrem Essen.

Er sprühte vor Charme, unterhielt sie mit amüsanten

Geschichten aus dem gemeinsamen Bekanntenkreis, plauderte gewandt über die unterschiedlichsten Themen und vergaß darüber nicht, ihr ständig Komplimente zu machen.

Es geschah bei der Nachspeise.

Lisa rührte in ihrem Espresso, nahm einen winzigen Schluck.

»Ich muss sagen, das Essen hier ist wirklich hervorragend. Hat es dir auch so gut geschmeckt?«

»Wunderbar. Aber am wunderbarsten ist deine Gesellschaft.«

Lisa beschloss, darauf vorerst nicht zu antworten. Sie war nur neugierig, wie weit er noch gehen würde.

»Ich habe es ernst gemeint, vorhin, meine ich. Ich will mein Leben mit dir verbringen, Lisa. Sag mir, was ich tun soll, und ich werde es machen.«

Sie war jetzt doch ein wenig alarmiert. Ein Heiratsantrag? Damit hatte sie nicht gerechnet.

»Was war das jetzt eben, du machst mir einen Heiratsantrag?«

»Vielleicht stelle ich mich ungeschickt an. Aber ich würde dich auf der Stelle heiraten, wenn du es mir erlaubst. Zum Zeichen dafür, wie ernst es mir ist, und wie sehr ich deine eigenen Wünsche im Auge habe, wäre ich auch einverstanden, wenn du teilweise hier leben willst. Ich verdiene genug, um dein Leben zu finanzieren. Du müsstest nur zu mir kommen, wenn du selbst es willst. Während deiner Abwesenheit könnte ich dich und deine Interessen in Deutschland vertreten, zu unser beider Bestem.«

»Du meinst, zu deinem eigenen Besten. Was bist du doch für ein Mistkerl.« Lisa war jetzt rot vor Zorn, sie wusste nicht, ob sie schreien oder lachen sollte. »Du hast wirklich die Frechheit, mir so etwas vorzuschlagen, gibst du eigentlich nie auf? Für wie blöde hältst du mich?«

Sie kämpfte um Beherrschung, versuchte, ruhiger zu atmen und ihre Stimme zu dämpfen.

»Hör mir einmal gut zu«, unterbrach sie ihn, als er etwas sagen wollte. »Ich bin nicht mehr die naive Gans, und ich bin auch kein Stückchen in dich verliebt. Pech für dich. Zu deiner Information – ich habe vor Kurzem erst mit meinem Vater gesprochen. Wir beide sind uns einig darüber, dass wir in Zukunft stärker zusammenarbeiten wollen. Daher werden wir auch gleich andenken, wie man Vaters Abteilung aus dem gesamten Deal heraushalten kann. Diese Fusion ist von meiner Mutter initiiert worden. Vater war über die Entwicklung nicht eben glücklich. Da er bislang über meine eigenen Wünsche nicht informiert war, hat er keinen Grund gesehen, sich mit einzubringen. In der Zwischenzeit hat er sicherlich mit Mutter gesprochen. Schon seit mehreren Wochen ist eine ganze Mannschaft von Wirtschaftsexperten mit der Bewertung der einzelnen Firmenteile – sowohl bei dir als auch in unserer Kanzlei – beschäftigt, um eine Basis für die Wertausgleiche bei den Anteilsübertragungen zu schaffen. Du siehst, ich bin genauestens informiert. Vater und ich werden eine eigene Gesellschaft gründen. Da unser Bereich wirtschaftlich sicherlich nicht denselben Wert repräsentiert wie eure künftige Megakanzlei, werden wir über Abgeltungen sprechen müssen. Und falls du meine Stimmanteile haben willst, mein Lieber, wirst du sie bezahlen.«

Es bereitete ihr eine tiefe Genugtuung, zu sehen, wie er blass wurde. Ebenso schnell jedoch hatte er sich wieder im Griff.

Beinahe brachte er wieder dasselbe charmante Lächeln zustande. »Dann werde ich wohl mit dir über den Preis verhandeln müssen. Ich hoffe, du bist kulant zu mir. Aus alter Freundschaft, sozusagen«, sagte er und küsste ihr galant die Hand.

»Du bist wirklich unverbesserlich.« Lisa konnte nicht

anders, sie musste lachen. »Von mir aus, tun wir so, als wären wir Freunde. Vielleicht ist das für die bevorstehenden Verhandlungen nicht einmal schlecht. Aber vergiss nicht, ich habe in Vater einen exzellenten Berater.«

»Du wirkst nicht so, als würdest du einen Berater brauchen, und gegen mich schon gar nicht. Schade eigentlich, du bist wirklich gut.« Er hob sein Glas und prostete ihr zu. »Wer ist er?«

Sie zuckte zusammen. »Wer ist was?«

»Der Mann, der dich dermaßen verändert hat. Du bist stark geworden, meine Liebe, und unglaublich sicher. Auch äußerlich hast du dich verändert. Es hätte mir schon früher auffallen sollen. Also, wer ist er?«

»Es ist niemand. Und auch wenn es so wäre, würde es dich nichts angehen.«

»Natürlich! Dieser Sera, der Tierarzt. Dass ich da nicht gleich draufgekommen bin.«

»Pssst«, zischte Lisa, »kannst du bitte ein wenig leiser sprechen!«

Lutz lehnte sich zurück. Er streckte die Beine aus und lächelte selbstgefällig.

»Aber selbstverständlich, Frau Anwältin, dein Geheimnis ist bei mir bestens aufgehoben. Schließlich verstehe ich etwas von Schweigepflicht.« Er genoss die Szene sichtlich.

Lisa wäre am liebsten im Erdboden versunken. Wie hatte er das nur so schnell herausgefunden.

Er beugte sich zu ihr.

»Eigentlich müsste ich jetzt in meiner Eitelkeit gekränkt sein. Das Einzige, was mich tröstet, ist dein erstklassiger Geschmack. Wer hätte jemals gedacht, dass sich unsere allzeit beherrschte Juristin auf eine heiße Affäre mit einem mallorquinischen Tierarzt einlässt.«

* * *

Nachdenklich blickte Lisa dem Wagen nach, der zunächst langsam über den staubigen Weg hinunterrollte, dann, schneller werdend, in die asphaltierte Straße einbog, wo er rasch ihren Blicken entschwand.

Am Schluss hatte beinahe so etwas wie Harmonie zwischen ihnen geherrscht.

Der Kerl war schlichtweg unglaublich. Mit welcher Selbstverständlichkeit er seine Strategien änderte. Um sich einen Vorteil zu verschaffen, war ihm wirklich jedes Mittel recht.

Ihr konnte es egal sein. Sie würde in Zukunft so oft mit ihm zu tun haben, dass sie inzwischen einen kollegialen, ja sogar freundschaftlichen Ton bevorzugte.

Langsam ging sie ins Haus zurück.

So unangenehm ihr sein Besuch anfangs war, so befriedigend empfand sie den Ausgang. Endlich hatte sie reinen Tisch gemacht.

»Du musst sagen, was du willst«, Jaimes Worte. Einmal mehr wurde ihr klar, wie gut sein Rat war.

Sie würde mit ihrem Vater zusammenarbeiten. Er war begeistert über den Vorschlag gewesen. Immer schon wollte er sie als seine Assistentin, mit ihr zusammen seine Vorträge vorbereiten. Keine Ahnung hatte er gehabt, dass sie sich dasselbe wünschte.

Sie konnte in Mallorca leben und ihre Tätigkeit mit Jaime ausbauen. Vielleicht müsste sie das eine oder andere Mal nach Deutschland fliegen. Jedenfalls benötigte sie keine eigene Wohnung mehr. Die wenigen Nächte könnte sie im Haus ihrer Eltern verbringen. Sie sollte schnellstens Ilse verständigen, fiel ihr ein, da diese schon vor einigen Wochen vorsichtig nachgefragt hatte, ob sie die Wohnung nicht doch länger mieten könnte.

»Du bist unglaublich stark geworden«, hatte Lutz gesagt.

Sie fühlte sich auch so. Aber nicht nur stark, auch glücklich.

Sie dachte an Juan.

Konnte man sich dermaßen nach jemandem sehnen? Was hätte sie ihm alles zu erzählen.

»Langsam«, bremste sie sich ein. »Fall nicht gleich mit der Tür ins Haus. Du magst dir sicher sein, aber Juan ist es noch lange nicht.«

Wo er wohl war?

Sie sah auf ihr Handy. Außer einer kurzen Nachricht am gestrigen Abend hatte sie nichts von ihm gehört.

»Wo bist du? Ich denke an dich, habe Sehnsucht«, schrieb sie.

Es dauerte eine ganze Weile, ehe seine Antwort eintraf. »Viel zu tun, komme später. Heute bei mir. Okay?«

Er hatte auch schon liebevoller geklungen. Vermutlich war wieder einer dieser mühsamen Tage. Höchste Zeit, ihn ein wenig zu verwöhnen.

Zeitig am Abend fuhr sie zu ihm. Sie war eigens einkaufen gegangen. Auch Kerzen hatte sie besorgt.

»Ob es wohl zu kalt ist, um draußen zu sitzen«, überlegte sie. So eine Heizlampe wie in dem kleinen Lokal wäre eine feine Sache.

Überhaupt müsste es wunderschön sein, einmal mit Juan zusammen in dem romantischen Innenhof zu sitzen, mit ihm auszugehen – nun, später vielleicht, sie konnte warten.

Übermütig drehte sie sich im Kreis. War sie gut aufgelegt! Wo er nur so lange blieb.

Schnell war sie mit den Vorbereitungen fertig. Der Tisch stand gedeckt bereit. Sogar eine Flasche Rotwein hatte sie besorgt.

Vielleicht sollte sie schon einen Schluck nehmen.

Ein Glas in der Hand, kuschelte sie sich in die weichen Polster der Sitzbank und betrachtete die ziehenden Wolken.

Endlich hörte sie ihn kommen.

Sie begegnete seinem Blick, und das Strahlen auf ihrem Gesicht erlosch.

Langsam betrat er die Terrasse. Die Hände in den Taschen, gab er ihr einen flüchtigen Kuss auf die Wange.

Mit einem schnellen Blick auf den gedeckten Tisch bemerkte er kühl: »Und, was gibt es zu feiern? Habe ich etwas versäumt?«

»Juan«, Lisa stellte ihr Glas auf dem Tisch ab, trat auf ihn zu, »ich bin so froh, dass du endlich da bist.« Sie wollte ihn umarmen, aber er schob ihre Hände zurück.

»Hattest du einen schönen Abend gestern?«, fragte er. Es klang beinahe aggressiv.

»Ja. Das heißt nein, zuerst nicht so. Aber dann haben wir uns sozusagen ausgesprochen und alles geklärt.« Lisa fühlte sich verunsichert unter seinem Blick.

»Das ist ja schön für euch.« Der Zynismus war unüberhörbar.

»Juan, was ist los? Was hast du?« Lisa versuchte ihrer Stimme einen neutralen Klang zu geben.

»Was mit mir los ist? Das fragst du mich?«

Erschreckt von der ungewohnten Lautstärke, blieb Lisa stehen, sah ihn reglos an.

Juan hatte seinen Blick abgewendet, begann unruhig auf und ab zu gehen. Unvermittelt blieb er vor ihr stehen.

»Was treibst du eigentlich für ein Spiel? Mir erzählst du, dass du mit diesem Kerl fertig bist, und dann machst du die ganze Nacht mit ihm herum. Die halbe Stadt spricht schon davon. Bei mir spielst du die Unnahbare. Bist weiß Gott wie sehr darauf bedacht, dass nur ja kein Mensch etwas von uns beiden erfährt, begrüßt mich nicht einmal, wenn du mich auf der Straße triffst. Und mit diesem Typen schmust du öffentlich herum. Was bin ich für dich? Ein Lückenbüßer, der dumme Bauer, mit dem man sein Spielchen treibt?«

Hastig wandte er sich ab, doch Lisa sah ganz deutlich den Schmerz in seinen Augen, den selbst sein Zorn nicht ganz verdecken konnte.

Sie war völlig verstört. Der Puls klopfte in ihrem Hals. Niemals hatte sie mit so einem Angriff gerechnet. Sie versuchte ruhig zu atmen.

»Juan, das stimmt doch gar nicht. Wie kannst du so etwas von mir denken.« Sie konnte nicht weiter.

Er wischte mit der Hand durch die Luft, fuhr sich durch das Haar, drehte sich zu ihr um. »Ich weiß nicht mehr, was ich denken soll, sag du es mir«, sagte er.

Lisa sah ihn an. Sie versuchte die Tränen zurückzuhalten.

»Ich liebe dich«, flüsterte sie, »ich habe dich niemals belogen. Du kannst doch nicht wirklich glauben, ich hätte dich …« Sie schluckte. Eine Träne lief über ihre Wange, bahnte sich einen Weg zu ihrem Mundwinkel.

Juan starrte sie an – endlos dauerte die Pause.

Dann löste sich seine Erstarrung, hastig trat er auf sie zu, zog sie an sich, vergrub sein Gesicht in ihrem Haar.

»Verzeih mir. Ich benehme mich wie ein Idiot.« Seine Lippen suchten die ihren, er hielt sie fest. Lisa schmiegte sich an ihn.

»Wie kannst du so etwas von mir glauben?«, sagte sie leise.

Sie saßen zusammen auf der Bank. Seine Hände streichelten über ihre Schultern, ihren Rücken.

Er sah sie an. »Vielleicht war ich ja eifersüchtig«, sagte er.

»Dazu hast du doch keinen Grund. Es gibt keinen anderen, das würde ich niemals tun.«

»Ich weiß. Aber du bist immer so zurückhaltend, wenn du mich irgendwo triffst. Zufällig habe ich gehört, wie sich diese Leute vor der Gestoria unterhalten haben – wie glücklich du zu sein scheinst und was du nicht für einen gut aussehenden Freund hättest. Wie verliebt ihr wart und unentwegt Händchen gehalten habt.«

Er zögerte ein wenig, dann sagte er: »Gestern hast du diesem Lutz nicht einmal gesagt, wer ich wirklich bin.«

Sie sah ihn fassungslos an.

»Aber *du* bist doch derjenige, der sich bedeckt hält. Niemandem erzählst du von uns beiden. Ich habe mich nicht einmal getraut, mit meinen Freundinnen zu sprechen, weil ich nicht wusste, ob es dir recht ist. Niemals nimmst du mich mit, wenn du hier jemanden triffst, nicht einmal Antonio weiß Bescheid. Selbst zu Ostern hast du mich kaum begrüßt, als wir uns bei der Kirche getroffen haben.«

Er schüttelte den Kopf, sah sie ungläubig an.

»Du kannst doch nicht im Ernst glauben, dass irgendeiner unserer Freunde nicht Bescheid weiß. Du meine Güte, Lisa, mein Wagen steht jede Nacht weithin sichtbar vor deinem Haus. Und warum sollte ich ausgerechnet vor Antonio etwas verheimlichen? Was denkst du denn, worüber wir geredet haben, als ich letztens bei ihm war? Weißt du eigentlich, wie gerne ich mit dir zusammen Ostern feiern wollte? Wie sehr ich mich darauf gefreut habe? Ich war ganz schön enttäuscht, dass du mit deinen Freundinnen alleine sein wolltest. *Du* warst doch diejenige, die vor der Kirche nicht einmal gegrüßt hat. Ohne Emelys Initiative wärst du einfach an mir vorbeigegangen. Behauptest du wirklich, ich stehe nicht zu unserer Beziehung? Wie kommst du auf diese verrückte Idee? Warst du nicht eben erst mit mir zusammen bei Moritz. Was glaubst du, wofür er dich gehalten hat, für meine Großmutter?« Er machte eine Pause, dann bekannte er: »Lisa, es hat mir wehgetan, als du mich deinem Ex als Cajas Tierarzt präsentiert hast.«

Sie schluckte. »Juan, verzeih mir, ich habe das nicht böse gemeint. Ich dachte wirklich, es sei dir nicht recht. Und was Lutz betrifft, so weiß er es bereits. Er hat es selbst herausgefunden. Ich glaube, ich habe mich wirklich ziemlich blöd aufgeführt.«

»Na, durch besondere Intelligenz habe ich mich auch nicht gerade ausgezeichnet.« Er lächelte sie an. »Stört es dich, wenn sie jetzt in Deutschland davon erfahren?«, fragte er.

Sie hielt seinem Blick stand und schüttelte den Kopf. »Ich bin doch so stolz darauf.«

Sehr viel später saßen sie miteinander auf der Terrasse, aßen ihr Nachtmahl und genossen die Stimmung der Nacht.

»Was wollte er eigentlich hier, dieser Lutz? Willst du es mir erzählen?«, fragte Juan.

»Bessere Karten«, antwortete Lisa trocken. »Lutz ist ein Karrieretyp. Ihm ist jedes Mittel recht, um sich für den Verhandlungspoker einen Vorteil zu verschaffen. Du weißt, dass wir die Kanzleien zusammenlegen. Plötzlich bin ich wieder interessant, weil sich die Sache offensichtlich ein wenig anders entwickelt, als Mutter und er sich das vorgestellt haben.«

Lisa beobachtete, wie Juan etwas von dem Rotwein in zwei Gläser schenkte und ihr eines davon gab. Sie nahm einen kleinen Schluck und fuhr fort.

»Ich habe nämlich vor einigen Tagen meinen Vater angerufen.« Wieder machte sie eine Pause, doch Juan schwieg.

»Eigentlich hat das Ganze mit Jaime angefangen«, nahm sie einen neuen Anlauf. »Er hat mir beigebracht, dass man die Dinge sagen muss, die man will. Vater und ich haben uns ausgesprochen. Oder besser gesagt – wir haben endlich einmal miteinander geredet. Etwas, das wir noch nie gemacht haben. Und weißt du was?«

Juan sah das Leuchten in ihren Augen. Wieso kam sie ihm heute nur so wunderschön vor. Er musste den Blick abwenden.

»Ich bin sozusagen offene Türen eingerannt. Stell dir vor, Vater wollte immer schon mit mir arbeiten. Alles, was ich mir heimlich gewünscht habe – will er auch. Da habe ich mich die ganze Zeit über abgemüht, habe um Anerkennung gekämpft und mich immer nur wie ein Versager gefühlt. Nie war es gut genug, nie habe ich einen Erfolg gespürt oder ein Lob erhalten. Ich habe mich nicht getraut, etwas zu sagen. Aus Angst, zurückgewiesen zu werden. Es ist wirklich grotesk. Dabei hätte mich mein Vater mit offenen Armen aufgenommen, mich gefördert und sich über mein Interesse gefreut.«

Wieder nahm sie einen Schluck Wein.

»Jedenfalls war es ein sehr aufschlussreiches Gespräch. Vater ist dieser Fusion von Anfang an skeptisch gegenübergestanden. Er wollte nur Mutter nicht enttäuschen. Schließlich ist sie es, die die Kanzlei führt, sie aufbaut, vergrößert und in ihr aufgeht. Dadurch erst war es ihm möglich, sich ausschließlich seinen Interessen zu widmen – den Vorlesungen auf der Uni, den Vorträgen und seinen Studenten. Er hätte diese Zeit niemals gehabt, wenn Mutter ihm nicht den Rücken frei gehalten hätte.«

Lisa stellte das Glas auf den Tisch zurück. Noch immer sah Juan sie unbeweglich an.

»Das hat mir auch einen völlig neuen Blick auf die beiden eröffnet. Ich habe nie verstanden, warum er sie alles entscheiden lässt, sich scheinbar um nichts kümmert. Erst jetzt begreife ich, wie perfekt die beiden zueinander passen. Sie bilden eine wunderbare Einheit. Ich war sozusagen der Störfaktor.«

Er unterbrach sie beinahe zornig. »Du glaubst doch nicht ernsthaft, es wäre deine Schuld, wenn sie dich so schlecht behandeln!«

»So habe ich es nicht gemeint«, sagte sie schnell und versuchte zu erklären: »Mutter war immer schon die Stärkere von uns. Viel stärker als ich. Am Anfang war das nur natürlich, ich war ja noch ein Kind. Mit der Zeit hat alles eine Eigendynamik bekommen. Ich habe sie bewundert, ihr nachzueifern versucht. Das hat nicht funktioniert. Erstens bin ich ein ganz anderer Mensch als sie, und zweitens ist ihr durch mich, vielleicht sogar für sie unbewusst, eine Art Konkurrenz erwachsen. Mutter ist unglaublich dominant. Sie duldet niemanden neben sich, der ihrem Machtanspruch in die Quere kommt. Jedenfalls habe ich mich nie richtig abgenabelt und dadurch mich selbst verloren, noch ehe ich mich gefunden habe.«

Erschöpft hielt sie inne. Sah eine Weile stumm vor sich hin. Da er immer noch nichts sagte, fuhr sie fort.

»Erst hier – vielleicht durch die räumliche Trennung, aber mehr noch dadurch, weil ich zum ersten Mal ausschließlich ich selbst sein durfte, nur danach beurteilt werde, wie ich mich benehme – bin ich erwachsen geworden. Durch die Verfügung meines Großvaters habe ich an meinem dreißigsten Geburtstag ein Drittel der Kanzlei überschrieben bekommen, und ich werde dieser Rolle gerecht werden. Meine Mutter wünscht einschneidende Änderungen. In Ordnung. Ich ebenfalls. Wollen wir doch sehen, wie wir alle unsere Wünsche auf einen Nenner bringen. Mein Vater ist jedenfalls keine Unbekannte mehr. Er wird Stellung beziehen. Das hat er mir versprochen. Zwar unterstützt er weiterhin meine Mutter bei der Fusion, nützt aber gleichzeitig die Gelegenheit, um seinen Bereich auch rein rechtlich in eine eigene Abteilung umzuwandeln. Eine Abteilung, in der ich mitarbeiten werde. Als seine Partnerin. Er hat es übernommen, die veränderten Bedingungen mit Mutter zu erörtern. Wie sie es aufgenommen hat, weiß ich noch nicht. Ganz offensichtlich hat sie Lutz darüber informiert. Vermutlich ist er deshalb hier aufgekreuzt. Er hat versucht, mich – oder, besser gesagt, die Anteile, die ich repräsentiere – möglichst billig einzukaufen.«

Sie angelte nach ihrem Glas, prostete Juan zu, doch dieser schien in Gedanken versunken.

»Lutz ist sogar so weit gegangen, mir vorzuschlagen, ihn zu heiraten. Danach wollte er mich hier auf der Insel aushalten. Nur damit er über meine Stimmrechte verfügen kann und ganz nebenbei freie Bahn für seine außerehelichen Aktivitäten hat.«

Sie schnaubte. »Sag, hörst du mir überhaupt zu?«

»Natürlich höre ich dir zu.« Seine Stimme klang belegt. »Was hast du ihm geantwortet?«

»Ich habe ihn gefragt, ob er verrückt ist. Aber so ist er nun einmal. Er war nicht einmal beleidigt. Als er gesehen hat, dass ich nicht mehr das kleine Dummchen bin, hat er umgeschwenkt. Jetzt tut er so, als wäre ich die immer schon geschätzte Partnerin. Soll mir recht sein. Schließlich haben wir noch einige ebenso interessante wie harte Verhandlungen vor uns. Ich warte nur noch die Ergebnisse der Analysten ab. Dann werde ich auf einige Tage nach Deutschland fliegen müssen.«

»Offensichtlich hast du alles im Griff. Ich freue mich für dich.« Juan stand auf, ging nach vorne an die Brüstung. Sein Blick suchte irgendeinen entfernten Punkt am Horizont.

Lisa lief ihm nach, umarmte ihn.

»Das Leben ist wunderschön. Ich bin so wahnsinnig glücklich.« Sie wirbelte mit ihm herum, suchte seinen Mund. »Ich will dich«, flüsterte sie an seinem Ohr, »ich will dich jetzt sofort, ich habe mich die ganze Zeit so sehr nach dir gesehnt.«

* * *

Spät in der Nacht ging Juan noch einmal hinaus auf die Terrasse. Lange hatte er die schlafende Lisa betrachtet. Wie jung sie aussah und wie wahnsinnig schön. Sie hatte ihm immer schon gefallen, aber jetzt war sie eine Schönheit.

Wie klar sie vorhin argumentiert hatte. Wo waren die Unsicherheit und die Mutlosigkeit geblieben?

Diese neue Lisa wusste genau, was sie wollte, und würde sich notfalls gegen alle durchsetzen. Sie konnte es durchaus mit ihrer Mutter aufnehmen.

»Wieso nur ist sie so stark geworden. Was hat ihr diese Kraft gegeben?«, dachte er.

Er stand an einen der großen Steher gelehnt und sah über das Land hinaus – sein Land.

Welche Rolle spielte er selbst in ihrem Leben? Wieso wusste er es nicht?

»Ich liebe dich.« Immer, wenn sie diese Worte sagte, wünschte er, es wäre die Wahrheit. Am liebsten würde er ihr das Gleiche sagen. Er wusste, er würde alles für sie tun.

Aber was wollte sie von ihm?

Er war sicher, sie genoss die Zeit mindestens so wie er. Sie schien glücklich zu sein.

Dachte sie jemals an die Zukunft? Spielte er in dieser Zukunft irgendeine Rolle?

Beruflich schien sie alles genauestens zu planen. Doch was sollte aus ihnen beiden werden?

Sie wäre stolz auf ihre Beziehung, hatte sie gesagt.

In einigen wenigen Tagen schon würde sie nach Deutschland fliegen. Alleine, ohne ihn. Sie hatte ihn nicht einmal gefragt.

Natürlich brauchte sie ihn dort nicht, aber er war in ihren Überlegungen nicht einmal vorgekommen.

Partnerin ihres Vaters wollte sie werden, und sie würde ihren Willen durchsetzen, daran hegte er keinen Zweifel.

War das das Ende?

War es möglich, dass sie einfach fortging und ihn vergaß. Hatte er sie nur gefunden, um sie wieder zu verlieren?

Grübelnd saß er noch lange Zeit unter dem schützenden Dach und sah den Wolken zu, die über den Himmel zogen.

Friedlich lag das Land vor ihm, nur die Glocken der Schafe bimmelten leise, irgendwo bellte ein Hund.

Er selbst jedoch konnte in dieser Nacht keinen Frieden finden.

* * *

Zwei knappe Wochen später kam er nach Hause und sah Lisa packen.

Wie immer lief sie ihm entgegen.

»Wir sind so weit, morgen fliege ich. Mein Vater hat angerufen. Mutter ist informiert. Die Sache kann losgehen.«

»Freust du dich? Auf Deutschland, meine ich?«, fragte er.

»Auf Deutschland nicht unbedingt, aber dass wir diese Geschichte jetzt endlich klären, das macht mich richtig froh. Nur dich vermisse ich jetzt schon.« Sie stellte sich auf die Zehenspitzen, legte die Arme um seinen Hals und flüsterte zwischen zwei hastigen Küssen: »Aber es dauert nicht lange, und dann bin ich endlich wieder bei dir.«

»Um wie viel Uhr fliegst du, ich bringe dich hin.« Er hatte sich noch nie so hilflos gefühlt.

»Um elf, Marika nimmt Caja, du musst mich nicht hinfahren, ich stelle den Wagen am Airport ab.«

»Ich bringe dich zu diesem verdammten Flughafen!«, schnauzte er. »Und meinst du, ich kann mich nicht um einen Hund kümmern? Wenn du mich nicht mehr willst, musst du es sagen.«

Sie hielt inne. Kam zu ihm, schmiegte sich an ihn.

»Du weißt ganz genau, dass du alles bist, was ich will«, sagte sie, »bitte hör auf, mich anzuschreien, es ist ohnehin schon schwierig genug für mich. Natürlich kannst du Caja zu dir nehmen. Ich wollte nur nicht, dass du noch mehr Arbeit hast.«

Er hielt sie im Arm, wusste nicht, was er sagen sollte, fühlte sich wie ausgebrannt.

Am nächsten Morgen fuhren sie los.

Lisa sah aus dem Fenster. Windmühlen huschten vorbei, immer häufiger tauchten die Schilder zum Flughafen auf. Viel zu schnell verging die Fahrt.

Sie gingen vom Parkhaus über die lange Brücke hinüber auf die andere Seite, fuhren mit dem Lift zur Schalterhalle.

Juan hob ihren Koffer auf das Förderband.

Dann standen sie vor der Absperrung zu den Security Checks.

Sie sahen einander an.

Lisa umarmte ihn. »Es dauert nicht lange. Ich rufe dich an. Pass auf dich auf.«

Er konnte nichts sagen. Hielt sie nur fest.

Ein letztes Mal spürte er ihre Arme um seinen Hals.

Dann war sie weg. Winkte noch einmal kurz, ehe sie durch die Türe zu den Sicherheitskontrollen ging.

Er konnte sie nicht mehr sehen.

KAPITEL 16

Lisa versuchte zu lesen. Ihr Nachbar zur Rechten schlief. Zumindest tat er so. Sein Arm lag auf der Lehne zwischen ihnen, sodass sie gezwungen war, das Buch auf ihrem Schoß mit der linken Hand umzublättern, um nicht ständig an ihn anzustreifen.

Das labbrige Sandwich hatte sie mehr aus Langeweile gegessen, Wasser und Orangensaft aus Pflichtgefühl getrunken.

Sie hatte vergeblich versucht, sich in die Lektüre ihres Romans zu vertiefen, und legte diesen beiseite. Stattdessen setzte sie sich zurück und schloss die Augen.

Sie war müde, konnte aber nicht schlafen. Überhaupt hatte sie die letzten Tage nicht gut geschlafen. Redete sich ein, dass es an den anstrengenden Verhandlungen und bis in die Nacht dauernden Sitzungen lag. Doch daran allein lag es nicht. Er fehlte ihr so sehr. War es möglich, jemanden derart zu vermissen? Ob er auch an sie dachte? Was hatte er an den Abenden gemacht? War er zu Hause gewesen?

Natürlich hatten sie telefoniert. Doch wie sollte man dabei sagen können, was man wirklich fühlt.

So waren die Gespräche auch eher neutral verlaufen, wie unter guten Bekannten.

Sie wusste, er würde sie abholen. Eine gute Stunde noch, und sie sah ihn wieder.

»Möchten Sie noch etwas zu trinken, einen Kaffee oder

Tee vielleicht?« Die professionell freundliche Stimme der Flugbegleiterin riss sie aus ihren Gedanken.

Mechanisch rührte sie den Zucker in ihrem Tee um, nahm einen Schluck und verbrannte sich die Zunge.

Er müsste schon unterwegs zum Flughafen sein. Sie wusste, er war pünktlich. Vielleicht fuhr er erst später weg, weil er damit rechnete, dass sie auf ihr Gepäck warten musste.

Ob er sich auch so freute, sie wiederzusehen? Lisa spürte, wie sie zunehmend unruhiger wurde. Wie lange dauerte denn dieser Flug noch?

Wieder schloss sie die Augen. War es wirklich erst zehn Tage her, seit sie nach Deutschland geflogen war?

Es war nicht einfach gewesen, die Verträge unter Dach und Fach zu bringen. Wobei sie selbst daran die meiste Schuld trug.

Sie war diesmal keine einfache Verhandlungspartnerin gewesen. Jeden Millimeter hatte sie sich teuer abkaufen lassen. Am meisten freute sie, dass sie den alten Kanzleinamen für sich reklamieren konnte. Sie besaß jetzt zusammen mit ihrem Vater eine eigene Kanzlei. »Rechtsanwaltskanzlei Wernberg« hieß sie, wie schon zu Großvaters Zeiten. Ihre Mutter musste sich mit »Rechtsanwälte Wernberg und van Ast« zufriedengeben. Lisa schmunzelte. So unbedeutend dieses Detail auch war, stellte es doch ihren größten Triumph dar, den sie ausgerechnet Lutz verdankte. Um des gemeinsamen Interesses willen hatte sie sich mit ihm verbündet.

Sie dachte an die Worte ihres Vaters bei der anschließenden Feier: »Ich bin unglaublich stolz auf dich, du warst großartig.«

An einem dieser Tage hatte sie sich nur mit ihren Eltern zum Essen verabredet. »Du siehst glücklich aus.« Ihre Mutter warf ihr einen kurzen Blick zu. »Ist es ausschließlich die Ruhe auf dieser Insel, oder steckt mehr dahinter?«

Sie erinnerte sich, wie sie das Besteck abgelegt und ihre

Hände im Schoß gefaltet hatte. »Danke für das Stichwort, Mutter, ich wollte ohnehin mit dir darüber reden. Vater weiß es schon.« Sie nickte ihm kurz zu. »Ich werde meinen Lebensmittelpunkt in Mallorca belassen. Mit Vater habe ich bereits geklärt, wie wir alles von zwei verschiedenen Wohnsitzen aus managen können. Außerdem hat man mir in Mallorca die Juniorpartnerschaft in einer Gestoria angeboten. Der Besitzer ist einer der brillantesten Juristen, die ich je getroffen habe. Es ist eine tolle Herausforderung, und ich freue mich wahnsinnig darauf. Und last not least – ja, es gibt einen Mann in meinem Leben. Wir haben eine wunderbare Beziehung. Wohin sie uns führen wird, kann ich derzeit nicht sagen, bitte versteht, dass ich noch nicht darüber sprechen möchte.«

Eine längere Pause entstand, bevor ihre Mutter das Wort ergriff. »Du weißt, dass ich nur das Beste für dich will. Wir beide waren nicht immer einer Meinung, und ich hätte dich niemals als Gestorin in Mallorca gesehen, aber wenn es das ist, was dich glücklich macht, so freue ich mich für dich. Für dein Privatleben wünsche ich dir, dass dieser Mann dich ebenso liebt wie du ganz offensichtlich ihn.« Unvermittelt hatte sie nach Lisas Hand gegriffen und diese gedrückt. Lisa konnte sich nicht erinnern, wann ihre Mutter jemals ihre Gefühle gezeigt hätte. Spontan erwiderte sie den Händedruck.

»Meine Damen und Herren, hier spricht der Kapitän, wir haben soeben unsere Reiseflughöhe verlassen und befinden uns im Sinkflug auf Mallorca …«

Lisa befestigte den Sicherheitsgurt. Noch eine halbe Stunde bis zur Landung. Sie spürte ihr Herz klopfen. Jetzt müsste er schon unterwegs sein.

Tief unten sah sie die Schaumkronen des Mittelmeers, die Umrisse von Menorca tauchten auf und verschwanden wieder. Schon konnte sie die Spitze von Formentor erkennen, die Bucht von Alcudia, Inca. Immer tiefer flogen sie. Einzelne Fincas, leuchtend blaue Swimmingpools, das Band der Autobahn. Wie eine Spielzeugwelt sah die Insel aus der Höhe aus.

Sie dachte an den Flug im letzten Jahr. Wie deprimiert und unsicher war sie gewesen. Jetzt hingegen konnte sie es nicht erwarten, endlich nach Hause zu kommen.

Sie flogen Palma aus östlicher Richtung an. Sanft setzte die Maschine auf, und wenig später reihte sich Lisa in den Strom der Aussteigenden ein.

Ob er schon da war? Sie ging durch die endlos langen Gänge, wartete auf ihren Koffer, strebte dem Ausgang zu.

Sie sah ihn sofort. Er stand etwas abseits, die Arme hinter dem Rücken verschränkt. Lässig wirkte er, entspannt.

»Er sieht phantastisch aus«, dachte sie voller Stolz, »und er gehört mir ganz allein.« Ihr Blick wanderte über seine hohe Gestalt, das ebenmäßige Gesicht mit den Augen, die so sanft blicken konnten. Am liebsten wäre sie auf ihn zugelaufen.

Endlich standen sie voreinander. Lisa konnte das Strahlen auf ihrem Gesicht nicht kontrollieren. Er drückte sie kurz, griff nach dem Koffer.

»Ich bin so froh, wieder hier zu sein«, sagte sie, ihre Stimme klang rau.

Er sah sie an, sie sah das vertraute Lächeln. »Du hast mir gefehlt.«

»Du mir auch, ich kann dir gar nicht sagen, wie sehr. Ist alles in Ordnung, was macht Caja. Und du? Hattest du sehr viel zu tun?« Sie konnte nicht aufhören zu reden.

»Alles in Ordnung. Und bei dir? Ist alles so erledigt, wie du es wolltest?«

»Besser, als ich dachte. Wir haben sogar den alten Namen bekommen, mein Vater und ich, meine ich, für unsere Kanzlei.«

»Wunderbar«, sagte er knapp und warf ihr einen schnellen Blick zu, den sie nicht zu deuten wusste.

»Du wirst stolz auf mich sein, wenn ich dir erst alles

erzähle. Mein Vater war es, er hat es mir gesagt. Ich glaube, sogar Mutter war ein wenig beeindruckt.

»Jedenfalls hat ausgerechnet Lutz mir geholfen, den alten Namen für uns abzusichern, natürlich im eigenen Interesse, denn Mutter musste in der Folge zulassen, dass die neue Kanzlei auch Lutz' Namen trägt. Er lässt dich übrigens grüßen, ›nicht ganz unbekannterweise‹, hat er gesagt.«

Lisa lachte übermütig und hängte sich bei ihm ein.

Während der Fahrt redete sie ununterbrochen. Sie war viel zu glücklich. Sie berichtete von Düsseldorf, erzählte vom Treffen mit ihrer Freundin Ilse.

»Wir waren zwar immer schon eng befreundet, aber was für ein wertvoller Mensch sie ist, weiß ich erst jetzt richtig zu schätzen. Sie hat sich so gefreut, für immer in der Wohnung bleiben zu können. Sie fühlt sich dort so wohl«, schloss sie.

Juan warf ihr einen schnellen Blick zu. »Wieso vermietest du deine Wohnung, hast du eine andere?«

»Ich brauche sie nicht mehr. Ich kann bei meinen Eltern wohnen. Das ist alles geklärt.«

Seine Hände umfassten das Lenkrad fester, den Blick hielt er auf die Straße gerichtet.

Dann waren sie zu Hause. Juan stellte den Wagen ab, trug den Koffer ins Haus.

Caja lief ihnen entgegen. Sie sprang an Lisa empor, wollte gekrault werden, bellte und winselte durcheinander.

»Ja, meine Schöne, da bin ich wieder. Mami geht jetzt nie wieder weg, mein Schätzchen, ich habe dich ja auch vermisst.«

Den Hund im Schlepptau, betrat Lisa das Haus.

»Ist das schön, endlich wieder zu Hause zu sein.«

Er drehte sich zu ihr um. Sah sie an. Sie ging auf ihn zu.

»Bitte halt mich fest, ganz fest. Ich will hier nie wieder weg«, flüsterte sie.

Er schob sie auf Armlänge zurück. »Lisa«, sein Gesicht war

ernst, »erzähl mir, was in Düsseldorf gelaufen ist. Egal, was es ist, ich muss es wissen.«

Vom Ernst seiner Stimme überrascht, senkte sie den Blick.

»Ich wollte es dir erst langsam beibringen«, begann sie, »es hat nicht direkt etwas mit dir zu tun. Du darfst nicht glauben, dass du zu irgendetwas verpflichtet bist.« Sie stockte.

»Lass uns hinsetzen«, bat er und ging hinaus.

»Wie warm es hier ist. Fast sommerlich. In Düsseldorf war es viel kälter.«

Er sah sie nicht an, saß leicht vorgebeugt, die Hände zwischen den Knien, die Handflächen aneinandergepresst.

Stockend begann Lisa zu sprechen. Seine starre Haltung irritierte sie.

Sie erzählte von den komplizierten Verhandlungen, von der Umwälzung der Anteile.

»Jetzt gibt es zwei Kanzleien Wernberg, unsere und die von Mutter und Lutz, mit der ich gottlob gar nichts mehr zu tun habe.«

Er schwieg immer noch.

»Juan, bitte, ich will nicht, dass du glaubst, ich würde dich irgendwie unter Druck setzen wollen«, unternahm sie einen weiteren Versuch, »aber ich möchte, dass du und Antonio diese Pferdeklinik eröffnet. Der Ausgleich hat mir eine Menge Geld gebracht. Meinen Recherchen zufolge müsste sich damit der Bau einer solchen Einrichtung ausgehen.«

Sein Kopf schoss hoch. »Was soll das? Bietest du mir etwa Geld an? Was bezweckst du damit? Willst du mich zu deinem Angestellten machen?«

Sie fuhr zurück. »Nein, natürlich nicht, das hast du missverstanden. Ich möchte, dass ihr das Geld verwendet. Auf der Bank gibt es im Moment gar keine Zinsen dafür, im Gegenteil, wahrscheinlich muss ich irgendwann noch welche zahlen. Ich brauche das Geld nicht.« Sie unterbrach sich, fuhr zusammenhanglos fort: »Jaime will keines. Ich habe schon mit ihm gesprochen.«

Er starrte sie an.

»Was hat Jaime damit zu tun?«

»Das ist alles so kompliziert. Ich weiß nicht, wie ich es dir sagen soll. Jaime hat mir schon vor vielen Wochen angeboten, mit ihm zusammen in der Gestoria zu arbeiten, als seine Partnerin. Aber er will mir den Anteil nicht verkaufen. Er möchte, solange es ihm Spaß macht, als Seniorchef mitarbeiten und später monatliche Zahlungen erhalten, damit er und seine Familie abgesichert sind.« Sie hielt inne.

Juan war aufgesprungen. Mit zwei Sätzen war er bei ihr, zog sie von ihrem Sessel. Er hob ihr Kinn hoch, sodass sie ihn ansehen musste.

»Lisa, was heißt das? Erzählst du mir gerade, dass du hier in Mallorca bleiben und als Gestorin arbeiten willst. Was ist mit deiner Kanzlei in Düsseldorf?«

Sie versuchte, sich aus seinem Griff zu befreien.

»Ich wollte dir das ganz anders beibringen. Aber die Ereignisse haben sich irgendwie überstürzt. Ich gehe nicht mehr zurück, das habe ich schon lange vor meiner Abreise beschlossen. Ich bleibe hier. In der Gestoria, bei Jaime. Die Zusammenarbeit mit Vater kann über Internet erledigt werden – auch Konferenzen. Wenn ich ab und zu einmal hinüberfliegen muss, übernachte ich bei meinen Eltern. Aber das ist ausschließlich meine Sache, es hat nichts mit unserer Beziehung zu tun.«

Sie schwieg erschöpft, wartete. »Bitte, sag doch etwas«, flüsterte sie.

Sie spürte, wie er hinter sie trat. Fühlte seine Arme, sein Gesicht ganz nahe bei ihrem.

»Lisa, sag das noch einmal, du willst wirklich für immer bleiben?« Er drehte sie herum, sah die Antwort in ihren Augen.

Noch zögerte er. Dann sagte er so leise, dass sie ihn kaum

verstand: »Du weißt nicht, was ich für eine Angst gehabt habe. Ich dachte, du willst mich verlassen – und in dein altes Leben zurückkehren.«

Sie sah ihn an. »Das ist nicht dein Ernst. Das kannst du nicht geglaubt haben.«

»Ich muss verrückt gewesen sein, komm her.« Er zog sie an sich, hielt sie fest.

So standen sie auf der Terrasse, eng umschlungen.

»Lisa, hast du Sonntag etwas vor?«, fragte er, »ich bin bei meinen Großeltern zum Mittagessen. Kommst du mit?« Sie konnte nicht antworten, etwas schien in ihrem Hals zu stecken. Sie nickte.

* * *

Juans Großeltern bewohnten eines der hübschen Stadthäuser in dem kleinen Dorf. Es war etwas größer als die anderen, hatte blaugraue Fensterläden und eine Fassade aus rötlichen Steinen.

Juan parkte vor dem Eingang. Er half Lisa aus dem Wagen, nahm ihre Hand.

Sie betraten den Innenhof. Unzählige Kübelpflanzen standen entlang der Mauer, rankten sich empor, blühten in allen Farben. Vor den hohen Glastüren standen zwei Schaukelstühle.

Der Großvater kam ihnen entgegen, umarmte Juan. Ein wenig unsicher hielt sich Lisa im Hintergrund. Doch er war völlig unbefangen, schüttelte ihr die Hand. Aus wachen Augen musterte er sie nicht unfreundlich.

Dann kam die Großmutter. Sie wischte sich die Hände an ihrer Schürze ab, bevor sie die Arme lachend nach Juan ausstreckte, ihn drückte und küsste.

»Da ist sie also. Lisa, das ist aber schön, dass du uns besuchst.« Sie nahm Lisa bei der Hand und zog sie mit sich ins Haus – alte Möbel aus dunklem Holz, eine Anrichte mit einem Spiegel und ein Terrazzoboden, ein perfekt gedeckter Esstisch mit blütenweißer Tischwäsche, funkelnden Gläsern und glänzendem Besteck.

Lisa fühlte sich ein wenig befangen, wusste nicht recht, wie sie sich benehmen sollte.

Juan hingegen war hier eindeutig zu Hause. Er angelte nach einem der Stühle, setzte sich und griff sofort zu den Häppchen, die liebevoll angerichtet auf einem Tablett bereitstanden, während der Großvater tiefroten Wein aus einer Karaffe in die vorbereiteten Gläser füllte. Ohne zu fragen, schenkte er Juan nur Wasser ein. Alles war so vertraut. Sie waren einander so innig verbunden. Lisa fühlte beinahe so etwas wie Neid, während sie die liebevolle Art beobachtete, mit der die drei miteinander umgingen. Juans Großmutter wieselte ständig um ihn herum, berührte ihn, streichelte ihm über die Haare, zupfte einen Krümel von seiner Jacke. Und er genoss diese Fürsorge ganz offensichtlich.

Mehr noch, er benahm sich beinahe paschamäßig. Ganz anders, als sie ihn kannte. Zu Hause war er immer bemüht, ihr zu helfen. Hier ließ er sich bedienen, rührte keinen Finger.

Fasziniert beobachtete Lisa diese übergangslose Verwandlung.

»Muchas graciás, Señora«, bedankte sie sich, als ihr die Großmutter das Tablett mit den Häppchen reichte.

Die unterbrach sie sofort. »Ich bin Maria, und das ist Joan.« Sie deutete auf ihren Mann. »Nimm dir noch, du kannst ruhig ein wenig zunehmen.«

Lisa merkte, wie Juan sie nicht aus den Augen ließ. Sie traute sich nicht, zu ihm hinüberzusehen, es machte sie nervös.

»Ihr könnt euch weiter unterhalten, wir gehen jetzt in die Küche, Lisa hilft mir«, verkündete Maria, und Lisa blieb nichts anderes übrig, als ihr zu folgen.

Das Haus war traditionell mit alten Möbeln und Bildern eingerichtet. Die Küche hingegen war modern und verfügte über sämtliche Technik. Ein großer Tisch in der Mitte verriet, wo die beiden Bewohner normalerweise ihre Mahlzeiten einnahmen. Das Speisezimmer war offensichtlich nur für besondere Anlässe vorgesehen.

Maria griff nach einem in Seidenpapier gewickelten Päckchen mit einer bunten Schleife, das auf dem Tisch lag. Sie drückte es Lisa in die Hand. »Damit du dich nicht schmutzig machst.«

Lisa wickelte eine Schürze aus dem Papier, die ganz in dem typischen braun-beige karierten Muster gehalten war.

»Du kannst sie in dieser Lade aufbewahren«, wies Maria sie an, »damit du sie nächstens gleich findest.«

Mit zitternden Fingern band Lisa die Schleifen zu.

Viel war es nicht, was sie tun durfte. Eigentlich fast gar nichts. Maria hatte auch keine Hilfe nötig. Sie füllte Kartoffeln und Gemüse in die vorbereiteten Schüsseln, passierte die Bratensoße und ordnete das Fleisch des duftenden Lammbratens auf einer vorgewärmten Platte an.

Lisa durfte ein Küchentuch halten und die Schale mit dem Gemüse in das Speisezimmer tragen.

Juan grinste über das ganze Gesicht, als er Lisa in der Schürze sah, und sein Großvater sagte laut und vernehmlich »guapa, muy guapa«[22], während er, ebenfalls grinsend, Juan den Ellenbogen in die Rippen stieß.

Lisa floh zurück in die Küche.

Maria ließ keine Verlegenheit aufkommen. Sie redete unaufhörlich. Erzählte von allen möglichen Ereignissen, von Nachbarn, Familienmitgliedern, Kochrezepten und Krankheiten.

Als sie bei der traditionellen Namensgebung der Kinder angelangt war – dass nämlich die Enkel die Vornamen der

Großeltern erhielten – und sich lachend darüber beschwerte, noch keinen Enkel mit ihrem Namen bekommen zu haben, hakte Lisa ein.

»Aber Joan auch nicht.«

»Wieso?«, fragte sie verwundert.

»Na ja, Juan ist auch nicht nach seinem Großvater benannt worden.«

Maria schüttelte den Kopf. »Aber natürlich. Joan ist die mallorquinische Form von Juan. Juan heißt selbstverständlich auch Joan, aber damals in Deutschland haben sie ihn einfach umbenannt.« Sie murmelte etwas Unverständliches. Gleich darauf kehrte das Lachen in ihre Augen zurück. »Inzwischen bin ich froh darüber. Früher, wenn du ›Joan‹ gerufen hast, sind entweder beide gekommen oder keiner. Meistens allerdings keiner. Komm ins Esszimmer, Lisa, ich denke, wir haben alles.«

Das Essen war hervorragend, Maria war eine wunderbare Köchin, die sich das Lob gerne gefallen ließ. Am meisten strahlte sie, wenn sie Juan noch einen Nachschlag auf den Teller laden konnte.

Die Unterhaltung bei Tisch war ungezwungen. Maria war auch hier eine geschickte Gastgeberin. Mehr und mehr lockte sie Lisa aus der Reserve, und diese ertappte sich dabei, wie sie einige Geschichten aus ihrem Leben in Deutschland zum Besten gab.

Sie durfte Maria helfen, die Teller in die Küche zu tragen. Wieder fiel ihr auf, dass Juan nicht einmal Anstalten machte, ein einziges Stück Geschirr anzufassen. Ihr war inzwischen klar, dass er genau jenes Benehmen an den Tag legte, das man von ihm erwartete, und fand es einfach süß.

Diesmal durfte sie sogar das Mandeleis umfüllen, während Maria das Geschirr in die Spülmaschine schichtete.

»Du wirst nirgendwo so einen Mandelkuchen bekommen

wie bei meiner Großmutter. Sie macht sogar noch das Mandeleis selbst«, erklärte Juan, was ihm ein strahlendes Lächeln der Gelobten einbrachte.

Lisa nahm tatsächlich noch ein zweites Stückchen Kuchen und sammelte damit eindeutig Pluspunkte.

Joan holte eine hübsche Kristallflasche aus der Anrichte, schenkte eine grüne Flüssigkeit in kleine Gläschen.

Lisa versuchte abzuwinken.

»Du kannst das ruhig trinken«, mischte sich Juan ein, »Großvater setzt ihn selbst an. Außerdem passe ich auf dich auf«, blinzelte er ihr zu.

Der Hierbas schmeckte wirklich ganz anders als jener auf dem Fest – viel mehr nach Kräutern, fast wie eine Medizin, trotzdem aber sehr gut.

Juan erzählte prompt die Geschichte von Lisas Bekanntschaft mit dem Hierbas zu Sant Antoni.

Seltsamerweise schien das niemand anstößig zu finden. Im Gegenteil. Joan gab äußerst amüsant eine Geschichte von Maria zum Besten, als diese zu viel von einem Likör getrunken, dann zwar ununterbrochen gelacht, aber am nächsten Tag schreckliche Kopfschmerzen bekommen hatte.

Erst spät am Nachmittag brachen sie auf.

Joan und Maria standen vor dem Haustor und winkten ihnen nach.

»Sie sind unglaublich lieb, deine Großeltern, du hast ein großes Glück, weißt du das?«, meinte Lisa nachdenklich.

»Ich weiß. Sie waren mein Glück.« Er schwieg eine Weile, bevor er fragte: »Gehen wir noch ein wenig spazieren? Die Sonntagsessen bei meiner Großmutter haben es in sich.«

Sie stimmte zu, und Juan bog auf die Landstraße ab, schlug den Weg zum Meer ein, in Richtung der Punta. Sie gingen auf der Westseite über den befestigten Fahrweg hinauf zum Castello.

In Höhe des Wäldchens nahm er Lisa bei der Hand, ging mit ihr auf dem schmalen Weg in Richtung der Klippen.

Sie erreichten die Lichtung. Hand in Hand standen sie beim Abgrund, schauten hinunter auf die Brandung und hörten das Grollen der Wellen.

»Das war der Lieblingsplatz meines Vater«, sagte Juan.

Lisa hielt die Luft an, sie spürte, dass er mehr sagen wollte. Aber er schwieg.

Sie konnte sich nicht mehr zurückhalten und fragte: »War es hier, ich meine, ist er hier verunglückt?«

Als sie schon dachte, Juan würde die Frage nicht beantworten, sagte er: »Wir wissen es nicht. Sie haben ihn weiter vorne gefunden, drei Tage später.«

»O mein Gott.« Lisa wusste nicht, was sie sagen sollte, sie spürte, wie sehr ihn die Erinnerung immer noch schmerzte.

»Wie konnte das nur passieren, er muss sich doch hier auskannt haben, ist er abgerutscht?«, begann sie hilflos.

Er führte sie zurück in den Schatten der Bäume, weg von den Klippen. Sie setzten sich.

Juan spielte mit einem Zweig, den er achtlos abgerissen hatte. Dann stand er wieder auf, rastlos, sein Blick suchte den Horizont.

»Es war kein Unfall«, sagte er, »er hat sich umgebracht.«

Nur mit Mühe unterdrückte sie einen Aufschrei, ihre Hände fuhren zum Mund. Im ersten Moment wollte sie zu ihm hinlaufen. Doch sie spürte, er brauchte jetzt Abstand. Jede Berührung war zu viel.

Er begann:

»Die Ehe meiner Eltern war eine Katastrophe. Sie lernten einander bei einem Fest kennen. Meine Mutter war hier auf Besuch bei Freunden. Er verliebte sich sofort in sie. Für ihn war sie die Frau seines Lebens – schön, lebenslustig. Sie aber interessierte sich mehr für die Geschichten, die man über unsere Familie erzählt – von wegen alteingesessen, viel Besitz und so. Sie heirateten ziemlich schnell. Am Anfang waren sie wahrscheinlich auch glücklich. Er erfüllte ihr jeden Wunsch. Sie wollte reisen, die Welt kennenlernen. Später zogen sie nach ›Tres Palmeras‹. Natürlich bauten sie das alte Gemäuer um und scheuten dabei weder Kosten noch Mühen. Das Resultat kennst du. Zugegeben, Mutters Geschmack war erstklassig. Aber der Umbau hat Unsummen verschlungen. Geld, das mein Vater nicht hatte. Also borgte er es sich aus. Doch sie wollte mehr. Selbst als ich schon auf der Welt war, hat ihr das Leben hier nie genügt. Kurztrips nach Deutschland, nach Paris, London, ans Festland. Dann noch die Einladungen für alle möglichen Leute. Meine Eltern lebten sich immer mehr auseinander.

So begannen die Streite. Natürlich ging es um Geld. Sie beklagte sich über seinen Geiz, war launisch und unzufrieden – hasste es, hier zu wohnen, und wollte, dass er das Land verkaufte und mit ihr wegzog. Abgesehen davon, dass er es nicht verkaufen konnte, hätte er das niemals getan. Ich war noch ziemlich klein, aber ich erinnere mich genau an ihre Streitereien. Es waren böse Worte, die sie einander sagten. Sie sprach immer öfter von Scheidung, drohte, mit mir nach Deutschland zurückzukehren. Einmal stieg ich aus dem Bett und öffnete die Tür einen Spalt, damit ich sie besser verstehen konnte. Mein Vater hörte mich weinen. Er kam, um mich zu trösten. Danach war er furchtbar wütend auf sie, sagte ihr schreckliche Dinge. Jedenfalls gab sie seitdem immer mir die Schuld, wenn sie wieder stritten.

Ich besaß so einen Affen aus Plüsch – ein Geschenk meines Großvaters. Ohne ihn konnte ich damals nicht einschlafen. Ich steckte mir sein Ohr in den Mund, damit man mich nicht unten weinen hörte.

Offenbar bekam meine Mutter zunehmend mit, dass Vater nicht so reich war, wie sie dachte, er bei Weitem nicht über jene

Barmittel verfügte, von denen sie träumte. Und sie im Falle einer Scheidung nicht mit den Summen rechnen konnte, die sie sich erhoffte. Außerdem ist das ganze Land hier auf den Namen meines Großvaters eingetragen.

Wenn ich an meinen Vater zurückdenke, erinnere ich mich an einen melancholischen und in sich gekehrten Menschen. Zu mir war er wunderbar. Er hat immer Zeit für mich gehabt, nahm mich überallhin mit, war unglaublich liebevoll. Ich glaube aber, er selbst war keinen einzigen Tag glücklich. Die Sorgen, der ständige Streit, zuletzt die Angst, mich auch noch zu verlieren – das alles war zu viel für ihn. Er begann zu trinken, wurde depressiv. Dazu kamen massive Geldprobleme. Er war überall verschuldet. Es kam der Tag, an dem der Anwaltsbrief mit der Scheidungsklage eintraf. Ich war knapp sechs Jahre alt. Neben der spanischen besaß ich auch die deutsche Staatsbürgerschaft. Meine Mutter hatte in Deutschland das Sorgerecht für mich beantragt und teilte mit, dass sie mit mir zurückgehen würde.

In dieser Nacht kam mein Vater nicht mehr nach Hause. Ich weiß noch, dass mich mein Großvater irgendwann abholte und mitnahm. Den Tod meines Vaters verschwieg man mir. Erst Monate später erfuhr ich, dass er tot war und ich in Deutschland zur Schule gehen sollte.

Ich wollte nicht fort. Ich weiß noch, wie ich mich wehrte, als mich mein Großvater am Flughafen der Begleitperson übergab.

Erst viele Jahre später erfuhr ich die Wahrheit.

Meine Mutter hat das einzige Druckmittel eingesetzt, das ihr zur Verfügung stand – mich.

Sie erpresste Großvater schamlos. Er beglich sämtliche Schulden, gab ihr eine ziemlich große Summe und verpflichtete sich darüber hinaus zu Unterhaltszahlungen. Als Gegenleistung durfte ich die Sommerferien bei meinen Großeltern verbringen.

Die Schulzeit in Deutschland war der reinste Horror. Ich kam nicht zurecht mit der Mentalität, nicht mit den geänderten Lebensumständen. Mir fehlten meine alten Kameraden, die Großeltern, das freie Leben.

Obendrein musste ich in ein Internat, durfte nur an den Wochenenden nach Hause. Ich fühlte mich abgeschoben, wurde zum Einzelgänger. So vergingen vier Jahre.

Ich lebte nur von Ferien zu Ferien. Den Rest der Zeit ließ ich über mich ergehen. Meine Großeltern merkten natürlich, wie schlecht es mir ging, aber sie konnten mir nicht helfen.

Dann lernte meine Mutter einen neuen Mann kennen, die beiden wollten nach Australien auswandern und sich selbstständig machen. Alles, was ihnen dazu fehlte, war Geld.

Es war eine horrende Summe, die meine Mutter verlangte. Im Gegenzug war sie bereit, mich meinen Großeltern zu überlassen. Damals hat mein Großvater zum ersten und einzigen Mal in seinem Leben Land verkauft, die drei Fincas. Eine davon an Hans.«

Hier machte Juan eine Pause, drehte sich zu Lisa um, sah sie an. Doch sie konnte nichts sagen. Sein Blick kehrte zurück zu jenem fernen Punkt, und er fuhr fort.

»Ich kam also zurück. Meine Großeltern adoptierten mich. Das war mein Glück.«

»Und du hast keinen Kontakt mehr zu deiner Mutter, hast sie nie wiedergesehen?«, brachte sie hervor.

Er lachte bitter auf. »Doch, ich habe sie wiedergesehen.«

Nach einer endlosen Pause sprach er weiter.

»Während meiner gesamten Schulzeit hat sie sich kein einziges Mal gemeldet. Nicht zu Weihnachten, nicht zum Geburtstag. Gar nicht. Im Bestreben, mir nicht wehzutun, einigte sich die Familie darauf, mir die Wahrheit zu verschweigen. Man erzählte mir, meine Mutter wäre schwer krank und nicht in der Lage, sich um mich zu kümmern.

Aber ich wurde älter, bohrte nach, wollte Erklärungen.

Irgendwann durchsuchte ich in Abwesenheit der Großeltern das Haus, stöberte in den Schränken. Und fand die gesamten Papiere – Mutters Forderungen, die Verträge, die Zahlungen, die Adoptionspapiere, alles, sogar den Abschiedsbrief meines Vaters.

Damals war ich sechzehn.

Das Vertrauen in meine Großeltern war erschüttert. Ich konnte nicht mit ihnen reden, fühlte mich verraten.

Die nächsten zwei Jahre waren schrecklich. Ich rebellierte, lehnte mich gegen Großvater auf – beschloss, in Deutschland Medizin zu studieren, wollte nur noch fort.

Immer mehr bildete ich mir ein, meine Mutter würde irgendwo auf mich warten, und hatte die fixe Idee, man wolle uns absichtlich trennen.

Also begann ich zu recherchieren. Allzu schwer war es nicht. Die deutschen Behörden sind sehr gründlich. Ich erhielt ihre Adresse in Melbourne und fasste einen Plan. In den Ferien jobbte ich als Kellner, sparte, was ich konnte. Ich wollte zu ihr fliegen. Knapp nach dem Abi konfrontierte ich Großvater damit.

Er war natürlich dagegen. Ich sagte ihm auf den Kopf zu, dass ich die Papiere gefunden hatte und alles wusste. Es kam zum Streit, ich beschuldigte ihn, meine Mutter und mich entzweit zu haben, den Kontakt zu ihr aus Eitelkeit und Rechthaberei zu unterbinden. Und ich flog hin.«

Juan drehte sich um, kam zu ihr zurück. Er wirkte erschöpft. In einigem Abstand von ihr setzte er sich auf einen Felsen.

Lisa rührte sich nicht.

»Ich weiß nicht, wie ich mir unser Wiedersehen vorgestellt hatte. Jedenfalls war ich sicher, eine Erklärung zu bekommen, die ihre Unschuld bewies. Außerdem war ich überzeugt, sie würde sich freuen, mich zu sehen.«

Er strich sich über die Stirn.

»Ich kam zu ihrem Haus. Es war ein Bungalow in einer Siedlung. Ich läutete an. Ein Mann öffnete. Ich glaube, er wusste sofort, wer ich war, denn er starrte mich nur an, sagte kein Wort. Ich fragte nach meiner Mutter. Er drehte sich um, rief nach ihr. Sie kam aus dem Haus, ging auf mich zu. Ich konnte den Moment, in dem sie mich erkannte, in ihrem Blick sehen. Keiner von uns sagte etwas.

Sie fing sich als Erste.

›Wenn dich dein Großvater schickt, dann habt ihr euch die Mühe umsonst gemacht. Hier gibt es nichts‹, sagte sie.

Ich weiß nicht mehr genau, was ich geantwortet habe, fragte sie, warum sie mich allein gelassen hatte.

›Du willst wissen, warum ich dich verlassen habe? Frag deinen Großvater, frag sie alle, diese feine Familie. Mit einem Bettel haben sie mich abgespeist, nachdem sich dein herrlicher Vater einfach aus dem Staub gemacht hat. Und jetzt, wo es mir endlich etwas besser geht, stehst du hier und willst mein Geld. Ich sage dir etwas. Hier gibt es nichts. Weder heute noch morgen. Ich habe kein Geld. Wenn du etwas brauchst, dann geh zurück zu deinem Großvater, diesem verlogenen Geizkragen. Hier hast du nichts verloren.‹

Sie drehte sich um und ging ins Haus zurück. Ihr Mann sagte irgendetwas, meinte, sie brauche Zeit, sich an die Situation zu gewöhnen. Ich wollte nichts mehr hören, stand nur einfach da vor dem Gartenzaun. Ich weiß nicht mehr, wie ich nach Hause gekommen bin. Großvater holte mich vom Flughafen ab. Wir sprachen kein Wort. Am Abend kam Großmutter zu mir ins Zimmer. Ich schob sie weg, wollte auch mit ihr nicht reden. Kurz darauf ging ich nach Deutschland. Den Rest kennst du. Es war Hans, dem ich verdanke, dass ich wieder zu mir gefunden habe. Er war wunderbar.«

Juan schwieg.

Wie lange sie so saßen, wussten sie nicht. Sie hatten jedes Gefühl für Zeit und Raum verloren.

Irgendwann stand Juan auf. Sein Gesicht war wieder ganz ruhig, lange sah er Lisa an.

»Komm her zu mir.« Er streckte die Hand aus, griff nach ihren Händen.

»Sieh mich an«, bat er.

Sein Blick fing den ihren ein, sie konnte ihre Augen nicht abwenden.

»Lisa, ich liebe dich«, sagte er.

Ihr Herz fing an zu hämmern.

»Du bist alles für mich, nie wieder wird dich jemand so lieben wie ich. Heirate mich, werde meine Frau.«

Sie konnte nicht sprechen. Konnte nicht atmen. Sah ihn nur an. Schmiegte sich an ihn. Umarmte ihn. Fühlte seine Arme.

So standen sie, unbeweglich.

Irgendwann spürte sie seine Lippen an ihrer Schläfe.

»Darf ich das als Zustimmung werten?«, sagte er sanft.

»Oh, Juan«, sie schlang die Arme um seinen Hals, »ja, ja und tausend Mal ja. Ich liebe dich, ich will nie wieder ohne dich sein.«

KAPITEL 17

»Ich muss mit dir reden.« Mit diesen Worten stürmte Lisa am nächsten Morgen zu Marikas Tür hinein.

Diese war gerade beim Füttern der Tiere, drehte sich nur halb zu Lisa um und fuhr mit ihrer Tätigkeit fort.

»Guten Morgen, meine Sonne. Gut geschlafen?«

»Unglaublich gut. Ich muss ganz dringend mit dir reden. Hast du Zeit?«

Es dauerte noch eine Weile, bis sie endlich bei einem Kaffee auf der Terrasse saßen.

»Also los. Was gibt es?«, fragte Marika, während sie sich ihre morgendliche Zigarette anzündete.

»Juan. Ich … es tut mir leid, dass ich es dir erst so spät gesagt habe. Das war wirklich dumm von mir – dabei habt ihr es ohnehin die ganze Zeit über gewusst. Aber was ich dir jetzt erzählen will, errätst du niemals. Es ist nämlich so.« Lisa geriet ins Stocken, fing sich wieder, strahlte über das ganze Gesicht. »Ich möchte, dass du mir ein Kleid machst. Ein richtig schönes Kleid. Meine Eltern kommen.«

»Aha.« Marika betrachtete den aufsteigenden Rauch. »Und warum freut dich das so?«

Nur mühsam unterdrückte Lisa ihre Aufregung.

»Ich freue mich, weil es das schönste Kleid meines Lebens werden soll. Machst du es?«

»Natürlich nähe ich dir ein Kleid. Hast du schon eine genaue Vorstellung?«

»Habe ich. Es muss weiß sein!« Unfähig, sich länger zu beherrschen, sprang Lisa auf und zog Marika aus dem Stuhl hoch. »Weiß, verstehst du. Ein langes weißes Kleid. Und es muss im September fertig sein.«

Kurz blieb Marika stehen, starrte auf die zappelnde Lisa. Dann begriff sie.

»Ihr heiratet!«, schrie sie und fiel der Freundin um den Hals. Miteinander wirbelten sie herum, sodass einige Hühner, die unter dem Tisch nach Krümeln suchten, erschreckt aufflatterten.

»Er hat dir einen Heiratsantrag gemacht! Ich bin völlig durcheinander. Jetzt bleibst du wirklich für immer hier.«

Marika lachte und weinte gleichzeitig, umarmte Lisa immer wieder, konnte sich kaum beruhigen.

Erst geraume Zeit später sagte sie: »Also gut. Du bekommst dein Kleid. Es wird das schönste, was ich jemals genäht habe. Aber jetzt will ich auch alles wissen. Alles, hörst du – und denk ja nicht, dass mich irgendein noch so kleines Detail vielleicht nicht interessiert.«

* * *

Als der Sommer am heißesten war, flogen Lisa und Juan nach Deutschland. Mit gemischten Gefühlen betrat Lisa an seiner Seite ihr Elternhaus.

Natürlich hatte sie ihre Eltern bereits informiert. Es war Juan, der darauf bestanden hatte, zu ihnen nach Deutschland zu fliegen.

Der Empfang war überraschend herzlich. Lisas Vater schien vom ersten Moment an Gefallen an Juan zu finden, und ihre Mutter war beinahe liebenswürdig.

Als Lisa eines Tages zusammen mit ihrem Vater von einem Kanzleibesuch heimkehrte, fand sie ihre Mutter und Juan in ein angeregtes Gespräch vertieft im Garten. Auf dem Tisch stapelten sich Berge von Unterlagen – Schriftsätze, Gutachten, Sachverhaltsdarstellungen.

»Du hast einen blendenden Geschmack entwickelt.« Ihre Mutter deutete Lisa, Platz zu nehmen, während Juan ihr zublinzelte.

»Dein zukünftiger Mann war so nett und ist mit mir diesen Fall hier durchgegangen.« Sie fasste nach den Papieren. »Ein Klient mit einer verpfuschten Knieoperation. Die Gutachten der Gegenseite schienen ziemlich schlecht für uns zu sein. Juan hat mir gerade alle Vor- und Nachteile der verschiedenen Techniken dermaßen brillant erklärt, dass ich dieses sogenannte Entlastungsgutachten problemlos zerpflücken werde.« Sie hob ihr Glas. »Und da wir jetzt alle versammelt sind, darf ich dich hiermit bitten«, wandte sie sich an Juan, »dass wir Du zueinander sagen, ich bin Carina. Herzlich willkommen in unserer Familie«, beendete sie ihre Ansprache.

Lisa war sprachlos. Niemals hatte sie eine derart offene Freundlichkeit bei ihrer Mutter erlebt. Selbst Lutz hielt sie von jeher in einem klaren Respektsabstand.

»Wie hast du das gemacht?«, fragte Lisa, als sie endlich mit Juan alleine war.

»Ich habe eben nur meinen unwiderstehlichen Charme spielen lassen. Er scheint bei den Damen des Hauses Wernberg sehr gut anzukommen«, sagte er und lachte sie an.

»Sei nicht so …«, begann sie, kam aber nicht dazu, den Satz fertig zu sagen.

* * *

Auf dem Heimweg legten sie einen Zwischenstopp in Wien ein.

Zu Juans Ehren gab es natürlich die herrlichsten Wiener Schnitzel und Oma Helenes berühmte Germknödel als Nachspeise. Diesmal war es Juan, der restlos begeistert war. Nicht nur vom Essen, von dem er zu Omas größter Freude schiere Unmengen verdrückte, sondern auch von ihr selbst. Die Zuneigung war gegenseitig.

»Endlich hast den Richtigen gefunden. Dein Hansi, das ist ein Prachtkerl. Genauso einen hab ich mir immer für dich gewünscht. Jetzt musst' aber noch anständig kochen lernen, damit er auch was Ordentliches zum Essen kriegt. Nicht nur lauter Fisch.« Oma Helene schnaubte. Gleich darauf wurden ihre Züge wieder weich. Sie strich Juan über den Kopf. »Und du, mein lieber Hansi, passt mir ja gut auf die Sissi auf, sonst kriegst du es mit mir zu tun«, sagte sie streng, doch die strahlenden Augen straften ihre Worte Lügen.

»Warum nennst du ihn immer Hansi, er heißt Juan?«, meldete sich Lisa.

Oma Helene stemmte die Arme in die Hüften. »Wer von uns beiden spricht hier Spanisch, du oder ich? Wie sagt man denn Juan auf Deutsch, ist das etwa nicht Johann, genauso wie Onkel Hans auch geheißen hat?«

Dann verkündete sie: »Also heißt er für mich Hansi.«

* * *

Sie heirateten im September. Das ganze Dorf war auf den Beinen. Es war ein strahlend schöner, immer noch sehr warmer Tag.

Das Brautkleid war ein Traum aus weißer Seide – Marika hatte Wochen damit zugebracht, das schmale Oberteil mit Hunderten von Schmelzperlen zu besticken.

Am Arm ihres Vaters betrat sie die Kirche. Das riesige Kirchenschiff war bis auf den letzten Platz gefüllt. Alle waren gekommen.

Einen Kranz aus frischen Blüten im Haar – eine Meisterleistung Emelys –, fühlte sich Lisa wie die Prinzessin in ihrem ganz persönlichen Traum.

Sie gingen durch den Mittelgang. Der Organist spielte auf der Orgel. Der Priester kam ihnen bis zur Mitte entgegen. Vorne beim Altar warteten schon die Trauzeugen: Antonio, Marika und Emely.

Doch Lisa sah nur ihn.

Sie verstand nichts von dem, was der Priester sagte. In ihren Ohren war ein einziges Rauschen.

Dann spürte sie den vertrauten Griff. Sah Antonios Lächeln und Marika, die mit Emely um die Wette strahlte. Gleich darauf begann die Messe.

Mit Juan ging sie den langen Weg zurück durch das Spalier der Menschen, trat hinaus in das warme Sonnenlicht. Immer noch traute sie sich kaum, ihn anzusehen, aus Furcht, in Tränen auszubrechen.

Sie fühlte, wie seine Finger ihre Hand umschlossen, spürte die Sicherheit und Ruhe, die von ihm ausging.

Dann wurden sie umringt von den Menschen. Alle wollten ihnen gratulieren.

Auf dem Platz vor der Kirche war ein Zelt aufgebaut zum Schutz gegen die immer noch kräftige Sonne. Die Frauen aus dem Ort versorgten alle mit Getränken und kleinen Tapas. Lisa, nunmehr ganz Tierarztgattin, hatte darauf bestanden, auch die Tiere dabeizuhaben. In einem eigenen Bereich konnten sie nach Herzenslust herumtoben. Sogar der Reitklub hatte sich eingefunden. Die Pferde waren prächtig herausgeputzt, mit glänzend gebürstetem Fell und Blüten in den geflochtenen Mähnen. Auch die Kutsche stand bereit, um das Brautpaar später nach Hause zu fahren.

* * *

Im kleinen Kreis – der immer noch weit über siebzig Personen zählte – feierten sie bis in die Morgenstunden. Alle Zimmer des großen Hauses waren belegt. Nicht nur Lisas Eltern, auch einige von Juans Verwandten waren in »Tres Palmeras« untergebracht. Es war Lisas Wunsch gewesen, das Haus zum Leben zu erwecken, die Zimmer mit Gästen zu füllen.

Juan ließ sie nur allzu gerne gewähren.

»Es ist wunderschön, wenn alle Zimmer bewohnt sind«, sagte sie sehr viel später.

Sie standen zusammen auf der Terrasse von Lisas Finca, wo sie die Flitterwochen verbringen wollten.

Am Horizont kam schon die Sonne herauf. Ihr glutroter Ball stieg höher und höher, während am westlichen Himmel der Mond langsam verblasste.

Juan stand hinter seiner Frau, hatte die Arme um ihre Mitte gelegt. »Dann lass uns sehen, dass wir die Zimmer voll bekommen«, flüsterte er neckend in ihr Ohr.

Ihr Kopf schoss in die Höhe. »Juan, es sind fünf Stück!«

Er lachte.

Wie sie dieses Lachen inzwischen liebte! Sanft wiegte er sie hin und her. »Also eines ist für uns beide reserviert. Aber die anderen vier …«, er ließ den Satz offen, »schließlich habe ich Oma Helene versprochen, dass sie ordentlich etwas zu arbeiten bekommt.«

»Zwei Kinder. Und was hat Oma damit zu tun?«

»Mindestens drei. Großmutter bleibt bei uns in Mallorca. Es ist ihre Überraschung für dich. Sie will nicht mehr allein in Wien leben. ›Jetzt, wo Sissi Hilfe mit der Kinderbetreuung brauchen wird – bei der vielen Arbeit‹, hat sie gesagt. Außerdem will sie dir anständig Kochen beibringen, damit ich nicht vom Fleisch falle.« Er sah sie an, spielte mit ihren Fingern, führte sie an seine Lippen. »Sie hat mich gebeten, ihr die ›Casa del Rey‹ zu vermieten.«

»Was hast du geantwortet?«, fragte Lisa und hielt den Atem an.

»Dass du dich weigerst, sie zu vermieten, weil wir beide wollen, dass sie in der Familie bleibt, wieder von einem Familienmitglied bewohnt wird.«

Sie schmiegte sich an ihn.

»Wieso errätst du immer meine Wünsche?«

Sie las die Antwort in seinen Augen.

Zusammen gingen sie ins Haus zurück.

ANHANG

1 Germknödel – Klöße mit Pflaumenmus
2 Grammeln – Grieben
3 Zwetschkenfleck – Pflaumenkuchen
4 Gestoria – Agentur für Verwaltungsformalitäten
5 Buenas tardes – Guten Tag
6 por supuesto – selbstverständlich
7 Casa del Rey – Haus des Königs
8 Festa de Sant Antoni – Fest zu Ehren des heiligen Antonius am 17. Januar
9 no lo se – ich weiß es nicht
10 Bon dia, buenos dias – Guten Tag
11 un café con leche – ein Kaffee mit Milch
12 ahora mismo – gleich
13 Gota Fría – »kalter Tropfen«, ein Wetterphänomen
14 bones festes – frohe Feiertage
15 ¿Cuánto cuestan, por favor? – Wie viel kosten die?
16 Cuatro euros cada uno – Vier Euro jeder
17 ¿Cómo estás? – Wie geht es dir?
18 Reyes Magos – Dreikönig
19 Feliz Año – Glückliches Jahr
20 Feliz Año, y Molts Anys – Glückliches neues Jahr und alles Gute
21 Talaiot – Wachtturm aus vorchristlicher Zeit
22 guapa, muy guapa – hübsch, sehr hübsch

Printed in Germany
by Amazon Distribution
GmbH, Leipzig

29207750R00161